Para Sempre Com Você

ROBIN JONES GUNN

Cris & Ted

NOS ANOS DO CASAMENTO

LIVRO 1

Título do original em inglês:
Forever With You

© Copyright 2014 by Robin's Nest Productions, Inc.
TODOS OS DIREITOS RESERVADOS

Tradução de Cristina Dias Amado
Revisão de Ana Carolina Vilela

Primeira edição: junho/2014

ISBN: 978-0-9828772-9-6

As citações bíblicas foram extraídas da Nova Versão Internacional (International Bible Society) e da Versão Almeida Revista e Atualizada (Sociedade Bíblica do Brasil).

O presente volume é uma obra de ficção. Nomes, personagens, lugares e incidentes são fictícios, procedendo da imaginação da autora. Qualquer semelhança com pessoas reais, vivas ou falecidas, é mera coincidência.

Publicado por Robin's Nest Productions, Inc.

P.O. Box 2092, Kahului, HI 96733

Fotografia da Capa: Jenna Michelle Photography

Diagramação e Arte Final: Taylor Smith, Ringger Design,

Nicolas Ace Wiinikka, and Ken Raney

Produzido nos Estados Unidos da América

*SENHOR, tu és o nosso refúgio, sempre,
de geração em geração.*

~ Salmo 90.1 (NVI)

Capítulo 1

Cris estava pronta.

Ted ainda não havia chegado, mas ela estava preparada para surpreendê-lo e contar-lhe a grande novidade, tão logo ele entrasse no apartamento. Tinha caprichado. Fizera frango salpete[1], o prato favorito do marido. No centro da pequena mesa de cozinha, várias velas cintilavam, conferindo um ar romântico ao ambiente. Dois lugares estavam postos sobre a mesa, com direito a guardanapos de papel dobrados sob os talheres.

O Ted vai ficar tão feliz! A hora é perfeita. Mal posso esperar para contar-lhe!

Cris removeu o prendedor de seus longos cabelos castanhos e deu uma leve sacudida em sua juba usando os dedos. Em seguida, pegou a jarra de limonada caseira da geladeira e encheu dois copos grandes. Como fazia calor naquela noite de setembro no sul da Califórnia, imaginou que uma boa limonada, adocicada com morangos congelados, seria a forma mais perfeita e festiva de abrir a noite de celebração dos dois.

---

[1]Veja a receita no final do livro. (N. da R.)

Pelas janelas de seu apartamento estilo *vintage*, Cris ouviu alguém se aproximar da porta de entrada. Correndo para destrancar a fechadura, sentiu o coração vibrar de expectativa. Mas toda a sua empolgação se dissipou abruptamente, ao abrir a porta. Diante dela estava a última pessoa que imaginava ver ali.

– Rick?

– Oi! Como vai indo, Cris?

– Bem. Eu estou bem. E você? Já faz um tempo desde a última vez que nos encontramos.

Os dois trocaram um abraço desajeitado, e Rick olhou dentro do apartamento.   – O Ted já chegou?

– Não, mas ele deve estar chegando. Quer entrar? A Nicole está com você?

– Não.

A abrupta resposta de Rick acerca de sua noiva levou Cris a examiná-lo com mais atenção. Alto e moreno, o rapaz estava desarrumado, e era a primeira vez que Cris o via daquele jeito.

– Você está bem? perguntou ela, convidando-o para entrar.

Rick não respondeu. Parecia estar concentrado no cheiro que vinha da travessa que Cris deixara no forno, para não esfriar. Foi quando ele reparou na mesa, onde as velas cintilavam com a promessa de uma noite agradável.

– Vejo que vocês já têm planos, disse ele, mais para si mesmo do que para Cris.

– Sim, quer dizer, mais ou menos, falou ela, poupando palavras.

A última coisa que queria era cometer um deslize e contar a novidade a Rick, antes de ter a chance de contá-la a Ted. Para despistar, acrescentou rapidamente:

– Resolvi fazer uma surpresa para o Ted e preparar um jantarzinho especial, só para variar.

– Eu volto outra hora, então, falou o rapaz, dirigindo-se à porta aberta. Diga ao Ted que vou mandar uma mensagem para ele mais tarde.

– Pode deixar. Você vai estar por aqui nos próximos dias?

– Acho que sim.

Vinda de Rick, que era um rapaz resoluto e sempre cheio de compromissos, aquela era uma resposta inesperada. Ele virou-se para ir embora, mas em seguida parou. Lançando uma olhadela estranha para a barriga de Cris, disse:

– Espero que vocês tenham uma ótima noite.

– Obrigada. Você também.

Cris fechou a porta e franziu as sobrancelhas. *Que estranho!*

Em momentos assim, Cris ficava tentando se lembrar por que havia namorado Rick na época do Ensino Médio. Ele não era nem um pouco parecido com Ted. Nunca fora e nunca seria. Se alguém tivesse lhe dito naquela época que ela, Ted e Rick viriam a ser grandes amigos, ela jamais teria acreditado. Os três desfrutavam de uma amizade que jamais acabaria. Cris sabia que o relacionamento deles era uma dádiva rara e o tinha em grande estima. Só que aquele não era o dia para bater papo com amigos de longa data. Cris não queria dividir seu marido com ninguém naquela noite.

Voltando para a cozinha, Cris tirou a salada da geladeira, na expectativa de que Ted chegasse a qualquer momento. O barulho da chave girando na fechadura provocou uma nova onda de ansiedade em seu coração. Correndo até a porta, Cris recebeu o marido com um beijo apaixonado. Ted recuou, surpreso.

– Puxa! Algum motivo especial?

– Eu fiz um jantar para nós. Você recebeu minha mensagem?

O cabelo loiro e desalinhado de Ted havia crescido nos últimos meses e agora caía-lhe pela testa. O rapaz olhou para a mesa posta e sentiu o aroma no ar.

– Frango salpete?

Cris fez que sim e respondeu, toda orgulhosa:

– Com salada e vagem cozida para acompanhar.

Os olhos azuis-prateados de Ted focaram nos de Cris.

– Qual é o motivo disso tudo? perguntou ele, apontando para o cenário com a cabeça.

– Eu...

Cris fez uma pausa, sentindo o rosto corar.

– Eu achei que seria legal nos sentarmos à mesa uma vez na vida e batermos um papo.

– Um papo? perguntou Ted, sem entender.

Cris sabia que estava enrolando demais para contar a novidade, mas o clima de mistério estava tão divertido, que não queria interrompê-lo.

– Sobre o nosso futuro.

Ted se inclinou e deu-lhe outro beijo. Dessa vez, Cris teve certeza de que havia um ligeiro sabor de comida mexicana nos lábios do marido.

– Você já comeu?

– Já, eu comprei um taco no caminho de casa.

Ted pôs as chaves e o celular sobre a bancada da cozinha e foi lavar as mãos na pia.

– Você não recebeu minha mensagem, recebeu?

Antes mesmo que Ted pudesse responder, seu celular apitou. Após ler a mensagem e digitar uma rápida resposta, o rapaz colocou o telefone no silencioso e disse:

– Me lembre de programar o alarme hoje à noite. O Rick está aqui. Vou tomar um café com ele amanhã de manhã.

– Eu sei. Ia te falar. Ele deu uma passada aqui pouco antes de você chegar. Pelo visto ele não está muito bem.

– Como assim? indagou Ted, sentando-se à mesa de canto.

– Não sei. Ele me pareceu um pouco avoado. Como se

estivesse sem dormir há uma semana.

– Mau sinal. Você acha que deveríamos convidá-lo para voltar e comer com a gente?

– Não!

Vendo que a resposta fora um tanto abrupta, Cris acrescentou:

– Quer dizer, eu estava pensando que...

– É que estou com a impressão de que as coisas não andam muito bem entre ele e a Nicole. Ela não estava com ele, estava?

– Não.

Cris assentou-se de frente para Ted e, por uns instantes, sentiu pena de Rick. Ela estivera com ele e a noiva pouquíssimas vezes, mas tinha a impressão de que os dois combinavam. Inclusive sua melhor amiga, Katie, que havia namorado Rick na faculdade e o apresentara à Nicole, achava que os dois formavam um par perfeito. Cris ficou torcendo para que Rick e Nicole não tivessem rompido.

Ted se levantou da mesa e pegou o telefone.

– Acho que deveríamos chamá-lo para comer conosco. Há bastante comida e, se ele está sofrendo como eu acho que está, deve estar precisando dos amigos. Pelo menos eu estaria, se estivesse no lugar dele.

Cris sabia que Ted estava certo. E além do mais, ela não se importava de esperar um pouco mais para contar-lhe a sua novidade. Para Ted, os necessitados sempre vinham em primeiro lugar e, sendo pastor de jovens, ele sempre tinha a oportunidade de ajudar os adolescentes e seus pais. Até o momento, Cris nunca se lamentara pelo tempo investido nessas vidas.

Ted parou e olhou para ela.

– Tudo bem por você? Desculpe não ter lhe perguntado.

– Sim, tudo bem. Ligue para ele. Vou colocar outro prato na mesa.

Aparentemente Rick não tinha ido muito longe, porque demorou menos de cinco minutos para voltar. Ted abriu a porta, e Cris assistiu aos dois darem o seu típico abraço de homem, apertando as mãos e encostando os ombros.

Rick hesitou ao entrar na pequena cozinha, onde Cris estava.

— Têm certeza de que não estou atrapalhando os planos de vocês?

— Absoluta.

Cris fez sinal para ele se assentar.

— Você é bem-vindo a hora que for, Rick, falou ela, tomando o assento da cabeceira e verificando se havia trazido tudo para a mesa.

Em vez de orar, como era seu costume antes das refeições, Ted ergueu o seu copo de limonada. Rick e Cris fizeram o mesmo.

— Ao Rei e ao seu reino, falou ele, de forma pura e sincera. Aos seus misteriosos caminhos e à sua perfeita coordenação do tempo. Somos gratos, Senhor, pelo bom alimento, pelas boas amizades e pela chance de desfrutar de ambos hoje à noite. Amém.

— Amém, repetiu Cris, quando os copos se encontraram.

— Caminhos misteriosos, replicou Rick em voz baixa. Com certeza.

Em seguida, pegou o talher e ficou mexendo a vagem fumegante no prato, sem, contudo, dar nenhuma garfada.

Cris olhou para Ted, sem saber se deveriam fazer perguntas a Rick ou apenas deixá-lo comer.

Rick largou o garfo e levantou o rosto. Havia lágrimas em seus olhos. Lágrimas teimosas. Embora enchessem os seus olhos, recusavam-se a rolar. Piscando algumas vezes, Rick finalmente falou:

— A Niki me devolveu o anel de noivado ontem à noite. Disse que está tudo acabado entre nós.

Instintivamente, Cris estendeu a mão e apertou o braço do amigo, tentando reconfortá-lo. Ted colocou mão no ombro dele.

– Lamento muito ouvir isso, cara. O que aconteceu?

– Ela disse que não está pronta. Não se sente preparada para se casar comigo; nem para o casamento em si. Não deseja sequer continuar o noivado e tentar resolver a situação. Disse que está tudo terminado.

Cris não sabia o que falar. Ted manteve a mão no ombro de Rick, como que dando-lhe forças para contar tudo o que precisava.

– A culpa é minha, continuou o rapaz, fitando a comida intocada em seu prato. Eu fui muito apressado, insistindo que ficássemos noivos. Ela queria esperar e ir devagar. Eu é que queria que o casamento fosse em outubro. Mês passado, quando adiamos a cerimônia para janeiro, achei que ela teria o tal tempo, que ela sempre dizia que precisávamos. Mas aí, ontem à noite, ela me disse que não tinha condições de se casar comigo. Nem no próximo ano, nem nunca.

As lágrimas transbordaram de sua pálpebra inferior, ao que ele as enxugou rapidamente com o guardanapo. Em seguida, respirou fundo, como que buscando coragem.

– Cara, isso é uma droga.

– Você não desconfiou que ela ia terminar? perguntou Ted.

– Não. Em nenhum momento.

Ted tirou o braço do ombro de Rick e pôs-se a comer, o que, de certa forma, deixou os três mais à vontade.

– E você? perguntou Ted. Tinha alguma dúvida sobre o casamento com ela?

Rick levantou o rosto. Seu olhar era sincero e compenetrado.

– Não, nenhuma. Eu a amo. Formamos uma ótima equipe. Amo todas as características da Nicole. Somos bem melhores juntos do que separados... pelo menos era assim que eu via o nosso relacionamento. Achei que ela tivesse o mesmo sentimento.

Cris sentiu vontade de dizer que talvez fosse só uma questão de nervosismo e que logo Nicole mudaria de ideia. As coisas ainda podiam dar certo entre eles. Contudo, ela não podia garantir aquilo, e pareceu-lhe uma maldade oferecer falsas esperanças a Rick numa hora como aquela. Como ela gostaria de saber o que dizer.

– Não faz sentido, continuou Rick. Simplesmente não faz sentido. Poderíamos ter resolvido as coisas. Sei que poderíamos.

O rapaz olhou para o prato e deu sua primeira garfada na comida, que foi seguida de mais uma e depois outra. Cris ficou feliz ao ver que pelo menos ele estava comendo, o que poderia, de alguma forma, fazer-lhe bem.

Após comerem mais da metade da travessa, Rick e Ted se recostaram em seus assentos e respiraram profundamente, como se tivessem acabado de correr uma maratona. Por dentro, Cris estava satisfeita de ver o quanto tinham gostado do jantar. Rick prosseguiu, dizendo que passara o dia inteiro tentando descobrir onde havia errado e como poderia reconquistar Nicole.

– Sempre concluo a mesma coisa: tenho de soltar as rédeas e deixá-la livre.

Cris acenou com a cabeça, concordando. Tanto ela como Ted sabiam o que era liberar uma pessoa amada de um laço emocional. Também sabia que, por mais que desejasse intervir e dar conselhos, talvez o melhor presente que ela e Ted pudessem oferecer a Rick naquela hora fossem aqueles momentos ao redor da mesa, à luz de velas, comendo uma boa refeição juntos e oferecendo-lhe as suas orações e ouvidos atentos.

Na bancada da cozinha, o celular de Ted começou a vibrar. Cris olhou de relance para a tela, enquanto tirava a mesa e colocava os pratos na pia. Havia quatro ligações perdidas e três mensagens de texto.

– Acho que você precisa checar seu celular, disse Cris, entregando o telefone ao marido. Há várias mensagens para você.

Ted checou os recados, franzindo a sobrancelha enquanto lia.

– Está tudo bem? perguntou Cris.

– Preciso voltar lá na igreja agora à noite, falou ele, olhando para Cris em seguida. Só agora vi sua mensagem; a que você dizia para eu vir para casa porque tinha feito um jantar e tinha uma novidade para contar. Desculpe-me não ter visto antes. Que novidade é essa? É sobre ela que você queria conversar?

Ted e Rick olharam para ela com expectativa.

Cris sentiu o rosto corar novamente.

– Não é nada urgente, falou, com certa hesitação. Podemos conversar quando você voltar da igreja.

– Tem certeza?

Cris fez que sim e tentou aparentar sinceridade.

– Ok, então vou nessa.

– Eu também, falou Rick.

Ted se levantou e deu um rápido beijo em Cris.

– Até mais tarde.

– Sim. Até mais, replicou ela.

Rick foi saindo com Ted e lá do corredor, falou para Cris:

– Obrigado, mais uma vez, por terem me convidado para jantar.

– Não há de quê. Qualquer coisa é só falar, ok?

Rick acenou com a cabeça e se foi, fechando a porta em seguida. Pela janela, Cris ouviu o rapaz perguntar a Ted se ele tinha ideia do que seria a tal novidade.

– Acho que ela recebeu um aumento, respondeu Ted.

Pelo menos é o que espero que seja. Você ainda quer encontrar amanhã para tomarmos um café?

– Claro, se você puder.

– Certamente. Como a Cris falou, conte com a gente, cara. Você vai superar essa fase.

Sozinha no apartamento vazio, Cris cruzou os braços sobre a barriga, detestando a sensação que se apossara dela naquele momento solitário. Não. Ela não ia receber aumento nenhum. E, para ser sincera, era ela que queria ser convidada para tomar um café com Ted pela manhã. Mas, infelizmente, já havia combinado de substituir alguém no trabalho, apesar de ser o dia de folga do marido. Não que ele sempre tivesse um dia de folga.

Cris tencionou a mandíbula.

Por genuína que fosse a sua consideração por Rick e pelo que ele estava passando, Cris se sentia corroída internamente por seus próprios conflitos emocionais. Para ela, um dos mais difíceis ajustes naqueles menos de dois anos de casamento era o de se encaixar nos horários malucos de Ted e descobrir um senso pessoal de lugar e propósito, além de combater a sensação de que precisava disputar a atenção do marido.

Se Deus quiser, tudo isso mudará em breve.

Cris descruzou os braços e chacoalhou-os, recusando-se a mergulhar na fossa da desesperança. Colocou uma música para tocar e pôs-se a limpar a cozinha. Em vez de usar a lava-louças, encheu a pia com água quente e pingou algumas gotas do detergente de lavanda. Pequenas bolhas se formaram na superfície, refletindo parte do brilho luminoso das velas que ainda enfeitavam a mesa.

Mergulhando as mãos na água, ela olhou para sua aliança de casamento. Em seu coração, ela sempre soubera que sua vida seria assim quando se casasse com Ted. Também sabia que era importante encarar a verdade e não tentar enterrá-la. E a verdade era que, num cantinho bem escondido e empoeirado do seu coração, sua versão de menina adolescente ainda estava brava. Com Rick Doyle, por ter atrapalhado os seus planos para o jantar, e com Ted, por ter tido que voltar à igreja naquela noite.

Por que será que uma hora eu consigo ser uma mulher que serve no ministério, agindo com graça e compreensão em relação às pessoas, e logo depois tudo o que quero é tomar sorvete e ficar aqui, sentindo pena de mim mesma?

– O sorvete! exclamou ela em voz alta.

Pondo os pratos limpos para secar, Cris abriu o *freezer* e sacou o pote de sorvete de baunilha que se esquecera de servir como sobremesa. Em seguida, pegou na geladeira uma panela cheia de calda de chocolate. Após esquentar a calda no fogão, serviu uma generosa porção de sorvete numa caneca e derramou lentamente a calda quentinha sobre o topo, inalando o delicioso aroma de chocolate que propagava pelo ar. Como uma colher numa mão e a caneca da felicidade na outra, Cris se dirigiu ao quarto onde um bom livro a aguardava sobre a sua mesa de cabeceira, ao lado de seu telefone.

Enquanto esperava, Cris ficou se aconselhando a relaxar, desfrutar da sobremesa, ler um pouco e torcer para que Ted voltasse logo. Apesar de saber que a sua novidade alteraria a vida deles significativamente, e estar a ponto de morrer por não ter podido contá-la ainda, ela podia ser paciente.

Cris deixou a primeira colherada de sorvete derreter-se em sua boca e pensou, *Não, não posso. Eu não sou tão paciente assim. Quero contar a ele agora!*

Com o telefone em mãos, digitou uma mensagem para Ted, contando as boas novas. Antes, porém, de enviá-la, parou por uns instantes e logo mudou de ideia. Aquela era uma notícia a ser dada pessoalmente.

Apagando rapidamente cada palavra, letra por letra, Cris pensou no que gostaria de dizer. Sorrindo para si mesma, digitou sua urgente mensagem:

LÁBIOS DE TACO, VOLTE LOGO!

Capítulo 2

Virando-se de lado, Cris esticou o braço na direção do lado vazio da cama. Ted não estava ali. Em meio à escuridão, apertou os olhos e tentou ler o horário no relógio. Eram 02:07.

Será que ele chegou a voltar da igreja ontem à noite?

Reparando no filete de luz que passava por baixo da porta do quarto, Cris imaginou que Ted estaria na sala. Após desistir de esperá-lo acordada, ela havia pegado no sono pouco depois das 23 horas.

Cris jogou as cobertas para o lado e se levantou. Ted estava dormindo na poltrona reclinável da sala, com o *notebook* aberto sobre a barriga.

– Ted, falou ela, tocando de mansinho o ombro do marido. Ei, dorminhoco. Acorde.

Ele olhou para ela e em seguida fechou os olhos novamente.

– Vamos lá, continuou Cris, inclinando-se e dando-lhe um beijo na testa. Venha para a cama.

– Ok. 'Tá bom. Ok. Estou indo.

Todavia, permaneceu imóvel como estava.

Toda vez que Ted adormecia na poltrona reclinável, parecia que um buraco negro o sugava. Trazê-lo de volta à realidade demandava um verdadeiro esforço. Pondo o *notebook* no chão, Cris pegou a mão dele e o puxou, até conseguir colocá-lo de pé. Em seguida, conduziu-o ao quarto, apoiando o musculoso braço do marido sobre os seus ombros.

Não era a primeira vez que Cris cogitava que o futuro deles seria bastante cômico, caso Ted continuasse se portando daquela forma quando envelhecesse. Ela nunca fora especificamente grata por seu um metro e setenta de altura ou pelo que sua tia certa vez chamara de "ancas largas", referindo-se aos seus quadris. No entanto, as duas características lhe eram vantajosas quando precisava despertar o sonolento marido, de ombros largos e um metro e oitenta de altura, e levá-lo para a cama.

Ted foi direto para o leito e desabou, vestido como estava. Pelo menos ele estava descalço. Cris pediu-lhe que virasse um pouco, para que pudesse cobri-lo com o cobertor. Ele obedeceu e, ao olhá-lo mais atentamente, Cris teve a impressão de que havia um sorrisinho discreto no rosto do marido.

– Você está dormindo e sorrindo, sabia?

O sorriso dele abriu-se um pouco mais.

Cris pensou em acender a luz e despertá-lo, deixando-o plenamente aceso. Assim poderiam finalmente conversar. Fizera isso alguns meses antes, quando precisaram discutir algumas compras feitas no cartão de crédito. A conversa, no entanto, não correra muito bem. Estavam ambos tão exaustos que Cris acabou em prantos e Ted ficou calado, no canto dele. Nenhum dos dois conseguiu dormir direito nas poucas horas que lhes restaram.

Prudente, Cris optou por esperar até o dia seguinte. Apagou a luz e enfiou-se na cama, acomodando-se junto às costas de Ted e descansando o queixo no ombro do marido.

– Eu te amo, sussurrou ela.

– Eeeu xi amu tamb..., murmurou ele com energia semelhante à de uma tartaruga.

Cris deu um beijinho no ombro de Ted e reparou que, pela respiração estável e profunda do marido, ele estava à bordo de um trem-bala, rumo à terra dos sonhos. Infelizmente, agora que se levantara, era impossível para ela embarcar no mesmo trem. Tentou virar-se de lado, de costas, de bruços, mas nenhuma posição lhe parecia confortável. Por mais que respirasse lentamente, inspirando pelo nariz e expirando pela boca, não conseguia desacelerar a miríade de pensamentos que parecia desabar sobre ela como uma cachoeira invisível.

Cansada, Cris se levantou e caminhou silenciosamente para a sala, fechando a porta do quarto. Pegou o *notebook* que ficara no chão ao lado da poltrona e viu a página que Ted deixara aberta ao adormecer. Ele havia entrado na conta bancária deles. A sessão expirara, mas dava para ver que ele havia pago a conta de luz e de água antes de pegar no sono. O saldo da conta era agora de 214.96 dólares.

Nossa. É menos do que eu achava que tínhamos.

Cris entrou novamente no *site* do banco e checou o saldo da conta poupança. Estava bem abaixo do valor que vira da última vez. Recostando-se na poltrona, tentou calcular rapidamente o que ela e Ted ganhavam juntos e os gastos, cada vez maiores, que vinham tendo por mês.

O exercício matemático àquela hora da noite pareceu-lhe sobremaneira complicado. Os dois teriam de conversar mais tarde sobre as finanças da casa. Cris achou que checar o *e-mail* seria bem menos desgastante, especialmente se houvesse alguma nova mensagem de Katie.

Katie, a melhor amiga de Cris, havia se mudado para o Quênia em abril daquele ano e, desde então, as eternas amigas vinham conseguindo manter uma constante troca de *e-mails*, a fim de permanecerem próximas. Apesar de terem tentado se falar pelo telefone, o fuso horário e a agenda de trabalho de ambas as impediam de conversar com regularidade. O *e-mail* se tornara, então, a forma de manter viva a comunicação entre elas.

Sempre que Katie escrevia, Cris ficava na expectativa de que a amiga já teria definido a data do seu casamento. Fazia poucas semanas que ela e Eli haviam ficado noivos, mas as coisas eram diferentes no Quênia, conforme Katie lhe explicara mais de uma vez. A data precisava se encaixar na agenda de programações do centro missionário onde eles serviam e moravam. Cris tinha a impressão de que Katie não pensava ser necessária tanta antecedência para organizar o casamento.

Na realidade, Cris não sabia se a questão era essa ou se Katie estava sendo ingênua no tocante a todos os detalhes envolvidos na organização de uma bela cerimônia de matrimônio. Seu desejo era que a amiga tivesse uma linda cerimônia. Ademais, ela queria poder marcar a data em sua agenda e começar a planejar a longa viagem que ela e Ted teriam de fazer até o continente africano. O dinheiro para custear a viagem era um problema à parte e mais um tópico sobre o qual ela e Ted teriam que conversar em breve.

Cris abriu o *e-mail* de Katie e franziu a testa ao ler a primeira linha.

Tive um colapso nervoso ontem. E foi por sua causa, só para você saber.

Coitado do Eli! Acho que ele nunca tinha presenciado um dos meus shows de histeria. Ou, pelo menos, não como esse. Mas estou bem agora. De verdade. Mesmo sabendo que minha atitude não foi nada bonita. O que aconteceu é que caí na real. Acho que finalmente encarei o fato de que eu estou aqui e você está aí, e há milhares de quilômetros entre a gente.

A questão é que sempre achei que depois que eu e você nos casássemos, moraríamos na mesma ruazinha e dividiríamos a vida como temos feito desde os quinze anos de idade. No meu mundinho imaginário perfeito, teríamos filhos na mesma épo-

ca e os criaríamos juntas, de modo que se tornassem melhores amigos.

Ontem me dei conta de que isso nunca irá acontecer. E perceber isso mexeu fundo comigo. Você é como uma irmã para mim, Cris. Como que a gente pode morar em pontos tão opostos do planeta? Não estou de acordo com isso, não. É fato. Mas, tirando isso, minha vida está perfeita em todas as áreas.

Saber que essa é a minha vida, e que vou viver assim para sempre, sem ter você diariamente comigo, não está certo. É insuportável, resumidamente.

Então? Como você está?

Vagarosamente, uma lágrima percorreu a bochecha de Cris. As saudades de Katie lhe bateram como nunca. Como a amiga, ela também não havia pensado muito sobre como seria a vida delas, vivendo em continentes diferentes. Estava alegre demais por Katie para permitir que pensamentos de tristeza a tomassem. Katie amava a África e adorava morar no centro de missões onde trabalhava. Havia se apaixonado profundamente por Eli, o cara que pacientemente buscara um relacionamento com ela durante o último ano da faculdade. Juntos, eles estavam dando forma a uma nova vida, aninhados nas colinas do Vale do Rift, na periferia de Nairóbi. Estavam rodeados de campos de chá, bem como de bons amigos e dos atenciosos pais de Eli.

Tudo isso fazia bem para Katie. Muito bem.

Mas agora, cinco meses após Katie ter se mudado para o lugar que costumava chamar de "pátria do coração", a realidade havia batido. Para ela e para Cris.

Cris pressionou o botão para responder e começou a digitar sua resposta, piscando a todo o momento por causa das lágrimas que fluíam livremente, sem que pudesse contê-las.

Sei exatamente o que você está dizendo! Eu sinto a mesma tristeza, Katie. Ela me atinge como ondas. Sinto tanto a sua falta! Claro que fico feliz por você e o Eli e por ver que você está bem instalada aí na sua pátria do coração. Mas esse negócio de não poder participar do dia a dia uma da outra abriu um buraco gigantesco no meu peito. Como eu queria que você estivesse aqui! Tenho tantas coisas para contar! Tenho uma novidade ótima, mas preciso contar ao Ted primeiro. Ia fazer isso ontem, mas aí o Rick apareceu aqui em casa e...

Cris parou por uns instantes e ficou pensando em como Katie e Nicole haviam construído uma boa amizade no ano anterior, ao trabalharem juntas como Assistentes de Residência na Universidade Rancho Corona. De um jeito muito estranho, a amizade de todos eles se cruzavam: Katie era super próxima de Nicole, Ted era um grande amigo de Rick e Cris era a melhor amiga de Katie. Quando todos estavam se entendendo uns com os outros, havia entre eles um incrível círculo de camaradagem. Entretanto, Cris sabia que se Nicole ainda não tivesse contado a Katie sobre o rompimento com Rick, o círculo entre eles logo se transformaria num pontiagudo triângulo, caso fosse ela a inteirar Katie da questão particular entre os dois.

Cris apagou as últimas linhas que havia escrito e fechou o *e-mail* dizendo: "Tenho uma grande novidade para contar. Amanhã lhe escrevo novamente, tão logo eu tenha tido a oportunidade de contar ao Ted."

Apertando o botão de envio, Cris se levantou da cadeira reclinável e pôs o *notebook* de lado. Com passos leves, foi até a cozinha e examinou o armário para ver se havia algum chá de ervas para acalmar o seu agitado estômago e deixá-la sonolenta. A bebida sempre a fazia lembrar-se de Katie. A lembrança mais forte era de quando a amiga tentara criar o seu próprio *blend* de ervas, na época em que eram colegas de quarto na faculdade. Na ocasião, o chá havia causado uma reação alérgica em Cris.

Cris encontrou apenas três saquinhos de chá; todos de tangerina. Além de não ser o seu favorito, o chá não induzia ao sono. Resolveu então apagar as luzes e voltar para a cama. A proximidade de Ted, a respiração rítmica do marido e a brisa fresca que entrava pela janela do quarto a acalentaram como uma antiga canção de ninar, e ela logo adormeceu.

Ao acordar com o irritante sonido do alarme de seu celular, Cris percebeu imediatamente que o lado da cama de Ted estava novamente vazio.

– Ted?

Pisando levemente, Cris caminhou até o banheiro. No espelho – que se tornara o principal quadro de comunicação dos dois nos últimos meses –, havia um bilhete colado. Os recados que trocavam normalmente eram curtos e carinhosos, como as mensagens encontradas em docinhos do dia dos namorados em formato de coração.

Me ligue. Te amo.

Cris se deu conta de que deveria estar dormindo profundamente, já que sequer ouvira Ted se levantar e sair. Antes de entrar no banho, ligou para o celular do marido e deixou uma mensagem de voz. A água quente a fez bocejar e perceber o quanto ela estava cansada. Naquela hora, arrependeu de ter aceitado substituir a colega no trabalho, embora soubesse que a renda extra lhes seria bem-vinda.

Tão logo Cris chegou à livraria A Arca, sua nova gerente, Rosalyn, acenou, chamando-a até a caixa registradora.

– Você viu a máquina de costura? perguntou.

– Máquina de costura? Não. Acabei de chegar.

– Está na sala de repouso. Estou dando uma limpeza nos armários da minha mãe, já que vamos colocá-la num lar de idosos. Faz muito tempo que minha mãe não costura. É uma boa máquina. Portátil. Achei que você pudesse querer.

– Ah, obrigada.

Cris não estava entendendo ao certo por que Rosalyn pensara que ela precisaria de uma máquina de costura. Ela não costumava costurar.

– Se você não quiser, vou oferecê-la às outras funcionárias. Mas queria lhe dar preferência, caso lhe interesse.

Por algum motivo, Cris achou melhor aceitar a oferta e

ser grata, mesmo achando que acabaria por repassar o presente a alguém que pudesse fazer bom uso dele.

– Claro. Obrigada, Rosalyn. Vou adorar ficar com ela. Obrigada pela consideração.

– Minha mãe sempre doou artigos que não estava usando para as pessoas que servem no ministério. Já que você e o Ted estão no ministério de jovens, imagino que precise mais do que as outras mulheres que trabalham aqui.

Tão logo Rosalyn deixou escapar a explicação para o seu ato de generosidade, Cris teve a impressão de que a gerente desejou retirar suas palavras. Por trás da armação de óculos arredondada, os olhos de Rosalyn piscaram, e seus lábios, entreabertos, davam a impressão de que ela estava tentando encontrar um antídoto para a embaraçosa justificativa.

Cris se sentiu incomodada diante da insinuação de que ela e Ted eram caso para caridade. Mas era verdade. Os dois precisavam mais do que qualquer outra pessoa ali, e mais do que Cris seria capaz de reconhecer. Dando um sorriso tranquilo, que não correspondia muito ao seu estado de espírito, Cris estendeu a mão e tocou levemente o antebraço de Rosalyn, num gesto de apreço.

– Obrigada. Fico muito agradecida pela sua consideração.

Rosalyn checou o relógio de pulso e disse:

– De nada. Não se esqueça de pegá-la quando for embora hoje.

Pelas duas horas que se seguiram, Cris trabalhou num ritmo tranquilo, auxiliando clientes, atendendo ao telefone e estocando livros. Ao contrário dos outros dias, havia pouco movimento, o que só fazia aumentar a sua expectativa de sair à uma da tarde em vez das cinco, já que estava substituindo apenas por meio período.

Pouco depois das 11:00, Cris olhou para a porta e viu que Ted estava entrando na livraria. Ele tinha um sorriso enorme no rosto e segurava um grande buquê de cravos brancos.

Quando avistou Cris no caixa, o rapaz disparou pela loja, entrando no balcão e tomando Cris em seus braços.

Antes que Cris pudesse dizer qualquer coisa, os lábios de Ted se encontraram com os dela, e Cris foi vencida pelo perfume das flores, que haviam sido apertadas contra a sua bochecha. A fragrância remetia o seu coração a todas as lembranças românticas que ela e Ted haviam compartilhado, a começar do primeiro beijo que deram, quando ela tinha quinze anos.

Por um momento, tudo ao redor sumiu de vista e Cris se perdeu no cantinho secreto do seu coração, onde silenciosamente guardara cada desejo e oração sussurrada acerca daquele homem, cujas lágrimas de alegria se misturavam ao beijo que lhe dava.

Apesar da beleza e do encanto do momento, Cris não estava entendendo por que o marido entrara às pressas na livraria e a inundara com toda aquela atenção. Tão logo conseguiu falar, ela murmurou, os lábios ainda latejantes:

– Ted? O que está acontecendo?

Ted mal podia falar. Ele tocou a lateral do rosto de Cris e moveu para trás uma mecha de seus cabelos. Com lágrimas brilhando em seus olhos, ele sussurrou:

– Kilikina, por que você não me contou?

Para Sempre Com Você

Capítulo 3

Cris examinou o semblante corado de Ted.

– Por que eu não lhe contei o quê?

– Sobre o bebê. Por que você não me contou sobre o bebê?

– Que bebê?

– O nosso bebê.

Agora era Ted quem parecia reavaliar o que estava se passando.

– Nós vamos ter um bebê, não vamos?

Cris arregalou os olhos. Em seguida, inclinou-se para perto dele e disse, em tom baixo e convincente:

– Não. Ted, não. Eu não estou grávida.

Ted recuou, chocado. Sua expressão desabou.

– O quê?

Como que se desculpando, Cris olhou para o cliente que se aproximara do caixa e estava assistindo à interação entre eles com grande interesse.

– Me desculpe. Vou chamar alguém para atendê-lo. Um minuto.

Rosalyn se aproximou, e Cris conduziu Ted à seção dos livros de teologia. Como era a área menos movimentada da loja, ficou torcendo para que ninguém os seguisse até lá.

– Ted, sussurrou ela, quem foi que lhe disse que eu estava grávida?

– O Eli.

– O Eli?!

– Sim. Ele me mandou um *e-mail* perguntando o que achávamos de eles marcarem o casamento para os próximos meses.

– E por que ele estava perguntando isso a você?

– Porque tinham pensado que talvez fosse mais seguro para você viajar nos estágios iniciais da gravidez, considerando tratar-se de uma viagem longa.

Cris colocou a mão na testa.

– Eu não disse a Katie que estava grávida. Só falei que tinha uma boa notícia para dar.

– Então você não está grávida.

Ted parecia confuso.

– Não. Não estou.

– Tem certeza?

– Claro que tenho.

Ted coçou a nuca.

– Quando vi o *e-mail* do Eli, lembrei que você havia dito que tinha uma novidade para me contar ontem à noite. Daí pensei que tinha acabado com sua surpresa e que a tal novidade era que estávamos esperando um filho.

– Você não estragou nada. De fato tenho uma novidade para contar, mas não é gravidez. De verdade.

– Ok.

Ted continuava confuso.

– Então, o que é? O que está acontecendo?

Cris olhou à sua volta e reparou que uma das mulheres que trabalhava na livraria resolvera, convenientemente, fazer o balanço na seção de bíblias que ficava no corredor ao lado.

– Não posso lhe contar aqui. Não agora.

– Como assim não pode me contar?

Cris tentou fazer com que ele falasse mais baixo.

– Vamos a algum outro lugar.

– Ok. Quer que eu pegue uma mesa na Ninho da Pomba?

– Não. Vamos para casa. Você pode me levar? Não tem problema se eu sair agora. Vou avisar a Rosalyn que preciso ir. Não tem problema. Só vou pegar minha bolsa e encontro você no carro.

Ted tencionou a mandíbula.

– Ok, murmurou ele.

Cris lhe entregou o ramalhete de cravos.

Não foi difícil encontrar Rosalyn pela livraria. Parecia que todos os funcionários haviam encontrado um pretexto para ficarem próximos de onde Cris e Ted estavam, na esperança de ouvir qualquer coisa que lhes desse uma pista do que estava acontecendo.

– Queria saber se posso sair um pouco mais cedo hoje, já que o movimento não está tão grande, falou Cris.

– Claro. Sem problemas. Vá para casa e descanse.

O sorriso maternal de Rosalyn não deixou dúvidas de que ela havia escutado a parte da conversa sobre o "bebê". Por mais que Cris quisesse esclarecer o assunto para sua gerente, sabia que poderia fazer isso mais tarde. Naquele momento, tudo o que ela queria era ir embora e esclarecer a situação ao seu pobre marido.

Cris pegou a bolsa e avistou a máquina de costura sobre a mesa de almoço. Era uma máquina portátil que vinha num estojo com alça. Mesmo sendo pesada, Cris resolveu arrastá-la até o carro, a fim de evitar mais conversas desagradáveis com a chefe, caso ela visse que a máquina continuara ali.

Ted a esperava no carro, com o motor ligado. As flores

estavam no banco de trás, jogadas de lado, como se fossem uma bolsa de ginástica esquecida. Cris abriu a porta traseira e colocou o "presente" ao lado do ramalhete.

– O que é isso?

– Uma máquina de costura.

Cris entrou no carro e fechou sua porta. Ted saiu do estacionamento e olhou novamente para ela, sem entender.

– Será que sou só eu, ou nada está fazendo sentido no dia de hoje?

– Foi um presente. Mais ou menos, disse Cris. Da minha gerente.

– A troco de quê?

Cris tinha certeza de que não queria tentar explicar o episódio da máquina de costura naquele momento. Era mais importante contar a sua novidade ao marido e desatar totalmente o nó que se formara.

– Ela estava tentando ser simpática. Agora deixe-me contar a novidade para você.

– Ok.

– Recebi uma proposta de emprego.

Surpreso, Ted olhou-a de relance e depois voltou os olhos para a rua.

– Você não me disse que estava procurando outro emprego.

– Na verdade eu não estava. Não exatamente. Lembra-se de quando lhe contei, algum tempo atrás que a Dra. Swanson do departamento de Língua Inglesa da Rancho Corona estava solicitando uma bolsa para financiar sua pesquisa sobre a escritora Harriet Beecher Stowe?

– Não.

– Bem, eu também mal me lembrava. Faz meses que ela me falou isso. O fato é que ela me ligou ontem e me contou que o financiamento foi aprovado. Como ela poder contratar uma assistente de pesquisa, ela queria saber se eu tinha interesse na vaga.

Ted continuou olhando à frente.

– Então o trabalho não tem a ver com a máquina de costura.

– Não. Esqueça a máquina de costura. As funções básicas do assistente seriam digitar e organizar uma porção de informações. A maior parte eu posso fazer em casa mesmo, mas teria de ir ao campus da Rancho alguns dias por semana, quando a Dra. Swanson precisar que eu faça parte do trabalho lá.

– Isso é algo que você quer fazer? Ser assistente de pesquisa?

Cris ficou chocada com a falta de reação do marido. Achava que Ted ficaria mais animado.

– A Dra. Swanson foi uma das minhas professoras prediletas. Fiquei muito honrada de ter sido convidada para trabalhar com ela. A melhor parte é que eu poderia fazer meu próprio horário e então organizaria melhor o meu tempo. É isso que está me deixando mais empolgada. Eu teria condições de participar de mais eventos da igreja com você, e poderíamos estar juntos nos seus dias de folga.

Ted não deu nenhum indício de que isso seria um bônus.

– E o salário seria mais alto do que o meu atual.

Aí sim ele lhe deu atenção.

– Mesmo? Quanto a mais?

Cris contou-lhe o valor da hora de trabalho que a Dra. Swanson lhe informara. Ted pareceu impressionado, mas não muito. O aumento não era tão significativo. Para Cris, o fato de poder programar suas próprias horas de trabalho era um bônus tão importante quanto a renda adicional.

– O trabalho é permanente? indagou Ted.

– Não exatamente. O projeto só está sendo custeado por dois anos, portanto, quando a bolsa acabar, eu estaria desempregada. A menos que a Dra. Swanson consiga renová-la ou alguma outra coisa aconteça.

– Você receberia benefícios? Plano de saúde?

– Não. Mas eu disse a ela que o seu emprego na igreja já cobre essas despesas.

Ted respirou fundo ao virar na rua onde o prédio deles ficava, ocupando todo o quarteirão.

– E você aceitou a proposta?

– Não. Falei que precisava conversar com você e orar sobre o assunto, e que daria uma resposta na próxima terça-feira.

– Por que terça-feira?

– Sei lá. Foi ela que me pediu que ligasse e lhe desse a resposta até terça.

Ted parou o carro na vaga deles e desligou o motor. Por uns instantes, ficou olhando fixo para o volante, perdido em pensamentos.

Embora Cris não fizesse ideia de qual seria a reação de Ted, ela achava que a novidade era muito boa e esperava pelo menos um "parabéns" ou "que bom que você foi selecionada" da parte do marido.

Mas Ted continuou encarando o volante.

– Então? O que você acha? perguntou ela.

– Eu acho, principiou Ted, coçando a lateral da cabeça e ligando o carro novamente. Em seguida, engatou ré e saiu do condomínio, antes mesmo de terminar o que estava dizendo.

Cris imaginou que estivessem indo ao Tacos do Joe, já que, nos últimos meses, o *trailer* de comida mexicana se tornara o lugar favorito de Ted para sair. Talvez demorasse um pouco para ele digerir a novidade e, tão logo isso acontecesse, ele ficaria feliz por ela e animado com a vantagem de poderem passar mais tempo juntos, caso ela aceitasse o novo emprego. Ele só precisava de um pouco mais de tempo para processar a novidade, imaginou Cris, e, por alguma razão, ele parecia avaliar melhor as coisas com um bom taco na barriga.

Já estavam quase na rodovia, quando Ted disse em tom firme:

– Acho que deveríamos ir à praia.

– À praia?

– Sim. Sabe aquele lugar onde tem um monte de areia e água salgada?

– Sim, eu conheço o lugar. Ted, o que está acontecendo?

– Eu já quase não me lembro da cara da praia. Você está com o resto do dia livre. Eu também. Então vamos passear na praia.

Cris recostou-se no banco e sorriu. Ela não esperava por aquilo. Olhando de relance para as flores abandonadas no banco traseiro, estendeu o braço para pegá-las e disse:

– Esqueci de agradecer pelos cravos, Ted. São lindos.

Afundando o nariz nas flores macias, Cris inalou a sua fragrância doce-apimentada e lembrou-se de quando conhecera Ted e ganhara dele o seu primeiro buquê de cravos brancos. Cris não conteve o sorriso. Aquele fora o dia em que Ted selara com um beijo a promessa de verão dos dois. Havia sido o primeiro beijo dela e o primeiro deles. A memória daquele emocionante momento, bem no meio de um cruzamento na praia de Newport, lhe parecia extremamente remota agora.

Ao entrarem na rodovia, sentido oeste, Cris foi tomada por suas lembranças favoritas dos anos de namoro. Pelas janelas do carro, a brisa do sul da Califórnia balançava os fios de cabelo ao redor do seu rosto. Suas memórias eram dignas dos contos de fada, permeadas de um ar puro e inocente. Dentre elas estavam a pulseira com a inscrição "Para Sempre" que Ted lhe dera, o dia em que prepararam café da manhã na praia e espantaram as gaivotas, o percurso até Hana, em Maui, o dia em que Ted retornara da temporada de surfe na Costa Norte, o castelo inglês de Carnforth Hall e a viagem de trem até a Espanha, os dias na Rancho Corona, quitutes e promessas compartilhados na confeitaria da Basileia, o acidente com a Kombi Nada e o dia em que ela soube, realmente soube, que o amava.

Já fazia muito tempo desde a última vez em que haviam feito um programa espontâneo. Ambos estavam trabalhando muito e fazendo tudo o que podiam para construir o seu futuro juntos.

– Sabe de uma coisa? disse Ted, tentando vencer o barulho do vento e do tráfego que zunia entre eles. Vamos fazer um trato de não repetir isso.

– Isso o quê?

Ted subiu as janelas e ligou o ar-condicionado, para que não tivessem que gritar para se ouvirem. Pausadamente falou:

– A próxima vez que eu for à loucura e sair contando para todo o mundo que você está grávida, vamos primeiro ter certeza de que realmente estamos esperando um filho.

Cris teve vontade de rir, mas viu que Ted não estava brincando. Ele parecia chateado, como se ainda estivesse tentando entender o que havia acontecido.

– Prometo que lhe conto imediatamente, tão logo eu fique sabendo, disse ela. Você será o primeiro a saber. Se quiser, pode até ficar comigo no banheiro, quando eu estiver fazendo o teste caseiro.

– Bem, não sei se vou querer estar do seu lado nessa hora. Basta me contar logo em seguida, ok?

Cris segurou o sorriso.

– Está bem. Eu prometo.

Cris ficou pensando nas palavras "Eu prometo", que sempre tiveram um sentido um tanto sagrado para eles. Quando tiveram a certeza de que iriam se casar, essa havia sido uma das frases que sussurraram um ao outro, em meio a outras palavras doces e cheias de amor. E estavam falando sério. Na cerimônia de casamento, tinham escolhido selar os seus votos com essas duas palavrinhas, em vez do tradicional "Sim", porque a frase tinha um sentido bem mais profundo para os dois.

Cris esticou o braço e pôs-se a massagear a musculatura rígida do pescoço do marido até a sua nuca. Era evidente que Ted não estava naquele estado tranquilo e descontraído que normalmente o caracterizava.

– Você está bem? perguntou ela.

Ted não respondeu. Continuou a dirigir, e Cris intuiu que algo importante estivesse acontecendo na igreja. A reunião para a qual ele havia sido chamado na noite anterior era a principal pista. A postura e a expressão dele eram indícios ainda maiores de que algo estava acontecendo.

Ted respirou profundamente, fazendo uma pausa antes de falar.

– A liderança da igreja está tomando as últimas decisões em relação aos cortes orçamentários que terá de fazer.

– Cortes orçamentários?

– O termo que utilizaram foi 'contenção de despesas'. Estão querendo reduzir minha jornada de trabalho, a fim de ajustar o meu salário ao orçamento. Ontem à noite me perguntaram se eu aceitaria trabalhar por meio período e empregar mais a mão de obra voluntária.

Cris ficou chocada.

– Eles já não tinham discutido isso no início do ano e decidido manter-lhe em tempo integral?

– Sim, mas o assunto voltou à pauta. Terça-feira haverá outra reunião para a diretoria votar.

– Terça-feira.

– Sim, terça-feira. O mesmo dia em que você deve dar a resposta à Dra. Swanson.

Cris sabia que seria difícil assumir um compromisso de dois anos com o trabalho de pesquisa, considerando que a posição e a renda de Ted estavam prestes a serem cortadas pela metade.

Após trafegarem em silêncio por mais um tempo, Ted disse:

– Além disso, preciso dizer que existe a possibilidade de eu ser demitido. É só uma sensação que tive ontem à noite após a reunião. Já faz quase um ano que as coisas andam meio instáveis.

Cris começou a sentir uma dose de pânico subir-lhe pela garganta.

– O que devemos fazer?

– Orar.

Orar era a última coisa que Cris tinha vontade de fazer. Sua mente estava a mil, pensando em como iriam se virar se Ted fosse demitido. Ela fitou o para-brisa fronteiro, perdida em seus próprios pensamentos sombrios.

Ted estendeu o braço e cobriu a mão dela com a dele.

– Vai ficar tudo bem, Kilikina.

Por muitos anos, sempre que Ted a chamava pelo seu nome havaiano, bastava o som das sílabas no timbre grave do rapaz para reconfortar Cris e tranquilizar o seu coração. Dessa vez, no entanto, a palavra não a confortou. Cris estava ansiosa, e seu nível de esperança, bem baixo.

Ted voltou-se para ela por um momento, e Cris tentou esboçar um sorriso otimista. Parecia-lhe que sempre fora mais fácil para Ted confiar em Deus de todo o coração do que para ela. Contudo, ela estava chegando lá. Diversas vezes em que era para tudo ter desabado, ela havia visto alguma "coisa de Deus" acontecer e as peças se encaixarem. Seu Pai Celestial já havia lhe dado diversas razões para confiar nele.

Entretanto, ela nunca tinha visto Ted tão calado, tampouco com a aparência tão sombria e preocupada antes. O único motivo de gratidão que ela podia achar no momento era que eles não estavam esperando um bebê.

Capítulo 4

Ao chegarem à praia de Newport, Ted e Cris pararam num mercado e compraram alguns sanduíches e guloseimas para fazerem um piquenique, já que estavam com fome.

Ted dirigiu os últimos quarteirões que restavam até a praia e dobrou a esquina da rua onde a casa de dois andares de seu pai ficava localizada. O plano era estacionar na frente dela ou na estreita entrada da garagem. Porém, para surpresa deles, três carros ocupavam cada uma das vagas existentes. Uma música alta soava pelas janelas abertas da residência de três quartos, onde Ted havia crescido.

– Achei que seu pai não tivesse conseguido alugar a casa, disse Cris.

– Eu também. Mas ele deve ter encontrado alguém.

Ted seguiu por uma das pequenas vielas que separavam as casas de praia, construídas bem próximas umas das outras, e parou o carro algumas quadras adiante. Em seguida, ele e Cris pegaram um velho cobertor mexicano no porta-malas do Volvo e as sacolas com os itens para o piquenique.

– Você não acha estranho? perguntou Cris, refletindo sobre a cena que haviam observado. Por que haveria tantos carros estacionados na porta da casa? Será que os inquilinos estão dando uma festa?

– Esse seria o meu palpite.

– Mas por que eles dariam uma festa no meio do dia e no meio da semana? É estranho. Acho que deveríamos falar com seu pai.

– Eu vou.

Naquele exato momento, o celular de Ted tocou.

– É o Rick. Tudo bem se eu atender?

– Claro.

Os dois foram andando em direção à praia pela rua da casa do pai de Ted.

– Oi, Rick. Como você está?

Ted fez todos os sons que costumava soltar quando estava ouvindo alguém. – Aham. Sei. Isso. Claro. Acho sensato.

Ted e Cris passaram novamente em frente ao imóvel da família. A música estava excessivamente alta. Cris reparou que uma das pequenas janelas da cozinha estava quebrada. Ted assimilou tudo, mas continuou andando, ainda escutando Rick. Quando já estavam a dois quarteirões da casa e próximos da calçada que separava as residências da faixa de areia, Ted finalmente parou. Terminou a conversa com Rick dizendo "Me conte depois como foi" e, em seguida, pôs-se a digitar algo no telefone.

Cris contemplou aquele trecho da praia, que lhe era tão familiar. Jamais conseguiria se cansar daquela vista; a longa extensão de areia e a imensidão do oceano azul-marinho, que se prolongava até o horizonte, encontrando-se com o céu de outono. De todos os lugares que Deus havia criado no mundo, aquele era um dos seus favoritos. Ali, ela e Ted haviam compartilhado inúmeras memórias.

Sob muitos aspectos, a praia de Newport se assemelhava mais a um lar para Cris do que a residência de seus pais em Escondido ou o apartamento onde morava com Ted em Murrietta Hot Springs. Para ela, era uma alegria terem se estabelecido na região da Universidade Rancho Corona, onde tinham estudado. Entretanto, ela sabia que viver no interior da Califórnia, a duas horas do litoral, era uma tortura para o seu marido surfista.

Ted olhou para cima.

– Mandei um *e-mail* para o meu pai. Você tem razão. Tem algo muito estranho naquela casa. Sabe o que parece... falou Ted, pondo-se a procurar um contato na agenda do telefone.

Ao encontrar o número, pressionou o botão para dar o telefonema e começou a andar rapidamente na direção da casa do pai. Cris o seguiu, incerta do que estava acontecendo.

– Você se esqueceu de algo?

– Não, vou tentar uma coisa. Só me acompanhe, ok?

Já estavam quase na altura da casa, quando Ted começou a falar:

– Alô? Oi, estou querendo informações sobre uma casa de praia que está anunciada para aluguel.

A pessoa do outro lado da linha respondeu, e Ted mostrou-se surpreso. Caminhando um pouco mais rápido, falou:

– Sério? Entendi que vocês tinham um imóvel disponível a apenas dois quarteirões da praia de Newport.

Ted e Cris já estavam a uma casa de distância do imóvel da família quando um homem baixo, vestindo uma regata, apareceu no terraço. Ted manteve-se afastado para que ele e Cris não fossem vistos. Com uma mão, o sujeito segurava o celular próximo ao ouvido e com a outra, um cigarro. Apesar da música, Cris podia ouvi-lo falando em tom alto, ao mesmo tempo em que escutava sua voz pelo telefone de Ted.

– Estamos sem opções de aluguel no momento, mas ligue de novo daqui umas semanas, porque a disponibilidade varia muito. Principalmente se você estiver querendo alugar um quarto para solteiro numa casa compartilhada. É provável que eu tenha um quarto individual disponível em cerca de um mês. É uma casa ótima. A poucos quarteirões da praia.

– Ok. Obrigado.

Ted desligou e continuou olhando para o homem no terraço, que havia colocado o celular no parapeito e se assentado em uma das desgastadas cadeiras de repouso. Em seguida virou-se e dirigiu-se à praia.

– Não acredito nisto! exclamou Cris, juntando as peças do quebra-cabeça. Aquele sujeito asqueroso disse a seu pai que a casa não havia sido alugada. Mas ele está ali, usando o imóvel como uma casa de festas e alugando os quartos como se fossem dele. Aposto que está embolsando toda a renda do aluguel. Deve achar que seu pai nunca ficará sabendo, já que está nas Ilhas Canárias.

A mandíbula de Ted estava tensa. Ele continuou a andar.

– O que pretende fazer?

Cris sabia que quando Ted ficava realmente bravo, como deveria estar naquele momento, ele se calava e cerrava os dentes. Geralmente demorava algum tempo até ele definir qual seria a sua reação. Dessa vez, no entanto, sua resposta foi imediata e causou-lhe surpresa.

– Primeiro, vou pôr os pés na areia. Depois, vou entrar na água. E então vou fazer um piquenique com a minha esposa.

Mantendo-se ao lado do marido, Cris esticou o cobertor na areia. Ted estava vestindo uma bermuda, camiseta e chinelos. Chutando os chinelos, ele tirou a blusa e foi direto para a margem do mar, como se fosse uma criatura oceânica que ficara encalhada na praia e precisasse sentir a água salgada em seus poros, a fim de poder pensar ou respirar novamente.

Cris ficou assistindo ao marido furar a primeira onda que se formou e sair do outro lado. Suas costas reluziam com as gotas do oceano que se agarravam à sua pele como se fossem velhas amigas, felizes por revê-lo. Ted nadou intensa e rapidamente, mergulhando pelas paredes de azul líquido. Suas mãos cortavam a água, fazendo com que um *spray* de gotículas, que refletiam as cores do arco-íris, acompanhasse o rastro deixado por ele no mar.

Observando os movimentos de Ted, Cris pensou em algo que nunca havia considerado antes. Aquela era a arte de Ted. Ele tocava violão e escrevia músicas, como forma de dar vazão à sua adoração a Deus. Contudo, a maneira como interagia com o mar também era artística, intencional e muito bonita. Sempre fora assim. Durante anos Cris havia assistido ao marido equilibrar-se graciosamente em sua velha prancha de surfe alaranjada, a Naranja. Ele era capaz de abrir caminho por uma parede de água do mar. Sabia girar o corpo calma e destramente diante de uma onda de três metros. Remava com força bruta e depois surfava a onda até a costa, como se ela fosse um leão domado, dotado de uma grande e espumante juba.

Sim. O surfe era mais do que um esporte para ele. Era a sua área de expressão artística; o lugar onde ele reabastecia o seu tanque emocional.

Cris estava contente pelo passeio; contente por ver que, apesar de todos os baques que haviam sofrido naquele dia, Ted tinha saído e ido direto para o mar. Quando ele voltou da água, Cris pôde ver no seu semblante que a raiva havia sido aplacada. Agora ele teria clareza sobre que decisão tomar.

Ted permaneceu a alguns metros de distância de Cris e sacudiu a cabeça, espalhando gotas salgadas por suas pernas descobertas.

Ela riu e levantou as mãos, protestando gentilmente.

– Ted! Está fria.

– Não se você entrar por inteiro.

Com um sorriso travesso, Ted pegou as mãos dela e tentou levantá-la para que ficasse de pé.

Cris se contorceu, fugindo das mãos do marido, e soltou um pequeno gritinho, que a fez sentir-se adolescente de novo.

– Ted Spencer, não ouse tentar me jogar na água!

Para Ted, ouvir aquela frase era como que um convite expresso para arrastar Cris até a orla e levá-la consigo para o mar, sorrindo o tempo todo como um menino de oito anos de idade. A cena se repetira várias vezes ao longo da adolescência deles. Quanto mais água Cris jogava nele, para se vingar do "caldo" recebido, mais feliz ele parecia se sentir.

Dessa vez, no entanto, Ted optou por deixar Cris assentada na areia e sacudir o cabelo desgrenhado, fazendo respingar água nela, como se fosse um alegre cão labrador.

– Ok, ok, disse Cris, limpando as gotas salgadas de suas bochechas. Achei que você tinha dito que faria um piquenique com sua esposa depois de mergulhar.

– Sim. Agora estou pronto.

– Ótimo. Vamos comer.

Ted se assentou sobre o cobertor, no espaço ao lado de Cris. Enquanto se deliciavam com os sanduíches, o sol os secou rapidamente. Cris ficou se lembrando da primeira vez em que seus pés tocaram a areia quente da praia, e de como a paisagem lhe parecera tão vasta e bela. Sair da fazenda de laticínios onde os pais moravam no Wisconsin para passar as férias na casa dos tios em Newport, no verão em que completara quinze anos, havia sido algo mágico. Sentada ali, Cris se deu conta do quanto a oportunidade lhe fora extraordinária.

Enquanto refletia, ela também se deu conta do quanto a sua vida teria sido diferente se ela não tivesse conhecido Ted naquele verão. Por mais difícil que tivesse sido a falência dos pais naquele ano, aquele revés havia sido o fator que provocara a mudança de toda a família para a Califórnia e lhes possibilitara viver a vida plena que vinham levando há quase dez anos.

Relembrar todos aqueles fatos reforçou a sua coragem ao pensar sobre todas as incertezas que ela e Ted estavam enfrentando agora. Virando-se na direção de Ted, Cris observou o marcante perfil do marido, que contemplava o Pacífico, tão amado por ele.

– No que você está pensando? perguntou ela.

– Na casa do meu pai. Fico furioso em pensar naquele cara o enganando e enchendo a casa com locatários de curto prazo. Você reparou na janela quebrada?

Cris fez que sim.

– Não quero nem pensar em como o resto da casa pode estar. É uma casa incrível. Eu amei passar minha infância ali.

– Como você adivinhou que o Sr. Asqueroso era o cara que estava na casa do seu pai? O que lhe deu a ideia de ligar para ele?

– Reconheci a BMW na entrada da garagem. Alguns meses atrás, quando meu pai estava ajeitando a casa para alugar, eu estava lá. Esse Sr. Asqueroso, como você o chama, apareceu e disse que era corretor de imóveis. Daí convenceu o meu pai de que poderia encontrar o perfil certo de clientes e manter a casa sempre alugada.

– Mas seu pai não o conhecia, conhecia? Quero dizer, pessoalmente, ou mesmo por uma referência confiável de algum conhecido...

– Não sei, mas suponho que não. A questão é que ele estava com pressa para alugar a casa. O que me revolta é que todo esse tempo, desde que meu pai retornou às Ilhas Canárias, a notícia que ele vinha tendo era de que o mercado estava tão abarrotado de casas para alugar, que os locatários não estavam tendo interesse em contratos de longo prazo. Antes eu tivesse vindo aqui algum tempo atrás e checado as coisas para ele!

– Teria sido ótimo se seu pai tivesse conversado com o tio Bob antes de deixar a casa com o Sr. Asqueroso. Meu tio conhece muita gente do mercado imobiliário dessa região. Ele poderia tê-lo ajudado a encontrar alguém de confiança.

– Pensei a mesma coisa. Estou na esperança de que o Bob possa nos ajudar agora. Vou telefonar para o meu pai hoje à noite; com o fuso horário, vai ser de manhã para ele. Que bom que viemos aqui hoje e que poderei tomar as providências necessárias para ajudá-lo daqui.

– Que confusão. Tudo isso e ainda as questões da igreja, suspirou Cris.

Ted vestiu a camiseta novamente e passou os dedos pelos cabelos já secos. O sol da tarde havia se escondido atrás de uma gigantesca nuvem, suspensa entre o horizonte e o centro do vasto céu azul. A luz e até mesmo o ar em torno deles tomaram uma tonalidade mais suave.

– É assim que vejo a situação, disse Ted com firmeza. Não há nada que eu possa fazer a respeito do que está ocorrendo na igreja. Eles irão se reunir na próxima terça-feira e chegar a um consenso. Depois disso, é provável que tenhamos de tomar algumas decisões importantes. Até lá, só precisamos segurar a situação com as mãos abertas. Deus não está lá no céu preocupado, esfregando as mãos e andando de um lado para o outro, enquanto se pergunta: 'Ó não, ó não! Que fim terá tudo isso?'

Cris sorriu ao ver Ted ilustrar o que estava dizendo, imitando uma pessoa agitada e em pânico.

– Deus está no controle disso, Cris. De tudo isso. E Ele está cuidando de nós. Estamos protegidos, disse Ted, deslizando o braço pelo ombro de Cris e puxando-a para junto de si.

Cris apoiou a cabeça na do marido, e juntos ficaram assistindo às ondas irem e virem, incansáveis em sua antiga e elegante dança. A luz do sol brilhava por trás das nuvens, emitindo raios prateados para o oceano. Cris pegou seu telefone e tirou diversas fotos dos raios solares explodindo pelas nuvens.

Satisfeita por desfrutar do momento, e não mais sentindo a urgência de captá-lo com sua câmera digital, Cris aconchegou-se a Ted e repousou mais uma vez a cabeça sobre os seus ombros. Ele se inclinou, beijando o topo da cabeça dela.

Cris sorriu, sentindo o coração encher-se de gratidão a Deus pela tarde tão específica e satisfatória que Ele havia proporcionado à alma dos dois, justo quando mais precisavam.

– Sabe o que seria muito bom agora? perguntou Ted.

– Nada, respondeu Cris.

Ted recuou e olhou para ela.

– Nada?

Cris virou-se para que Ted pudesse ver o olhar de satisfação em sua face.

– Esse momento é precioso. Ele não precisa de melhorias.

– Você não quer mais nada?

– A única coisa que quero, disse Cris com um tom sonhador em sua voz, é ficar bem aqui... para sempre... com você.

A satisfação de Ted pareceu aumentar diante da satisfação de Cris.

– Eu também quero ficar bem aqui com você para sempre.

Voltando a abraçá-la, Ted acrescentou:

– Eu ia dizer que um esquimó Balboa cairia bem agora. Mas já que vamos ficar aqui para sempre, acho que vou tirar esse item da minha lista de desejos.

Cris se afastou e olhou para Ted, concordando imediatamente com a ideia de tomar um esquimó Balboa.

Ted levantou o canto da boca, esboçando um adorável meio-sorriso.

– Quer dizer que o nosso momento 'eterno' está prestes a acabar? Por conta de um esquimó Balboa?

– Não, não está acabando. Estamos apenas expandindo-o, para fazer caber nele outras aventuras.

Cris se pôs a juntar as sobras do piquenique.

– Sério. Quando foi a última vez que comemos um esquimó Balboa?

– Pelo visto já faz muito tempo, a julgar pelo seu entusiasmo, falou Ted, enquanto ria.

– Vamos lá, disse Cris, colocando-se de pé. Eu aposto uma corrida com você até a balsa da ilha de Balboa.

Capítulo 5

*T*ed aproximou-se do balcão para fazer o pedido.

– Oi, tudo bem? Dois esquimós Balboa, por favor, sendo um deles sem nozes, falou ele, retirando o dinheiro da carteira para pagar.

Cris observou a moça pegar o picolé de baunilha do *freezer* e mergulhá-lo na calda de chocolate, que rapidamente se esfriou, formando uma casca em torno do sorvete. Ela entregou a barra sem nozes para Ted, que a repassou a Cris. Em seguida, veio o picolé de Ted. Dessa vez, a moça passou imediatamente o sorvete com chocolate numa bandeja de nozes moídas, que grudaram nele.

– Isso me traz algumas lembranças, declarou Ted ao se dirigirem a um banco vazio, enquanto tentavam comer a guloseima sem deixar cair nenhum pedaço da casquinha de chocolate ou do sorvete, que rapidamente se derretia.

Cris limpou o canto da boca com um guardanapo. Ela se lembrava nitidamente da primeira vez em que tinham ido, de bicicleta, a Balboa. Na ocasião, tinham comprado os esquimós, mas ela não conseguira colocar todo o sorvete na boca. Com isso, o chocolate sujara sua bochecha e secara sobre a sua pele durante o trajeto de volta para a casa dos tios.

A pior parte daquela lembrança era que Ted sem dúvida reparara na mancha, mas não falara nada durante todo o percurso. Cris só foi fazer a terrível descoberta quando se viu no espelho, depois de ele ter ido embora. Descobrir que havia passeado pela Ilha Balboa com uma marca de chocolate no rosto foi um dos momentos mais embaraçosos de sua adolescência. Estar com o cara de quem realmente gostava enquanto passeava pela ilha com o rosto sujo de chocolate tornou a experiência memorável.

Cris olhou para Ted e disse:

– Você me diria desta vez, não?

Ted desviou os olhos de Cris e exibiu um sorriso travesso, num indício claro de que ele também estivera relembrando o tal incidente.

– Contaria o quê? falou ele, em tom jocoso.

Cris deu-lhe uma leve cotovelada e continuou a comer. Ao dar sua última mordida, virou-se de modo que Ted tivesse que contemplá-la.

– Estou suja? perguntou.

Com o nível exato de maturidade que todo marido deveria ter, Ted a examinou e disse:

– Não. Não está.

Cris deu uma risada.

– Já você... Tem um pedaço enorme de chocolate no seu lábio inferior.

Em vez de lamber o lábio, Ted imediatamente se inclinou e deu um beijo estalado na bochecha de Cris, transferindo o chocolate para o rosto dela.

– Ei!

Cris já estava prestes a passar a mão na bochecha para remover a sujeira, quando decidiu esfregar o rosto na áspera bochecha de Ted, transferindo o restante do chocolate para a barba dele.

Ted gargalhou.

Cris amava quando Ted ria daquela maneira. Parecia uma criança assistindo pela primeira vez a um espetáculo de palhaços no circo. Ou um menino que acertara em cheio o adversário numa guerra de bexigas d'água. Para ela, era como se ele estivesse vivenciando um pouco das bobagens que tipicamente permeiam o relacionamento entre irmãos; uma alegria comum que ele não conhecera na vida, por ser filho único.

Ted esfregou o rosto com a palma da mão, espalhando o chocolate ainda mais. Cris riu e lhe entregou um guardanapo. De relance, percebeu que alguém estava de pé ao lado do banco, assistindo a eles como se fossem artistas de rua, fazendo a sua performance da tarde. A proximidade do casal em relação a eles lhe pareceu um pouco anormal.

Antes que pudesse virar-se para encarar o casal, como que pedindo-lhe licença, Cris escutou a inconfundível voz de sua tia Marta, interrompendo o divertido momento dos dois.

– Cristina! O que fazem aqui?

– Oi! exclamou Ted, colocando-se de pé e cumprimentando os tios de Cris com um abraço lateral. Bob, Marta. O que fazem por essas bandas?

– Viemos comprar sal marinho, falou Marta em tom seco e desinteressado, como se eles já devessem saber. Mas a pergunta que não quer calar é o que *vocês* estão fazendo aqui?

– Estamos aproveitando o nosso dia de folga, falou Ted, com o mesmo tom.

Marta ignorou o comentário levemente irônico de Ted e fixou os olhos em Cris.

Cris saltou do banco e deu um abraço nos tios.

– Sal marinho?

– Sim. Aqui na rua tem uma lojinha gourmet que vende

excelentes condimentos e os mais variados tipos de sais marinhos. Eu sempre venho aqui. Com tantos anos convivendo conosco, você já deveria saber disso, Cris.

– Não, não sabia.

Tampouco era do conhecimento dela que existia uma "variedade" de sais. *Variedade de quê? De sabores?*

– Bob, eu ia lhe telefonar mais tarde hoje à noite, falou Ted. Vou precisar da sua ajuda com a casa do meu pai. Ele está tentando alugá-la, e tudo indica que o corretor que ele contratou está passando a perna nele.

Bob foi com Ted para um canto e começou a lhe fazer algumas perguntas em particular. A delicada e elegante tia de Cris indagou novamente sobre o real motivo de os dois estarem na Ilha Balboa.

– Tínhamos a tarde livre, então resolvemos vir à praia de última hora, já que o tempo está gostoso. Desculpe não termos ligado para vocês.

Na mesma hora, Cris arrependeu-se de ter se desculpado de forma tão automática. Embora o seu relacionamento com a tia tivesse mudado bastante desde que se casara com Ted, Cris ainda precisava se esforçar para não voltar a ter os sentimentos que nutrira durante os vulneráveis anos da adolescência. Aquela época de seu relacionamento com Marta havia sido marcada pelo contínuo sentimento da parte de Cris de que, fosse o que fosse que estivesse fazendo, aquela não seria a maneira de agir de sua tia.

Com seus olhos escuros, Marta analisou minuciosamente a resposta de Cris com uma expressão de desconfiança.

– Vocês estavam planejando jantar em nossa casa?

– Na verdade não planejamos nada. Como falei, foi tudo de última hora.

– Seu tio e eu preferiríamos que tivessem nos avisado com antecedência, mas já que estão aqui, devem ficar. Além disso, seria um pecado voltar para aquele apartamento minúsculo e abafado de vocês num final de tarde tão perfeito como este. Vou pedir ao Bob que faça algo leve e rápido para o jantar. Onde vocês estacionaram? perguntou Marta, correndo os olhos pelas escassas vagas do estacionamento tarifado.

– Deixamos o carro perto da casa do pai de Ted e viemos de balsa.

– Nesse caso, vamos todos juntos. Estacionamos do outro lado da rua. Vocês vão de carona conosco, pegam o carro e param em frente à nossa garagem. Está decidido. Vamos? Robert? Os meninos irão para a nossa casa. Você e Ted podem continuar a conversa dos negócios lá.

Por mais que Cris não gostasse de ser levada pelos planos da tia dominadora, tão logo terminaram de jantar, ela percebeu que o encontro com Bob e Marta naquela tarde fora, na verdade, uma bênção. A primeira providência que Bob e Ted tomaram foi de telefonar para o pai de Ted nas Ilhas Canárias. Então os três bolaram um plano para tirar o Sr. Asqueroso da casa e dar queixa na polícia do golpe que ele havia aplicado. Bob estava ciente de todos os passos que precisavam tomar e concordou em "tomar o touro pelos chifres".

O jantar daquela noite foi uma elaborada salada, com diversos tipos de folhas e uma chuva colorida de tomates em cubo, mamão em pedaços, mirtilo, lascas de amêndoa e fatias de abacate maduro, além de salmão fresco e aspargos que Bob havia grelhado rapidamente. A refeição estava deliciosa, e tanto Cris como Ted se constrangeram repetindo diversas vezes que aquela era a melhor refeição que haviam feito nos últimos tempos.

– A Cris sabe preparar umas carnes assadas deliciosas, falou Ted, a fim de equilibrar os efusivos elogios.

– Carnes assadas, repetiu Marta com um sorriso indistinto. Não me lembro da última vez em que comi carne assada. Sua criação interiorana está falando alto, minha querida. Você deveria fazer frango grelhado ou priorizar os peixes frescos, como o que comemos agora. É muito melhor para você.

Cris preferiu não retrucar. Não estava disposta a entrar numa discussão sobre os perigos da gordura trans ou os benefícios do ômega 3 e da linhaça. A última conversa que tivera com a tia acerca de alimentação havia tomado esse rumo. A verdade era que o estilo de alimentação de Bob e Marta era dispendioso. Dinheiro nunca parecia ser problema para eles, portanto viviam um estilo de vida muito mais opulento que qualquer coisa que Cris e Ted poderiam experimentar algum dia.

– Alguém aceita uma fatia de *cheesecake* com morangos frescos? indagou tio Bob.

– Ah, Robert. Sobremesa para quê? Após uma refeição tão agradável, ninguém aqui vai querer tantas calorias extras.

Bob já havia se levantado e se colocado em direção à cozinha. No bom humor que lhe era característico, relevou o comentário de Marta e disse:

– Está bem, então. Três *cheesecakes*. Alguém quer café? Um chá?

Cris já ia se levantando para ajudar o tio, mas este insistiu que a sobrinha permanecesse exatamente onde estava.

– Desfrute o pôr do sol. Já volto.

A casa de praia de Bob e Marta já havia sido modernizada e reformada inúmeras vezes ao longo dos muitos anos em que moravam ali. Uma das melhores mudanças havia sido a reforma da área externa que dava de frente para a imensidão da praia e proporcionava uma vista ampla e limpa da areia e do mar a quem se assentava à mesa.

O sol estava prestes a riscar o céu em tons de laranja e cor-de-rosa, agraciando os espectadores com um último agradecimento, antes de se esconder no horizonte. A noite estava perfeita, e mais uma vez Cris se sentiu feliz por terem ficado para o jantar. Naquele momento, o telefone de Ted tocou. Para o desagrado de Marta, Ted pegou o aparelho e leu a mensagem que havia recebido.

– Com licença, falou ele, empurrando a cadeira para trás. Preciso retornar a ligação de Rick.

Ted entrou na casa para fazer a ligação.

– Como o Rick tem passado? indagou Marta. Ele não ia se casar em breve?

Cris manteve os olhos no esplêndido pôr do sol, desejando poder ignorar as perguntas de Marta. Ciente de que poderiam culminar numa longa discussão, tentou respondê-las com um comentário neutro.

– Nós encontramos com ele ontem à noite.

– E como ele está? Eu e o Robert adoramos a Niki, a noiva dele. Nós a conhecemos na festa de formatura da Katie, lembra?

– Sim, me lembro.

– Você sabe que eu e seu tio não tínhamos nenhuma expectativa de sermos convidados para a cerimônia, portanto, entendemos que eles não tenham nos enviado um convite. Mas faço questão de mandar um presente.

Cris estremeceu, dando-se conta de que não poderia evitar o tópico.

– Você poderia me dar o endereço deles? Ou então poderíamos dar o presente a vocês e vocês o entregarem por nós. Quando é o casamento?

Embora relutante, Cris decidiu inteirar Marta acerca do término do noivado de Rick. Escolhendo as palavras com cuidado, deu à tia uma versão resumida dos fatos.

Marta demonstrou estar genuinamente chateada.

– Ó, céus. Que tristeza! Por que você não nos contou antes? Pobre Rick! Na certa a sua noiva era uma jovem sem visão. Ela não sabe o que está perdendo.

Ted voltou à mesa carregando uma bandeja com café, canecas, colheres, creme e açúcar. Bob vinha logo atrás com outra bandeja, trazendo três pratinhos de torta *cheesecake*, praticamente escondida por uma montanha de morangos fatiados. Na extremidade da bandeja havia uma pequena tigela com morangos cortados.

– Obrigada, Robert, falou Marta, pegando os morangos. Pena que não temos *chantilly*.

Bob pôs a bandeja sobre a mesa e, como num passe de mágica, fez surgir uma lata de chantilly. Em seguida, apresentou o desejado item a Marta, apoiando-o no antebraço como se fosse um vinho caro.

– Você pensa em tudo.

– Eu sei do que você gosta, falou ele com um sorriso afetuoso.

Cris não conseguia entender por que a tia recusara a fatia de *cheesecake* com morangos, mas não hesitara em colocar uma porção generosa do creme sobre a sua tigela de frutas. Mas o que ela de fato admirava, desde sempre, era a maneira como seu tio conseguia driblar a personalidade de Marta e suas preferências com tanta delicadeza e amor genuíno. Para Cris, ele era provavelmente o único homem no mundo capaz de aceitar Marta como sua esposa e realmente levar a sério a parte do "até que a morte os separe" dos votos matrimoniais.

Depois de uma acanhada primeira mordida em seus morangos com chantilly, Marta dirigiu-se a Ted, mais interessada na informação que queria obter do que na sua sobremesa.

– Como o Rick está passando? A Cris me contou sobre o terrível rompimento.

Ted lançou uma olhadela para Cris, que encolheu os ombros ligeiramente, na esperança de que ele entendesse que ela não tivera como evitar o assunto, mas que tentara ser o mais discreta possível.

Sem qualquer pressa, Ted saboreou uma colherada de sobremesa antes de responder Marta.

– O Rick está muito bem. Ele e a Nicole passaram a tarde

com os pais de ambos, e tudo indica que eles vão reatar.

– Sério? Cris abaixou o garfo.

Ela não havia previsto aquilo. Ted assentiu com a cabeça.

– Não tive a oportunidade de lhe contar quando o Rick me ligou hoje mais cedo. Ele se encontrou com o pai da Nicole, que sugeriu que todos eles se reunissem para conversar sobre o que levara a filha à súbita decisão de se afastar de Rick.

– E o que a levou a essa decisão? quis saber Marta.

Ted deu de ombros e deu outra garfada em seu *cheese-cake*.

– Ele não lhe contou? indagou Marta.

– Não.

– E você não perguntou?

Ted deu um não de cabeça. Marta olhou para Cris, irritada.

– Homens! Justo as peças mais importantes de uma conversa eles não conseguem captar. Saber o que motivou a decisão dela teria sido uma informação útil, não acham?

– Talvez a Nicole só precisasse de mais tempo, sugeriu Cris. Eu não a conheço muito bem, mas o Rick disse ontem à noite que ele tinha a impressão de tê-la pressionado muito rápido para ficarem noivos.

– Claro. É isso. Só pode ter sido uma crise de histeria.

Marta virou-se para Bob.

– Eu estava uma pilha de nervos quando nos casamos, não é, Robert?

Bob assentiu e deu uma boa golada no café, como se quisesse manter a boca fechada para não ter de fazer comentários.

– Rick falou se eles remarcaram a data do casamento? inquiriu Marta.

– Não. Um passo de cada vez, foi o que ele disse. Os pais de ambos os estão aconselhando, então eles estão num bom lugar.

Ted comeu outro pedaço da sobremesa. Cris teve a impressão de ter visto algo na expressão dele que lhe fez pensar que havia mais detalhes naquela história, que ele lhe relataria mais tarde.

– Por falar em amigos que estão se casando, principiou tia Marta, vocês não disseram nada sobre Katie e Eli. Eles já marcaram a data?

– Não, afirmou Cris. Ainda não. Acho que não estão com muita pressa.

Ted colocou o prato de sobremesa vazio de lado e fez um anúncio:

– Sabem quem vai se casar?

Marta olhou para ele, toda ouvidos.

– Meu pai.

A notícia deixou Marta admirada. Ela virou-se para Bob, depois para Cris e então novamente para Ted.

A expressão de Ted dava a entender que ele estava muito satisfeito em poder contar a novidade à tia de Cris. Cris achou engraçado, porque aquele não era o estilo de Ted. Todavia, ele estava empolgado com o noivado do pai e deveria aproveitar a oportunidade de contar as boas novas às pessoas. O fato era algo de grande importância para Ted e mais ainda para Bryan, seu pai.

Marta recostou-se na cadeira e pôs a mão sobre o peito, como se não estivesse dando conta da surpreendente notícia.

– Quando foi que ele ficou noivo?

– Ainda não ficou, declarou Ted. Vocês sabem que meu pai herdou uma casa da família nas Ilhas Canárias, e que por isso está morando lá há uma boa parte deste ano. A casa necessita de uma boa reforma, e ele está dando andamento nisso. Já comprou o anel de noivado, mas está esperando o momento certo para pedir a mão de Carolyn em casamento.

– Quem é Carolyn? Quando foi que esse relacionamento

começou?

– Eles ficaram se conhecendo nas Ilhas Canárias este ano durante um velório ou algo do gênero, disse Ted.

– Acho que foi numa festa de aniversário, completou Cris. Na última primavera. Vocês não tinham ficado sabendo?

– Não. É óbvio que não tínhamos ficado sabendo sobre o casamento do Bryan. Se vocês não nos contarem, como é que vamos saber destas coisas?

Marta parecia estar tão irritada quanto deixava transparecer no seu tom de voz.

– Fico muito feliz por ele, disse Bob. Seu pai é um bom homem, Ted. Ele merece toda a felicidade e bênçãos que Deus quiser derramar sobre ele.

Marta ergueu a mão como se ainda não estivesse pronta para dar a sua bênção e precisasse saber de toda a história.

– Como foi isso? Vocês disseram que eles se conheceram em uma festa de aniversário?

– Os dois se conheceram pela primeira vez há trinta anos, disse Ted. Meu pai e a Carolyn tiveram um romance de verão quando eram adolescentes, lá nas Ilhas Canárias. Entretanto, acabaram conhecendo outras pessoas e nunca tiveram a chance de conversar sobre os sentimentos que tinham um pelo outro. Isto é, até a primavera passada, quando se reencontraram na festa de aniversário.

– Quem faria uma festa de aniversário nas Ilhas Canárias? É um disparate.

Marta parecia atordoada.

– Não se você mora lá, falou Cris. A Carolyn mora aqui na Califórnia, mas a mãe dela vive nas Ilhas Canárias. Ela foi até lá por ocasião do aniversário da mãe, e o pai de Ted estava lá por conta da casa que herdou da família. Foi assim que eles se reencontraram. Foi algo inesperado e bastante romântico.

– Ainda assim me parece um disparate.

Marta dobrou seu guardanapo e colocou-o ao lado da

tigela de morangos e *chantilly*, que não tinha acabado de comer.

– Vou lhe dizer, principiou Ted. Meu pai nunca esteve tão feliz.

– Isso é ótimo, exclamou Bob. Muito bom.

– Você ainda não nos disse quando será o casamento, questionou Marta.

– Provavelmente nós próximos seis meses.

– Seis meses? Meu Deus! Eles já reservaram um local? Seis meses não é tempo suficiente para garantir a disponibilidade de nenhum dos espaços mais requisitados para casamentos. Se eles precisarem que eu dê alguns telefonemas, será um prazer.

– Eles estão planejando se casar em Las Palmas, disse Ted, nas Ilhas Canárias.

Marta parecia perplexa, como se não pudesse entender por que alguém desejaria se casar em qualquer outro lugar que não em um dos requisitados espaços de eventos da praia de Newport.

– Vocês dois não estão pensando em ir, estão?

Cris e Ted se entreolharam e então fizeram que sim.

– É claro que vamos, afirmou Ted. Não perderíamos a ocasião por nada.

Os dois ainda não tinham conversado sobre os detalhes da viagem porque não havia o que se discutir ainda. Agora que a vida deles parecia estar caminhando para grandes mudanças em relação a empregos e agendas, Cris não tinha a menor ideia de como encontrariam recursos para custear as passagens aéreas. Isso sem falar em como conseguiriam tirar os dias de folga onde quer que estivessem trabalhando, fosse quando fosse o casamento. No entanto, ela estava de pleno acordo. A presença deles era obrigatória. Não poderiam deixar de ir ao casamento de Bryan e Carolyn.

– Acho que precisamos dar ao Bryan a chance de pedir

Carolyn em casamento antes de perguntarmos a vocês sobre os planos de viagem, falou Bob, servindo uma segunda xícara de café e acrescentando-lhe uma colher de açúcar. Se há uma coisa que todos nós já aprendemos na vida é que o amor anda no seu próprio ritmo.

Bob deu uma piscadela para Cris, e de alguma forma, ela se sentiu um pouco mais esperançosa em relação a todas as interrogações que povoavam o futuro dela e de Ted. Ela bem que gostaria de saber se Ted havia comentado com Bob sobre a situação na igreja, enquanto os dois estavam na cozinha.

– Bem, considerem a passagem de vocês paga, falou Marta com um aceno de mão. Seja quando for o casamento do seu pai, Robert e eu compraremos os bilhetes de vocês ao comprarmos os nossos. Eu sempre quis ir ao Caribe.

Ted, Cris e Bob se entreolharam. Evidentemente Marta não sabia onde ficavam as Ilhas Canárias. Cris manteve os lábios cerrados, deixando Ted responder dessa vez.

– Esse gesto é muito generoso da parte de vocês. Avisaremos caso seja necessário aceitar a oferta. E, já que você sugeriu, Marta, creio que deva ser relativamente simples parar no Caribe na volta, já que as Ilhas Canárias estão localizadas na costa Oeste da África. Seria uma boa ideia mesmo visitar os dois arquipélagos, já que estão nas extremidades opostas do Atlântico. Seria uma viagem interessante.

Cris colocou seu último pedaço de *cheesecake* e morangos na boca e olhou com admiração para o marido. Se fosse ela a esclarecer para a tia a localização das Ilhas Canárias, a explicação não teria sido feita com tanto tato, e provavelmente teria causado constrangimento para Marta.

Marta não titubeou.

– Sim, é claro. As Ilhas Canárias ficam na costa Oeste da África. Eu sabia disso. Minha ideia era aproveitar o caminho para parar no Caribe quando estivéssemos indo. Ou voltando, tanto faz.

– Tanto faz, repetiu Ted.

Ou não.

Cris ficou torcendo para que Ted lesse em sua expressão facial a contundente mensagem de que, por mais generosa que fosse a oferta dos tios de pagar pela passagem deles, a última pessoa com quem Cris gostaria de viajar pelo mundo era a tia. Já havia feito isso uma vez, antes de ir para a faculdade na Suíça. E uma vez tinha sido suficiente para ela.

Capítulo 6

Os dias seguintes passaram tal como um trem determinado a chegar a tempo à sua estação. Para Cris e Ted, a "estação" em questão era terça-feira. Terça-feira à noite eles saberiam como ficaria a situação de Ted na igreja.

Quarta-feira seria a parada seguinte. Após uma breve troca de *e-mails*, a Dra. Swanson havia concordado em esperar até quarta pela resposta de Cris. Tudo o que Cris sentia que podia fazer era seguir viagem e tentar não ficar pensando em qual seria o pior cenário para eles naquelas circunstâncias. Ao longo daqueles dias, ela sussurrara inúmeras orações, repetindo frases conhecidas como, "Eu confio em ti, meu Deus" e "Cumpra os teus propósitos nessa situação". Entretanto, seu coração estava cheio de temor e nem um pouco corajoso ou confiante.

A caminho de casa, ao voltar do trabalho no sábado, Cris pegou-se empacotando mentalmente os itens do seu apartamento. Não havia nenhuma razão concreta para crer que se mudariam dali, mas ela achou estranhamente terapêutico pensar no que levariam consigo e no que dariam a outras pessoas. O único problema com seu exercício de organização era que ela não tinha ideia de para onde a vida iria levá-los, tampouco do que precisariam. Ordenar seus pertences mentalmente era a única coisa que podia fazer naquele momento, de forma ativa. De algum modo, o exercício lhe dava a sensação de estar fazendo algo.

E ao mesmo tempo, pode ser que nada mude.

Cris parou na área de estacionamento coberto do prédio e permaneceu sentada por alguns momentos no carro. Ficou pensando no que o Sr. Stanley, um dos líderes da igreja, havia dito a Ted no dia anterior. Ele estava disposto a lutar para que o orçamento não fosse alterado, já que reconhecia o quanto seus próprios filhos haviam sido beneficiados pela influência de Ted ao longo dos últimos anos. Ele parecia determinado a fazer com que Ted permanecesse na equipe de tempo integral.

Talvez a reunião na terça-feira não passe de algo simples e rápido, e eles decidam manter o cargo de Ted do jeito que está. E sabe-se lá? A Dra. Swanson pode me dizer que encontrou outra pessoa, e eu continuar trabalhando na livraria. A essa altura na semana que vem é possível que a nossa vida esteja exatamente como está, e toda essa ansiedade terá sido em vão.

Cris saiu do carro e percebeu que estava mordiscando o lábio inferior. Ela sabia que aquele seu otimismo era algo irrealista. Mais cedo havia escutado Rosalyn comentar com outra funcionária que as vendas estavam baixas e que, caso a situação não melhorasse nos próximos três meses, teria que fazer cortes na equipe. Cris era a funcionária com menos tempo de casa, portanto, sabia que havia uma grande chance de ser demitida.

Última a ser contratada, primeira a ser demitida.

Nada no horizonte parecia seguro para ela e Ted naquele momento.

Cris entrou no apartamento e encontrou Ted na cozinha fazendo uma salada.

– Oi! O que você está fazendo?

Abraçando-o pelas costas, deu-lhe um beijo no ombro e em seguida inclinou-se para inspecionar seu trabalho.

– Estou tentando reproduzir aquela salada deliciosa que comemos na casa do Bob e da Marta. A diferença é que não comprei abacate. Nem mirtilo. Nem amêndoas.

– A cara está boa.

Por dentro, Cris estava sorrindo. Ted não estava usando nem mesmo os tipos de alface que Bob havia utilizado. Suas adições eram minicenouras inteiras e um tomate não plenamente maduro, cortado em quatro grandes pedaços. A versão de Ted parecia bastante com uma salada de refeitório, à espera de ser entupida de molho caseiro – o santo remédio que ele usava desde sempre para resolver o problema de tudo que era verde.

O micro-ondas apitou, e Cris automaticamente virou-se para abrir a porta.

– O que mais você fez?

Ted a interrompeu.

– Vá sentar-se. Eu estava tentando deixar tudo pronto antes de você chegar. Deixe-me servi-la pelo menos uma vez.

Cris lavou as mãos e tomou lugar à mesa. Como previsto, um grande pote de molho caseiro estava fazendo o papel de centro de mesa deles. A mesa estava posta com dois pratos de papel e dois garfos. Uma refeição simples, bem ao estilo de Ted.

– Você se importa se bebermos água? perguntou ele.

– De maneira alguma.

Ele encheu um copo para ela e, exibindo um sorriso de satisfação, trouxe-o à mesa juntamente com a salada. Cris sorriu de volta. Ted pegou os dois pratos de papel e levou-os até o micro-ondas onde pôs sobre cada um deles um burrito de feijão congelado ligeiramente fumegante e ainda envolto em papel.

– E eu comprei sorvete para a sobremesa, disse ele, tomando seu assento e inspecionando seu feito. Na verdade, picolés. Estavam na promoção. Comprando um, ganhava outro.

Cris tinha certeza de que os picolés seriam tão desinteressantes quanto a refeição diante de si. Todavia, não quis menosprezar o esforço do marido.

– Isto é muito gentil da sua parte. Obrigada.

– Não há de quê.

Ted esticou-se sobre a mesa e cobriu a mão de Cris com a sua. Curvando a cabeça, orou agradecendo a Deus por sempre conduzi-los e prover para eles. Em seguida agradeceu por sua maravilhosa esposa, que estava sendo tão compreensiva e paciente com ele, e terminou com um sincero "amém".

Por um momento, Cris pensou em dar algumas dicas de como Ted poderia fazer as compras ou cozinhar para eles no futuro. Porém, ao ouvir a sincera oração do marido, percebeu que era melhor engolir suas sugestões e comer o burrito e a salada de alface americana com o coração agradecido. Também precisava guardar a sua ansiedade para si. Afinal, toda aquela incerteza sobre o que lhes reservava o futuro duraria apenas mais alguns dias. Cris mastigou uma minicenoura e prometeu a si mesma que só entraria em pânico quando tivessem qualquer notícia concreta. Até lá, seu desejo era que Ted continuasse acreditando que ela estava sendo a esposa compreensiva e paciente pela qual ele acabara de agradecer a Deus.

Embora os temores de Cris fossem grandes como uma fera selvagem, ela conseguiu domá-los e mantê-los na jaula. Isto é, até a hora de irem para a igreja na manhã seguinte. Ela havia se levantado, tomado banho, trocado de roupa e estava pronta para sair com Ted na hora certa. Todavia, um pequeno incidente fez com que o rugir da fera dentro dela tomasse proporções indomáveis.

A tira de trás do seu sapato preferido foi o que desatou suas jaulas emocionais. A estreita tira arrebentou no momento em que ela estava pronta para sair pela porta, e na mesma hora Cris percebeu que não teria como consertá-la.

Numa atitude atípica, Cris arrancou o calçado do pé e arremessou-o pela porta do quarto, quase acertando a Ted, que estava no corredor.

– Nossa! O que foi isso? Você não joga um sapato em mim desde seu aniversário de quinze anos quando voltamos da Disneylândia.

A expressão de Ted demostrava que ele achava graça naquela lembrança. Para Cris, no entanto, não havia nada de engraçado nem na remota lembrança, nem naquele momento de tensão. Ela tirou o outro calçado abruptamente e o chutou para perto da parede.

– Que isso, Cris? Ted parecia confuso.

– Meu sapato arrebentou! falou ela, marchando em direção ao armário do quarto.

Ted a seguiu até o quarto, onde ela procurava um sapato substituto dentre suas limitadas opções. Acabou pegando um velho par de sandálias que sabia que machucaria seus pés. Entretanto eram as únicas que conseguia enxergar com seus olhos embaçados pelas lágrimas. Um nó de frustração cresceu em sua garganta, levando-a a arfar o peito e respirar rápida e superficialmente.

– Ei, ei.

Ted aproximou-se dela por trás e pôs o braço em seu ombro.

– É só um par de sapatos. Você pode comprar outro.

Cris virou-se para ele. As lágrimas escorriam pelo seu rosto.

– Não sabemos se teremos condições, falou com a voz

trêmula.

Podia sentir a tensão no tórax e sabia que a qualquer momento aquilo iria se transformar numa terrível choradeira.

– Está tudo bem, Kilikina. Venha aqui.

Ted tentou envolvê-la em seus braços e puxá-la para perto, mas ela se afastou.

– Ted, não há nenhuma garantia de que poderei comprar um novo par de sapatos. Não temos certeza sequer se poderemos continuar morando aqui. Não sabemos nem mesmo se você estará empregado depois de terça-feira.

Cris respirou fundo, numa tentativa de acalmar-se, mas era tarde demais. Seu medo mais recente saltou-lhe pelos lábios.

– E depois de janeiro, eu mesma poderei estar desempregada, a menos que aceite a vaga de pesquisa. Mas não sei ainda se posso aceitar o cargo.

As lágrimas fluíram de seus olhos como um riacho. Cris começou a secá-las com o antebraço, mas tão logo o abaixou, viu que havia uma grande mancha de rímel em seu suéter amarelo claro. Agora ela estava brava consigo mesma por não ter pensado melhor na manobra. Arrancando o agasalho, Cris o arremessou no cesto de roupas sujas.

Ted deu um passo para trás, como se estivesse tentando descobrir o que fazer com aquela pessoa selvagem diante dele. Cris sabia que ele estava olhando para ela. De uma forma estranha, sentiu como se também estivesse fora do momento, observando alguém a quem mal reconhecia.

Uma segunda onda de choro escapou pela garganta de Cris. Alguns instantes depois, parecia que o pior havia passado. Cris tentou acalmar-se, valendo-se de cada partícula de sanidade emocional ainda presente em seu corpo. Já não se lembrava da última vez em que ficara tão emotiva.

– Venha aqui, disse Ted, estendendo-lhe a mão.

Cuidadosamente, ele conduziu Cris até a cama desarrumada, franzindo a testa de preocupação. Mantendo-se de pé diante dela, fez sinal para que Cris se assentasse.

– Fique em casa hoje.

Aquela era uma de suas afirmativas. Não se tratava de uma sugestão. Era algo já decidido.

Cris colocou-se de pé com uma rebeldia digna da guerreira Joana D'Arc.

– Não, eu posso ir. Eu só preciso de uns lenços de papel. Vou ficar bem.

Ted permaneceu onde estava, em completo silêncio, enquanto ela pegava diversos lencinhos e assoava o nariz. Tomando um fôlego rápido e curto, Cris olhou para ele com determinação.

– Me desculpe. Está tudo bem. É melhor irmos, senão vamos nos atrasar.

Ted tomou a mão dela na sua e só então falou:

– Você precisa ficar em casa.

Dessa vez, sua declaração soou como se estivesse dando a Cris um cartão de "saída livre da prisão" no momento de maior necessidade. Cris não sabia o que havia mudado, mas podia sentir seu espírito se acalmando, e as lágrimas, cessando. Assentou-se novamente na beirada da cama e então se deu conta do cansaço que estava sentindo.

– Não dormi bem esta noite, falou em voz baixa.

– Eu sei. Não tem problema. Descanse.

Ted esperou que ela se cobrisse e então inclinou-se para dar-lhe um beijo.

– Se eu pudesse, ficaria bem aqui com você, você sabe, falou ele, dando um sorriso.

Cris virou para o lado. Uma parte dela estava envergonhada; outra, sentia alívio. Era ali que ela precisava estar naquele momento.

Ted a beijou mais uma vez na lateral da cabeça e disse:

– Me ligue se precisar de mim.

Em seguida, acariciou o cabelo de Cris três vezes e inclinou-se para dar-lhe mais um beijo.

Cris virou-se na direção de Ted, deixando que seus lábios se encontrassem.

– Obrigada pela compreensão, sussurrou ao se afastarem. Eu te amo.

– E eu amo você. Descanse, ok?

Cris fez que sim.

Ted saiu, e tão logo a porta se fechou, Cris foi vencida novamente por uma inesperada onda de lágrimas. Dessa vez elas desceram como uma leve chuva e não como uma torrente impetuosa. Parecia que todas as emoções que ela reprimira no decorrer da semana haviam subido à tona no momento da crise de nervos, sendo, agora, impossível retê-las.

Cris não conseguia se lembrar da última vez que tivera uma crise histérica daquele tamanho. O incidente causou-lhe irritação ao mesmo tempo em que lhe fez sentir pena de si mesma e a levou a reconhecer sua pequenez. Puxando as cobertas até o queixo e encolhendo-se numa posição confortável, ficou se lembrando do e-mail de Katie, que lera na noite em que Rick jantara com eles. A amiga lhe contara da crise de nervos que tivera na frente de Eli, e que ele não soubera como agir diante da cena.

Bem, minha amiga. Você não é a única que não consegue manter a compostura na frente do homem que ama. Não acredito que perdi as estribeiras desse jeito. Estou tão cansada! Tão, mas tão cansada!

Cris fechou os olhos e caiu em sono profundo. Quando despertou, pensou que havia dormido por horas, embora tivessem passado apenas trinta minutos. O descanso lhe fora bom e restaurador. Tentou pegar no sono de novo, mas sua mente achava-se desperta, pensando em Katie e em todas as conversas íntimas que as duas haviam tido desde que ficaram se conhecendo numa festa do pijama no primeiro ano do

Ensino Médio. Que saudade ela sentia de sua melhor amiga! Como gostaria de poder conversar com Katie sobre tudo que estava sentindo.

Foi então que Cris se deu conta de que poderia pegar o *notebook* e ligar para Katie. Era domingo à noite no Quênia; um dos horários em que Katie estava disponível para conversar. No entanto, com as diferenças de horário, raramente as duas se encontravam, já que Cris normalmente estava na igreja.

Cris foi até o banheiro e ficou assustada ao ver como sua aparência estava desgrenhada. Dando um rápido retoque no visual, vestiu a roupa de ficar em casa favorita e voltou à cama com o *notebook*. Confortavelmente acomodada, clicou nos botões corretos para fazer uma chamada por vídeo para Katie e, para sua surpresa e alegria, a amiga atendeu.

– Cris! Sério? Você está de brincadeira comigo? Estava pensando agora mesmo em você. Alô? Você está aí?

A voz de Katie estava clara e límpida.

Cris engoliu seco. Ela podia ver sua amiga ruiva preferida na tela. Katie estava usando uma faixa larga e colorida que parecia estar segurando seu cabelo para que pudesse lavar o rosto. Nos dentes inferiores da moça havia um pedaço de fio dental.

– Ligue a câmera, Cris. Não estou vendo você. Não acredito que você me ligou. Sério, isso é totalmente uma coisa de Deus. Você nem imagina.

Katie continuou a falar, alheia ao pedaço de fio dental que pendia de sua boca.

Cris encontrou o botão correto e clicou nele, de modo que sua imagem passou a aparecer num pequeno quadradinho, no canto superior da tela.

– Agora sim! *Rafiki! Jambo!* Você está em casa. Na cama. Você está doente? Cris?

Katie se inclinou, aproximando-se da tela.

– Você estava chorando? O que aconteceu?

Cris não conseguiu se segurar e debulhou-se em lágrimas novamente. Aquilo era um presente. Ter uma melhor amiga, uma "rafiki", e ser conhecida por ela; alguém capaz de decifrá-la em segundos e avaliar o estado de seu coração. Não havia outro sentimento como aquele no mundo. Cris sentiu uma repentina sensação de alívio e uma profunda alegria.

– Que saudade de você! exclamou Cris. Muita saudade!

– Eu sei! Eu também. Agora, pode ir parando com isso, senão vou chorar.

O pedaço de fio dental continuava preso à boca de Katie, e a imagem fez com que Cris começasse a rir. Pegando alguns lenços, ela assoou o nariz de uma maneira nada graciosa. O forte ruído ecoou pelo computador, e Cris percebeu que o som deveria ter soado igualmente hilário para Katie, do outro lado.

Katie começou a rir.

– Nossa! Por um momento achei que estávamos tendo uma debandada de elefantes. Você andou chorando bastante, hein?

O rosto de Katie ficou maior na tela, como se ela estivesse tentando aproximar-se para olhar Cris mais de perto. O movimento a fez perceber o fio dental esquecido e ela rapidamente lhe deu um puxão, caindo no riso.

– Você tinha visto esse fio dental pendurado em minha boca?

Cris fez que sim, ainda rindo.

– Por que você não me avisou?

Katie inclinou a cabeça para trás e deu uma grande gargalhada. Seus olhos verdes estavam emoldurados com lágrimas de riso quando ela olhou novamente para a câmera.

– Veja só! Ainda somos uma boa dupla de tesouros peculiares, não somos?

– Sim, concordou Cris, secando os olhos e sentindo que

estava tudo bem novamente. Sempre fomos, sempre seremos.

Katie removeu a faixa da cabeça. A imagem tremida na tela deu a entender que estava carregando o *notebook* até outra parte do quarto. Seu rosto voltou a estar em foco, e Cris pôde ver a parede de cimento atrás da cama de Katie e o suave brilho âmbar do abajur na mesa de canto.

– Pronto. Agora estou pronta. Desembuche. Quero ouvir tudo. O que está acontecendo? Me conte de você.

Para Sempre Com Você

Capítulo 7

$\mathcal{C}$ris não tinha dúvidas de que a conversa de uma hora e meia com Katie havia sido um presente que Deus estrategicamente lhe proporcionara naquela manhã de domingo. Renovada e sentindo-se estável novamente, ela se levantou, arrumou a cama, organizou o banheiro e partiu para a cozinha. Abrindo as persianas, percebeu que o céu daquele início de tarde estava nublado, e que a temperatura havia caído consideravelmente. Finalmente parecia que o outono iria chegar, podendo trazer-lhes, inclusive, um pouco de chuva.

O tempo mais fresco a inspirou. Era o clima perfeito para comer um bolo de carne, e para ela não havia melhor receita no mundo do que a de sua mãe. Aliás, uma de suas memórias favoritas da infância era a de descer do ônibus escolar em dias frescos e com pouca neve, entrar na cozinha da fazenda em que morava no Wisconsin e inalar a fragrância do bolo de carne preparado por ela. Cris sabia que o delicioso aroma estava relacionado às enormes batatas russet que eram assadas ao mesmo tempo no forno, além, é claro, da camada de tempero que sua mãe passava por sobre a carne nos últimos quinze minutos de assamento. A mistura, feita com ketchup, mostarda em pó e uma pitada de açúcar mascavo fazia com que cada papila gustativa de sua boca despertasse e prestasse mais atenção ao sabor da carne.

Uma missão de busca e apreensão ao *freezer* e à geladeira lhe trouxe todos os ingredientes necessários para preparar a simples receita. Embora não houvesse nenhuma batata *russet* grande na geladeira, havia cinco batatas vermelhas pequenas. Cris deixou-as prontas para irem ao forno tão logo o bolo de carne estivesse misturado e nas forminhas de *muffin*. Desde pequena, Cris vira sua mãe assar a carne nesse tipo de forma, como se fossem grandes almôndegas. Ela não se lembrava de ter comido bolo de carne nenhuma vez da maneira tradicional, isto é, assado numa forma de pão e fatiado em seguida.

Cris colocou uma música para tocar e ficou cantarolando junto, desejosa de manter o ritmo que estabelecera. Enquanto o bolo assava, preparou biscoitos de aveia, deixando as uvas passas de molho em meio copo de suco de laranja, como sua avó costumava fazer enquanto misturava os ingredientes secos. Em seguida, colocou a mesa, dispondo os pratos, facas, garfos e colheres. Acendeu algumas velas perfumadas de baunilha e arranjou-as sobre um prato de cerâmica que tinha uma estampa de folhas nas bordas.

Todos aqueles esforços extras eram importantes para Cris. Ela não sabia bem a razão, mas pensando um pouco mais sobre o assunto, percebeu que seus passos inconscientes pela cozinha estavam se transformando numa dança de aceitação tácita da mudança das estações. Não se tratava apenas da passagem do verão para o outono, mas também de uma mudança de coração, e muito provavelmente, de empregos para ela e Ted. Aquele era um ato de adoração simples e singelo de sua parte; uma forma de expressar, em fé, que apesar de as circunstâncias não serem muito boas naquele momento, sua alma estava em paz.

Mais do que isso, ela se sentia grata pela forma como Katie lhe ajudara a redirecionar os pensamentos negativos a uma perspectiva saudável e honrosa a Deus. O comentário espontâneo da amiga no final da ligação não saía de sua cabeça, enquanto ia pondo a louça na máquina de lavar pratos. "Você está indo bem, Cris. Você tem tudo o que é necessário para enfrentar a próxima semana. Basta fazer a sua especialidade: proporcionar a Ted um ninho acolhedor para onde ele possa sempre voltar. E Deus cuidará do resto."

Katie tinha razão. Para Cris, cuidar do seu lar era o melhor remédio diante do desconhecido. Era a sua especialidade. Estava explicado por que ela havia começado a empacotar mentalmente os itens do apartamento na noite anterior, ao voltar para casa, como se precisasse estar pronta para uma mudança. Cris amava transformar o apartamento *vintage* e esparsamente mobiliado deles num lar. Quando tudo estava arrumado, cheiroso e evidenciando toques de beleza e cuidado, o coração de Cris ficava mais leve, e ela sentia que estava cumprindo a sua vocação.

Ela nunca havia expressado esse fato a ninguém antes, com essas palavras. Parecia-lhe bastante elementar, a seu ver, que o seu coração e sentimentos estivessem de tal forma atrelados ao seu lar e ao seu marido. Apesar disso, Cris estava descobrindo que nem todas as mulheres funcionavam daquela forma.

Ted chegou pouco depois de três da tarde. O bolo de carne estava pronto e esperando no forno, junto com as batatas, já um pouco murchas. Na geladeira, uma salada resfriava, e os biscoitos, já assados, esfriavam sobre o balcão.

Ted aproximou-se de Cris exibindo profundas rugas de preocupação na testa. Deu uma olhada em redor e inspirou profundamente. Naquele momento as linhas de expressão começaram a desaparecer.

– Que bom que você está se sentindo melhor, disse ele.

Cris limpou as mãos no avental e deu-lhe um grande beijo. Ted beijou-a de volta, mas, no entender de Cris, o sentimento dele era de tristeza profunda em vez de ávida paixão. Ao se afastarem, Cris olhou nos olhos do marido, mantendo os braços em volta do pescoço dele. Os olhos de Ted estavam vermelhos e cansados.

– Você está bem?

Ted fez que sim.

– Está com fome?

– Sempre.

Cris começou a se afastar, para que pudesse colocar a comida na mesa, mas Ted a puxou de volta fazendo com que a testa e o nariz deles se encostassem. Com os olhos fechados, inalou a fragrância de Cris e do ar ao redor deles.

– Obrigado, sussurrou.

– De nada, sussurrou Cris em resposta.

– Não, de verdade.

Ted recuou e lançou um olhar profundamente amoroso a Cris.

– Obrigado por ser quem me proporciona este refúgio.

Cris inclinou a cabeça e recuou, a fim de olhá-lo nos olhos.

– Quem lhe proporciona este refúgio?

– Isso. Você é uma criadora de refúgio. Você faz deste pequeno espaço um lar. Eu amo vir para casa, para você.

Naquele momento, foi como se uma pergunta que Cris fizera de diversas maneiras ao longo da última década tivesse sido duplamente confirmada. Primeiro com os comentários de Katie sobre suas habilidades de cuidar do lar, e agora com Ted, afirmando que ela era uma criadora de refúgio. Aquele era o dom de Cris; a hospitalidade. Era algo natural para ela e fazia seu coração feliz; sua melhor maneira de doar-se graciosamente aos outros. Ouvir aquilo era como receber um pequeno presente surpresa; uma pérola em meio aos irritantes dias que estavam vivendo, tal como ostras. Ela refletiria sobre o significado daquelas palavras mais tarde. Naquele momento, havia um marido esfomeado em sua casa e um bolo de carne que acabaria ressecando, caso não fosse servido.

Ted comeu duas porções de tudo e recostou-se na cadeira, com um olhar resignado no rosto. A impressão era que comeria três ou quatro vezes se pudesse, mas que havia se conformado com o fato de seu estômago ter atingido o limite máximo de capacidade.

Enquanto Ted comia, Cris aproveitou para contar-lhe sobre a edificante conversa que tivera com Katie.

– Ela e o Eli ainda não resolveram a data do casamento, mas contei a ela que o seu pai vai se casar nas Ilhas Canárias. Ela disse para lhes avisarmos quando será o casamento dele, porque aí, como teremos de ir para a costa oeste da África, podemos aproveitar e ir para a costa leste na semana seguinte. Ela disse que marcaria a data para essa semana.

Cris também tentou explicar ao marido como havia sido bom poder falar com Katie e como a conversa a ajudara a voltar os pensamentos para uma mentalidade mais esperançosa e confiante.

– Fico grato por isso, disse Ted. Fiquei um pouco perdido hoje de manhã com a sua reação.

– Me desculpe.

– Não precisa se desculpar. Você está lidando com muitas coisas ao mesmo tempo. E tem feito isso com graça e paciência. Às vezes a pressão acumula, e tudo o se pode fazer é tirar o sapato e jogá-lo em alguém.

Ted se aproximou de Cris e começou a fazer cócegas na lateral de sua barriga. Mantendo o bom-humor, Cris se afastou e ignorou o comentário sobre o sapato.

– E você? Como foram as coisas essa manhã? Ou devo

dizer essa manhã e tarde?

Ted esfregou a sobrancelha.

– Foi bom você não ter ido. Os pais de alguns dos principais adolescentes do grupo se uniram. Estão decididos a me manter no cargo em tempo integral. Passei as últimas horas conversando com eles e orando sobre essa questão.

– Você acha que conseguirão? Quero dizer, a voz deles é capaz de mudar as decisões da liderança sobre o orçamento?

– Não sei. Tudo o que sei é que as coisas chegaram a um ponto tal, que sete das principais famílias me disseram que sairão da igreja caso eu seja demitido.

Cris franziu a testa.

– E para onde essas famílias iriam? Acho que isso seria muito prejudicial para os filhos desses pais.

– Ahã. Foi o que disse a eles. Eles chegaram a falar em abrir uma nova igreja.

– E o que aconteceria em seguida? Você seria o pastor dessa nova igreja?

Ted fez que sim.

– Isso 'tá ficando complicado, falou Cris sem saber exatamente que opinião tinha em relação às novidades. Qual foi sua posição?

– Falei que precisávamos orar e esperar o resultado da reunião de terça à noite.   Ted se levantou e começou a retirar os pratos.

– Você quer mais alguma coisa?

– Não. Fiz uns biscoitinhos de aveia. Quer comê-los agora?

– Você fez biscoitos também?

Ted aproximou-se de Cris e a puxou para que ficasse de pé. Envolvendo-a num apertado abraço de urso, falou em seu ouvido:

– Você é a mulher mais incrível, maravilhosa e linda da galáxia. Você sabe disso, não sabe? Ser casado com você é bem melhor do que eu imaginava em meus sonhos.

Cris recostou o rosto no peito dele e sentiu-se contente. Contente por estar casada com Ted, por estarem passando por todas aquelas reviravoltas juntos, por ter ligado para Katie e por sua eterna amiga ter-lhe ajudado a sair das profundezas daquele entulho emocional. Ademais sentia-se especialmente satisfeita por ter feito os biscoitos, já que o agradinho extra fora o que instigara a atenção adicional que estava recebendo do marido.

Ted a beijou no topo da cabeça e depois na ponta da orelha. Cris levantou o queixo e recebeu em suas bochechas e pálpebras os beijos carinhosos e afetuosos do marido, que tocavam sua pele como gotas de chuva. Pela janela, ouviu um leve tamborilar. Quando virou-se, viu que havia gotas de chuva de verdade caindo lá fora. As gotículas caíam uma por uma no chão, criando pequenos círculos no cimento rachado.

– Ted.

– Uhm?

Ted continuou beijando a bochecha e a curva do queixo de Cris.

– Ted, está chovendo.

O apaixonado marido de Cris não estava nem um pouco interessado em conversar sobre o clima. Seu único interesse era a sua adorável, maravilhosa e curvilínea esposa que agora segurava em seus fortes braços. Para mostrar-lhe seus mais verdadeiros sentimentos, Ted sussurrou o nome havaiano de Cris no ouvido dela.

– Kilikina...

O som da voz de Ted ressoou por cada célula do corpo de Cris.

O que aconteceu a seguir foi a noite de domingo mais romântica da vida de Cris. Abençoados pelo som da chuva, os dois ficaram ali, curtindo uma noite típica de casados. Os pratos permaneceram intocados, e os biscoitos, esquecidos, enquanto Cris e Ted expressavam, em toda a sua plenitude, o eterno amor que tinham um pelo outro. Haviam esperado fielmente até o casamento para darem vazão a toda profundidade desse amor, e aquela foi uma das ocasiões em que a paciência deles fora recompensada e abençoada de maneiras eternamente doces.

A segunda-feira foi mais fácil para os dois em virtude da noite chuvosa e romântica de domingo. A primeira coisa que Ted disse quando Cris chegou em casa do trabalho na segunda-feira foi que havia passado boa parte do dia ao telefone.

– A coisa está se transformando num levante. Todas as famílias que estão tentando mostrar seu apoio a mim estão em campanha para que outras tomem partido. Não acredito que chegamos a este ponto.

No caminho de casa, Cris havia comprado tacos no local preferido de Ted, o *trailer* Tacos do Joe. O telefone de Ted tocou duas vezes, mas ele não atendeu. Em seguida chegou uma mensagem. Ao terminar de lê-la, Ted olhou para Cris com uma expressão de desculpas em seu rosto.

– Tudo bem, falou ela, antes mesmo de ele dizer qualquer palavra. Você deve ir.

– Você vai ficar bem aqui sem mim?

– É claro que sim.

Cris já havia passado inúmeras noites sozinha no apartamento deles quando Ted comparecia a eventos do grupo de jovens, aos quais ela não ia. Era a primeira vez que ele perguntava se ela ficaria bem sozinha em casa. Cris achou o gesto atencioso da parte dele e lhe disse isso.

– Você pode vir comigo se quiser, mas não sei que proporção as coisas vão tomar.

– Não tem problema. Na verdade, eu tinha pensado em ligar a máquina de costura hoje à noite porque trouxe algumas toalhas de mesa do trabalho, que deixei no porta-malas do carro.

– Toalhas de mesa? Estão precisando de conserto? indagou Ted.

– Não. Elas foram usadas para cobrir as mesas expositivas quando a livraria abriu. Mas como não combinam com nada, a Rosalyn resolveu dispensá-las. É um tecido bonitinho, mas estampado, e agora ela comprou toalhas novas que são todas da mesma cor. Pensei em ver se consigo fazer um ou dois aventais com elas.

– Quer que eu pegue as toalhas no porta-malas e ligue a máquina antes de ir?

– Claro, seria ótimo. Mas você não está com pressa?

– Para você eu sempre tenho tempo.

Ted passou por ela e pegou as chaves do carro antes de sair pela porta.

Cris limpou os restos do jantar e esvaziou a mesa da cozinha para dar espaço à máquina de costura. Ted colocou os tecidos sobre uma cadeira e em seguida posicionou a máquina na mesa, ligando-a na tomada.

– Pronto. Precisa de mais alguma coisa?

Ele já estava de pé ao lado da porta de entrada e parecia pronto para sair.

– Só de você. É só disso que preciso. Volte inteiro, está bem?

Cris deu-lhe um sorriso e ele sorriu de volta, voando pela porta em seguida.

Cris orou, refletiu um pouco e procurou não dar espaço a nenhum sentimento de medo ou ansiedade. Então, orou um pouco mais.

O projeto de tentar criar o seu próprio molde, a partir do avental que Tracy lhe dera de presente de chá de panela, foi uma boa distração naquela noite. Cris traçou o formato do avental sobre diversas sacolas de papel pardo que desmontara e emendara umas nas outras. Trabalhando devagar, mediu duas vezes antes de esticar o tecido no chão da cozinha e procurar uma forma de aproveitá-lo ao máximo.

Toda aquela engenharia demandou bastante raciocínio. Após preparar as peças para cortar três aventais, Cris empilhou tudo sobre a mesa e foi para a cama. Leu por alguns momentos e fez um grande esforço para continuar acordada até que Ted voltasse. Contudo, suas pesadas pálpebras a dominaram, e ela logo adormeceu.

Quando o alarme tocou na manhã seguinte, Cris encontrou Ted na poltrona reclinável lendo a Bíblia. Era terça-feira. O trem em que haviam embarcado estava fazendo sua primeira parada. Naquele dia ficariam sabendo o que aconteceria com o cargo de Ted na igreja, e como isso lhes afetaria o futuro.

– Conseguiu dormir? perguntou Cris, sentindo-se um pouco tensa.

– Não muito. Fiz café, caso queira tomar.

Ted nunca fazia café. Pelo menos, ela não se lembrava de nenhuma ocasião em que isso acontecera. Eles até tinham uma prensa francesa, que ganharam de Bob e Marta quando se casaram, mas só tinham utilizado o presente uma ou duas vezes, quando receberam visitas. Cris sabia que, se o marido estava tomando café, era porque devia estar desesperado para manter-se acordado e alerta. Ainda mais café que ele mesmo havia feito.

Por curiosidade, e talvez como uma forma de mostrar-se mais uma vez solidária a Ted em todas as circunstâncias, Cris foi até a cozinha, colocou o restante do café numa caneca e levou-a ao micro-ondas, após acrescentar leite e açúcar. Retornando à sala de estar, levou a caneca até os lábios e tomou um gole. Seus olhos se arregalaram.

– Ted, ficou muito bom! Não sabia que havia café aqui em casa. Onde você achou?

Cris não era muito de beber café, mas precisava reconhecer que o café de Ted estava gostoso.

– Na parte de trás do armário, lacrado em um saco.

– O que você está lendo?

Ted começou a ler em voz alta sem tirar os olhos da Bíblia.

– "O Senhor está comigo: não temerei. Que me poderá fazer o homem?"

– Este versículo certamente se aplica ao dia de hoje. Onde está? perguntou Cris, com os olhos arregalados.

– Salmo 118. E ouça isto: "Melhor é buscar refúgio no Senhor do que confiar no homem."

– Prossiga, sugeriu Cris, tomando assento e bebericando seu café.

Cris amava a voz de Ted ao ler a Bíblia. Era um tom diferente de quando ele falava ou ensinava. Quando lia a Palavra de Deus, ele sempre empregava um timbre mais reverente. Quando já estava praticamente no final do salmo, os lábios de Ted começaram a esboçar um sorriso.

– "Este é o dia que o Senhor fez; regozijemo-nos e alegremo-nos nele."

Ted fez uma pausa e olhou para Cris.

– Hoje. Este dia. Terça-feira. O dia em que nossas vidas podem mudar. O Senhor fez este dia.

– Sim, Ele fez, concordou Cris, dando um largo sorriso a Ted, na esperança de que ele percebesse que naquele sorriso estavam toda a coragem, esperança e vibração que ela podia reunir.

– Este é o último versículo do capítulo: "Rendei graças ao Senhor, porque ele é bom, porque a sua misericórdia dura para sempre."

Ted olhou para Cris.

– Eu creio nisto, prosseguiu ele. Deus é bom. Seu amor por nós durará para sempre.

Cris fez que sim.

– Deus está no controle disto, falou ela, indagando-se se

Ted perceberia que ela estava usando a frase que ele dissera na praia, na semana anterior.

– Acho que devemos fazer o que o versículo diz e começar a nos regozijar agora mesmo, disse Ted. E nos adiantarmos, em vez de só ficarmos felizes mais para frente, quando tudo isso fizer sentido.

Cris tentou dar um sorriso confiante ao ouvir o comentário do marido. Todavia, lá no fundo ela ainda sentia jorros de ansiedade disparar dentro dela como pequenos foguetes, ainda que não numa velocidade de propulsão de jato. A bem da verdade, Cris esperava que continuasse assim. Enquanto ela estivesse orando, confiando e não dando lugar ao medo, achava que seria capaz de sobreviver àquele "dia que o Senhor havia feito", sem outro surto de loucura.

– Preciso ir.

Ted abaixou o apoio do pé da poltrona e se colocou de pé.

– Não sei quando volto. Ainda não me disseram se preciso estar presente na reunião de hoje à noite, então eu ligo para avisar.

– Ok.

Cris se levantou e deu um grande beijo de despedida no marido, com hálito de café e tudo.

– Eu amo você. Estou orando por você como uma louca.

Ted lhe deu um sorriso meio provocador.

– Como a mulher doida que estava arremessando sapatos no domingo de manhã?

– Não como aquela mulher em específico, replicou ela, sorrindo, mas como uma mulher forte que crê que Deus é bom e fiel. Que tal?

– Aceito todas as orações que você quiser fazer por mim – loucas, fortes –, todas elas.

Ted passou os dedos espessos pelos longos cabelos castanho-claros de Cris. Ele a fitou, mas não disse nada. Tudo o que seu coração tinha para comunicar naquele momento ela podia ler claramente em seus olhos azuis-prateados.

Com um sorriso nos lábios, Cris o beijou novamente e com bom humor disse:

– Mais tarde.

Para Sempre Com Você

Capítulo 8

$\mathcal{N}$a quarta-feira de manhã, Cris pegou o elevador até o gabinete da Dra. Swanson no campus da Universidade Rancho Corona. Ao olhar as horas em seu celular, achou irônico que naquele mesmo horário do dia anterior ela estivera se despedindo do marido com um beijo, provocando-o despreocupadamente com sua expressão favorita, "mais tarde".

Era, de fato, mais tarde. Vinte e quatro horas para ser exato. Na realidade, parecia que uma semana inteira havia se passado, ou até mesmo um mês, à vista do furacão que passara por eles nas vinte e quatro horas anteriores. A respiração de Cris estava apertada, e os músculos de sua mandíbula doíam.

As portas do elevador se abriram, e Cris caminhou pelo silencioso corredor até a sala da Dra. Swanson. Felizmente não topara com nenhum conhecido no trajeto do estacionamento de visitantes até o prédio da administração. Se tivesse podido, ela teria adiado a reunião. Entretanto a Dra. Swanson fora tão insistente na mensagem de voz que lhe deixara pela manhã, que Cris imaginou que deveria encontrar-se com ela, ainda que por consideração.

Cris bateu levemente na porta do gabinete, que estava parcialmente aberta.

– Entre.

A Dra. Swanson estava em pé ao lado do armário de arquivos, segurando uma chaleira elétrica.

– Bom dia, Cris. Por favor, sente-se aí perto da janela, falou ela, enquanto despejava a água fervente em um bule de porcelana.

Cris escolheu a cadeira estofada que dava para a porta e deixou a cadeira que dava para a mesa para a professora. Entre os dois assentos havia uma mesinha encostada na janela, onde vários livros de capa dura estavam empilhados, formando duas pilhas da mesma altura. Equilibrada sobre os livros havia uma bandeja de chá prateada, onde duas xícaras de porcelana com pires aguardavam por elas, ao lado de um pratinho com pacotes de açúcar orgânico e um jarro branco de cerâmica para o creme.

Cris havia se esquecido de que a Dra. Swanson gostava da agradável arte de servir chá em suas reuniões. Embora tivesse visitado o gabinete da professora apenas uma vez, lembrava-se de ter sido recebida com a mesma elegância. O gesto era extremamente reconfortante, principalmente naquela manhã.

Com o bule nas mãos, a Dra. Swanson juntou-se a Cris e cerimoniosamente serviu o elixir âmbar nas duas xícaras.

– É um *blend* de chás pretos, falou ela, oferecendo uma xícara com pires a Cris. Resolvi experimentar esse chá depois de ler um livro em que os personagens gostavam dele. Não é profundo? Os personagens de um romance influenciaram uma decisão de vida que tomei. É muito parecido com a influência que o romance de Harriet Beecher Stowe exerceu; ele mudou o curso da história. Mas isso você já ouviu em minhas aulas.

A Dra. Swanson assentou-se na outra cadeira e equilibrou o pires e a xícara de porcelana sobre o colo, deixando o chá esfriar. Ela era uma mulher alta e grandalhona. Seu cabelo curto e branco estava preso atrás da orelha, e ela usava uns óculos de grife que, na maioria das mulheres, teriam ficado grandes demais. No entanto, em seu rosto oval eles pareciam ser uma de suas feições naturais, como se ela tivesse vindo ao mundo com eles no rosto.

– Obrigada por aceitar reunir-se comigo, Cris. Tenho que dar uma aula daqui vinte e cinco minutos, então, infelizmente, não teremos muito tempo para conversar. Mas o que quero lhe falar é o seguinte, principiou ela, inclinando-se na direção de Cris. Escutei o recado que você deixou no meu celular e entendo sua escolha de recusar o cargo de assistente. Você disse que as coisas andam um pouco incertas para você e seu marido. Você poderia me esclarecer melhor a questão? Gostaria muito de encontrar uma forma de chegarmos a um acordo.

Cris não sabia ao certo o que responder. Deu um gole no chá, na esperança de que a bebida quente descongelasse seu espírito apalermado e aturdido e lhe trouxesse as palavras certas à boca. Olhando para cima, Cris resolveu falar a verdade.

– Meu marido está desempregado no momento.

Era a primeira vez que Cris dizia aquelas palavras em voz alta, e elas lhe causaram um arrepio, muito embora o normal teria sido sentir o corpo aquecido em virtude do chá.

– Pode me contar o que aconteceu? falou a Dra. Swanson, demonstrando preocupação.

Cris limpou a garganta.

– Ele foi demitido de sua posição como pastor de jovens. Bem, na verdade, ele pediu demissão. Foi tudo ontem à noite. Eu teria lhe dado minha resposta antes, mas não tínhamos certeza do que iria acontecer.

– Sinto muito em ouvir isto. Pelo que vejo, foi algo inesperado.

Cris assentiu com a cabeça, enquanto equilibrava a xícara de chá sobre o joelho da melhor forma possível e tentava, ao mesmo tempo, explicar à professora aquilo que ainda não conseguira explicar a si mesma.

– Tudo começou com o que pensávamos ser apenas uma reunião para contenção de gastos, mas a situação se transformou numa bagunça. Pelo que entendi, o pastor titular resolveu renunciar faz alguns meses, mas informou sua decisão a apenas uma parte da liderança. Então um dos líderes recomendou um pastor substituto. O atual pastor está prestes a deixar o cargo, e o pastor substituto já avisou que pode assumir imediatamente, desde que Ted esteja disposto a trabalhar meio período.

A Dra. Swanson balançou a cabeça novamente.

– Qualquer um que já trabalhou no ministério sabe que não existe posição de meio período. Existem posições integrais com meio salário, mas quando se é um pastor, você acaba ficando disponível para o seu rebanho o tempo todo. Foi assim com meu marido nos trinta e dois anos em que esteve no ministério.

Cris concordou. A sensação que tinha por dentro era a de que nada daquilo havia acontecido. Nem mesmo o ato de falar sobre os fatos com a Dra. Swanson fazia com que eles parecessem reais. Suas emoções estavam travadas no piloto automático.

– Ted estava disposto a trabalhar meio período, prosseguiu ela. Ele disse que tomaria essa decisão, caso fosse aquilo que precisasse fazer. Ele tem um compromisso muito sério com os adolescentes, e o grupo promove várias atividades a cada semana.

– Ele teve algum apoio das famílias?

– Sim, e isso foi parte do problema. O apoio foi quase excessivo. Os pais dos adolescentes fizeram um 'tudo ou nada' da votação, dizendo que se Ted não ficasse em período integral, um grupo deles sairia da igreja e não apoiaria o novo pastor.

– Puxa!

– Por fim, Ted cedeu e renunciou para que não tivesse que haver votação.

– E agora a igreja não precisa pagar a vocês nenhuma indenização já que ele pediu demissão em vez de ser demitido, concluiu a Dra. Swanson, enquanto balançava a cabeça, exibindo um olhar de preocupação.

Cris não sabia ao certo as implicações daquilo. Ela e Ted não haviam conversado sobre indenizações ou sequer sobre a possibilidade de ele renunciar. Como ele havia lhe explicado já bem tarde na noite anterior, o exaltado debate na reunião foi o que determinara a sua atitude. Seu instinto lhe fizera crer que, renunciando, as chances de haver uma divisão na igreja seriam menores.

Lágrimas reprimidas começaram a brotar nos olhos de Cris. Ela abaixou a cabeça e pôs-se a piscar na tentativa de contê-las, sorvendo outro gole do chá. Em seguida colocou a xícara de volta sobre o pires, sentindo a mão tremer.

– A senhora entende por que precisei recusar a posição? falou ela, tentando parecer corajosa e determinada. Não sabemos o que vamos fazer, nem mesmo se continuaremos morando aqui.

Através da armação redonda dos óculos, a Dra. Swanson fixou os olhos em Cris, como que esperando um comentário final. Cris tinha apenas um.

– Eu não quero começar algo que possivelmente não poderei terminar. Só poderia aceitar o cargo se pudesse lhe garantir que a senhora pode contar comigo. Do jeito que as coisas estão, não me sinto bem aceitando a oferta.

Cris torceu para que a conversa estivesse chegando ao

fim e que ela pudesse pedir licença e voltar para o carro, antes de desabar em lágrimas mais uma vez. A Dra. Swanson aproximou-se dela e solidariamente deu-lhe um leve aperto no antebraço.

– Como você é corajosa, menina! Sua integridade fala alto. Deus vai abençoá-la por sua atitude, e também ao Ted, pela integridade que ele tem. Isso é certo. Deus presta atenção a cada detalhe. Jesus disse que os pacificadores seriam abençoados e chamados filhos de Deus. Os pacificadores colhem a colheita da justiça. Vocês dois verão a recompensa da retidão como resultado de tudo isso.

Cris levou a mão até os lábios cerrados, na tentativa de suprimir o soluço que teimava em escapulir naquele momento. A fim de impedir que as salientes emoções corressem soltas, ficou mordendo a parte interna dos lábios.

Reclinando-se e pondo a xícara novamente sobre a bandeja, a Dra. Swanson colocou as mãos sobre o colo, cobrindo a mão esquerda com a direita.

– Talvez isso não altere em nada as nossas opções, falou ela, olhando de relance para o relógio. Se eu transformar o cargo de assistente em duas posições de meio período, posso contratá-la como assistente de pesquisa à distância. Todo o trabalho seria feito no seu próprio horário, do seu próprio computador. Você não teria que vir ao campus, mas teria que ler e digitar bastante. Essa opção lhe interessa?

Cris pôs a mão de volta sobre o colo e se recompôs, limpando novamente a garganta. Não tinha certeza de como responder.

– Possivelmente você teria como continuar trabalhando na livraria e encaixar as dez ou vinte horas semanais da pesquisa como quiser no seu horário. O compromisso seria de algo em torno de um ano e meio, dois anos. Caso você se mude daqui, ainda assim poderia trabalhar para mim de sua casa.

– Eu agradeço a oferta.

As palavras de Cris saíram de forma estridente e pouco convincente.

– Você precisa pensar sobre isso, eu sei. E discutir com Ted também. Posso esperar mais uma semana pela sua resposta, mas não muito mais do que isso. Tenho que cumprir alguns prazos para não perder a bolsa.

– Entendo.

Cris colocou a xícara e o pires de volta na bandeja.

– Muito obrigada pelo chá e por me dar essa oportunidade.

– Gostaria muito que desse certo, falou a Dra. Swanson, pondo-se de pé. Por favor, ore e pense a respeito. Ficarei aguardando sua ligação.

Cris foi direto da universidade para o trabalho, chegando lá dois minutos antes do início do seu turno. Embora não tivesse contado a ninguém sobre a decisão tomada na igreja na noite anterior, a notícia havia se espalhado. Várias pessoas vieram expressar-lhe sua preocupação e solidariedade. Cris agradeceu-lhes da maneira mais cordial que pôde, mas ficou sem resposta quando passaram a lhe perguntar o que aconteceria na igreja e o que Ted faria em seguida. Estabilizando suas emoções, Cris optou por guardar suas opiniões para si e se pôs a fazer o trabalho que tinha para aquele dia.

Ao longo de todo o dia, Cris ficou pensando em Ted. Enviou-lhe algumas mensagens, mas as respostas dele foram curtas, não indicando muito claramente como ele de fato estava se sentindo. Ted comentou que passara a manhã na igreja, esvaziando seu gabinete. Apesar de ter deixado claro que estava disposto a continuar no cargo durante a transição, a liderança decidira que sua demissão passaria a valer imediatamente.

Quando Cris chegou em casa, encontrou duas caixas encostadas na parede. Ted estava estirado no chão da sala de

estar, com o rosto voltado para o teto. A televisão estava ligada em volume baixo, e ele estava mandando uma mensagem
com o celular conectado à tomada. Cris imaginou que ele
passara o dia ao telefone, conversando com uma porção de
adolescentes desolados e pais aborrecidos.

– O novo pastor assume na semana que vem, anunciou
Ted, sem olhar para Cris.

– Como?

– Isso mesmo. Eles contrataram um novo líder para os
adolescentes, que trabalhará meio período. Ele é genro do
novo pastor da igreja.

Cris abaixou-se e sentou-se no chão ao lado de Ted,
tentando assimilar a informação.

– Então já estava tudo arranjado desde o início. Você ia
ser demitido de um jeito ou de outro.

– Eles me asseguraram que não era essa a intenção. A
minha renúncia criou o cenário perfeito para o John entrar
na jogada. E como é uma posição de meio período, a liderança sequer precisará convocar outra reunião para um voto
final. Já está tudo fechado.

Ted manteve o tom de voz inalterado. Cris não podia crer
no que acontecera.

– Vou tomar café da manhã com ele no sábado.

– Com o John? Você vai tomar café da manhã com o
novo líder?

Ted assentou-se e virou o corpo de um lado para o outro,
como que tentando fazer os músculos de suas costas relax-
arem.

– Quero fazer o que for possível para que a transição seja
boa para os meninos.

Para Cris, o marido estava indo muito além do necessário
na situação. Se tivesse sido com ela, provavelmente não conseguiria se encontrar com a sua substituta, caso tivesse sido
demitida de seu cargo tão de repente e de uma forma tão

– Ted, você é...

Ele a interrompeu antes que Cris pudesse dar qualquer opinião típica de esposa.

– Estou pronto para o que for que Deus tiver para nós.

Cris jamais esperava ouvir aquilo. Como Ted conseguia fazer aquela afirmação? Eles mal haviam começado a processar o que acabara de acontecer. Ted não podia ser tão resiliente a ponto de precisar apenas de novas ordens e, a partir daí, estar pronto para cumprir seja lá o que fosse que Deus pedisse a ele.

– Ted, a gente precisa de um tempo para a poeira baixar. Não é algo tão simples assim.

– Eu sei.

– Precisamos processar o que aconteceu.

– Ok. Podemos fazer isso. Mas, sinceramente, não foi uma surpresa tão grande assim. A gente sabia que esse poderia ser o desfecho. E foi.

Cris discordava. Ela havia torcido e orado para que houvesse um consenso. Queria paz, não reviravoltas. Ela pedira a Deus por direção; não pela destruição de tudo o que Ted se empenhara tão arduamente para construir ao longo dos anos, investindo nos adolescentes daquele grupo.

Ted pegou a mão de Cris.

– Escute. Tudo isso começou meses atrás. Soube que eles só não reduziram minhas horas de trabalho em abril porque queriam que eu terminasse o programa do primeiro semestre. Sou grato por isso, porque foi um ótimo tempo. Mas *pau*.

Ted usou a palavra havaiana para "acabou", que aprendera anos antes, na época em que morara com o pai em Maui.

– Quando uma estação acaba, você precisa dar boas-vindas à seguinte.

Cris soltou a mão do marido e disse:

– Só não entendo como você consegue entregar os pon-

~ 95 ~

tos e desistir com tanta facilidade.

– Eu não estou entregando os pontos, replicou Ted. Estou apenas aceitando os fatos com boa vontade. Há uma diferença aí.

Cris precisou refletir sobre o comentário de Ted antes de responder. Ainda não sabia que sentimentos a atitude do marido provocava nela. Por um curto instante, lembrou-se de como se sentira no domingo, enquanto preparava o bolo de carne. Naqueles momentos, foi como se tivesse aceitado tacitamente os fatos, ao pensar na mudança de estações que estavam prestes a viver. No entanto, agora que a mudança chegara, não estava muito disposta a aceitá-la de forma mansa e silenciosa.

Algo nela ainda queria brigar.

– Só estou dizendo que precisamos começar a sonhar um novo sonho, falou Ted de forma calma, como se pudesse ler o fogo nos olhos de Cris.

Cris ficou tensa. Não sabia se estava diante de uma diferença inerente ao modo como homens e mulheres processam a dor e a perda, ou se aquela era a forma de Ted de lidar com a situação. Será que ele estava deliberadamente fechando a porta do que ficara para trás e procurando olhar somente para o futuro, a fim de não sofrer tanto?

Fosse o que fosse que estivesse acontecendo no espírito e na mente de Ted, Cris não estava nem um pouco em sintonia com ele.

– Já faz um tempo que tenho pensado num possível novo sonho para a gente. Talvez toda essa situação seja o agente catalisador necessário para nos conduzir a ele.

– A ele o quê? perguntou Cris, medindo as palavras.

Salvo engano, havia um brilho nos olhos de Ted que não era evidente na semana anterior.

– No que você está pensando?

Um lento sorriso surgiu nos lábios dele.

– Ted?

Não é possível que ele já esteja sonhando com algo novo!
Não deve ser um sonho de verdade.

Com uma voz rouca, o queixo projetado para frente e um leve excesso de pó mágico nos olhos, Ted enunciou as três palavras que haviam aterrorizado o coração de Cris ao longo dos anos de namoro.

– Papua Nova Guiné.

Para Sempre Com Você

Capítulo 9

Se Cris pudesse ter gritado em resposta à sugestão de Ted de que fossem morar em Papua Nova Guiné, ela teria soltado um grito estridente, capaz de levantar o telhado do apartamento. Se pudesse ter expressado qualquer tipo de choque ou objeção, ou pelo menos fazer uma pergunta, ela o teria feito.

Mas ela ficou sem reação.

O que poderia dizer? Não havia palavra alguma dentro dela que lhe permitisse comentar o antigo desejo gravado no coração do marido de servir como missionário em um vilarejo remoto de Papua Nova Guiné. Cris achava que Ted havia desistido desse sonho na época em que ela ainda estava no Ensino Médio e propositalmente o liberara do compromisso que tinham um com o outro. Ela havia terminado o namoro a fim de que ele ficasse livre para ir viver numa choupana, dormir em redes e comer insetos assados quando bem quisesse.

Será que Ted estava dizendo que o sonho continuava vivo

dentro dele, já que tinha ido para a Espanha e não para o sul do Oceano Pacífico? Aquilo estava além da capacidade de compreensão de Cris no momento.

Para alegria dela, o celular do marido começou a vibrar justo naquela hora. Era o pai dele – algo ainda melhor, pois o telefonema certamente seria longo. Com isso, qualquer discussão sobre Papua Nova Guiné teria de ser adiada por alguns instantes. A única decisão que precisavam tomar acerca do futuro era se ela aceitaria ou não o cargo de assistente de pesquisa oferecido pela Dra. Swanson. E, graças a Deus, ela não precisava decidir aquilo de imediato.

Após se recompor, Cris foi até a cozinha ver se achava algo para comer. Não estava com vontade de fazer comida, tampouco sabia se ou quando Ted havia comido.

Optou, então, por encher um copão com água gelada e comer um ovo cozido, que descascou e comeu ali mesmo, perto da pia, com uma pitada do sal marinho vermelho que a tia havia lhe dado para experimentar. O ovo, mesmo com o sal especial, não tinha gosto algum para Cris. Ela bebeu o restante da água e se retirou para o quarto. Ao passar por Ted, pôde ouvi-lo dizer: "Estou falando sério, pai. Se precisar de ajuda com qualquer coisa, me avise. Eu tenho tempo para ajudar agora." Cris não sabia se Ted estava se oferecendo para fazer consertos na casa do pai em Las Palmas ou na casa de praia em Newport. E, no momento, nem queria saber.

Cris esticou-se na cama, sentindo as batidas do coração reverberarem em seus ouvidos. Não sabia o que pensar, o que fazer, ou o que orar. A exaustão física e emocional que sentia puxou-a pelos calcanhares rumo à terra dos sonhos, e ela simplesmente não impôs resistência ao certeiro puxão.

Durante os dias que se seguiram, Cris teve a sensação de que o seu coração e as suas entranhas estavam sendo esmagados como nunca antes. Parecia que alguém havia perfurado um pequeno buraco em sua alma, por onde toda a sua esperança e alegria estavam vazando, em ritmo vagaroso e constante.

Quando telefonaram para os pais dela, a fim de lhes contarem as grandes mudanças, Cris achou difícil fazê-los entender por que Ted havia renunciado. Ted explicou que ficara por fora de muito do que vinha acontecendo nos bastidores da igreja. Por não ter sido incluído em determinadas reuniões, não ficara ciente das importantes decisões que vinham sendo tomadas pela liderança. Na opinião de Cris, era tudo muito injusto, mas ela sabia que não podia dizer aquilo em voz alta.

Ted conseguiu manter a coerência e o tom amável em todas as conversas. Ele sempre dizia às pessoas que ele e Cris estavam confiando em Deus no tocante ao que vinha a seguir. Em dado momento, Cris passou a desejar que ele parasse de dizer aquilo, pois, em parte, não era verdade. Ele até podia estar confiando em Deus, mas ela não tinha certeza de que estava. Principalmente se essa tal confiança no Senhor incluísse uma passagem só de ida para um vilarejo cheio de cabanas de barro e pessoas que usavam ossos atravessando o nariz.

Na sexta-feira de manhã, quando Cris saiu para o trabalho, Ted lhe disse que arrumaria o apartamento enquanto ela estivesse fora. No entanto, quando Cris retornou, o ninho dos dois estava uma desordem ainda maior do que quando ela havia saído. Ted estava estirado na poltrona reclinável e, ao que parecia, tinha passado o dia assistindo a um monte de DVDs de surfe velhos que Cris nunca demonstrara interesse em assistir com ele. A única tarefa doméstica ligeiramente útil que ele fizera naquele dia fora pedir uma pizza.

Cris não estava nem pouco motivada a arrumar as coisas ou preparar algo diferente para comer. Após vestir uma calça de moletom, serviu-se dos últimos dois pedaços de pizza de pepperoni e convenceu Ted a assistir a dois de seus filmes românticos favoritos. A situação era um pouco depressiva, mas era tudo o que podiam fazer numa noite de sexta-feira, depois de todos os enfrentamentos daquela semana.

No sábado, Cris acordou às oito e se forçou a dormir um pouco mais. Ted tinha saído cedo para o seu café da manhã com John. Cris não conseguia acreditar que ele quisera se reunir com o substituto, principalmente quando havia poucos dias que toda aquela dolorosa e devastadora mudança havia se dado. Seu plano inicial para a manhã era botar o mau-humor de lado e ocupar-se de limpar o apartamento enquanto Ted estava fora. Todavia, agora que estava acordada, a última coisa que queria fazer era a tal limpeza.

Cris fechou os olhos e tentou se esquecer das caixas que Ted trouxera do escritório e que continuavam empilhadas e encostadas na parede da sala. A mesa da cozinha havia se transformado num verdadeiro depósito. A máquina de costura ainda estava montada, à espera da execução do projeto dos aventais que não avançara desde o dia em que ela cortara o tecido e o colocara sobre uma das cadeiras. A pia e a lava-louças estavam cheias de pratos, bem como o cesto de roupas sujas, cheio de roupas para lavar. A única coisa que não estava cheia era a geladeira.

Naquela manhã, Cris não se importou. Bem, ela se importou, mas não o suficiente para sair do seu baixo-astral e se pôr a trabalhar. Em vez disso, cedeu ao sono induzido pela onda de depressão e só foi despertar quando sentiu a mão de Ted acariciar carinhosamente a sua bochecha.

– Oi, falou ele em tom grave.

Cris abriu os olhos e viu que Ted a observava atentamente, como se estivesse preocupado. Ela mudou de posição e deu espaço para ele se assentar ao seu lado na cama.

– Você está bem? perguntou ele.

Ela acenou com a cabeça, sem muito entusiasmo.

– Como você está? perguntou ela.

– Estou bem. Quer comer alguma coisa?

– Não.

Ted colocou a áspera mão sobre a testa de Cris, como se estivesse verificando se ela estava com febre.

– Quer que eu pegue alguma coisa para você?

– Não, obrigada. Que horas são?

– Quase meio-dia. Pensei que você ia ligar para a Katie hoje.

– Não, falou Cris espreguiçando e cobrindo a boca enquanto bocejava. Vou telefonar para ela amanhã de manhã. Domingo passado funcionou, então marcamos de conversar amanhã novamente. Tive um ligeiro pressentimento de que não iríamos à igreja esta semana.

Ted ajustou-se na cama. O comentário de Cris aparentemente o deixara para baixo.

– Você estava no café da manhã este tempo todo? falou ela, tentando mudar o assunto rapidamente.

– Não. Só durou uma hora, mais ou menos.

– Como foi? perguntou Cris, assentando-se e encarando Ted.

– Foi bom. Não muito como eu esperava, mas bom.

Cris permaneceu silente, à espera de mais detalhes.

– O John está bem confiante de que está fazendo a coisa certa. Ofereci ajuda, caso houvesse alguma coisa que eu pudesse fazer, mas ele acha que é melhor para os adolescentes que eu não participe de nenhum evento a partir de agora, para não confundi-los.

– Confundi-los?

Ted levantou a mão antes que Cris começasse a retrucar.

– Falei a ele que não iríamos interferir. Ele quer fazer as coisas do jeito dele. Falei que lhe daríamos espaço.

– Espaço e muita graça, falou Cris, em voz baixa.

Ted esticou o braço e delicadamente puxou uma mecha do cabelo dela que estava solta.

– É que parece que... principiou Cris, sem saber como terminar.

– Eu sei.

Ted aprumou as costas com determinação e prosseguiu.

– Fui à casa do Greg e da Sallie, e batemos um papo.

Cris ficou surpresa que Ted tivesse ido conversar sobre a situação com o pastor sênior e sua esposa, agora que nenhum dois integrava mais a liderança da igreja. Ela sabia que Ted tentara inúmeras vezes marcar horários com ele para aconselhamento, mas raras vezes obtivera sucesso.

– Você tinha marcado essa reunião com antecedência?

– Não. Passei por lá de carro e o vi no jardim, então parei. Tivemos uma boa conversa. Muito boa. Ele nunca teve a intenção de que as coisas se desenrolassem dessa forma, e acho que eu precisava ouvir isso da boca dele.

Cris desejou ter estado com Ted a fim de participar da conversa com o antigo pastor e sua esposa. Estava feliz que o papo tivesse sido proveitoso para ele. Aquilo era mais um lembrete, para ela, de que o desenrolar das coisas não fora resultado de uma conspiração ou de uma trama maldosa para destituir Ted de seu cargo. Pelo menos era assim que o marido enxergava o ocorrido. Sua demissão fora uma escolha sua; fruto de uma série de decisões e consequências ocorridas num curto período de tempo, que envolveram diversas pessoas de opinião forte.

Embora Cris já tivesse escutado aquela explicação da boca dele vezes suficientes, seu coração ainda não tinha se convencido. Ela queria ficar brava com alguém pelo que acontecera. Ted, no entanto, parecia decidido a não dar espaço para que a ira criasse raízes.

– Eu também parei e comprei comida, disse ele.

– Ah, que bom. Mais burritos de feijão e picolés.

A réplica sarcástica saiu da boca de Cris antes mesmo que ela pudesse evitá-la.

– O que você tem contra burritos de feijão e picolés?

– Nada, respondeu Cris, tentando mostrar-se meiga e não amarga, como se sentia por dentro.

– Eu não acredito em você, falou Ted, pondo-se a fazer cócegas na lateral da barriga de Cris. É melhor você se acostumar a comer burritos de feijão congelados, porque até eu conseguir um novo emprego, é basicamente isso o que nosso orçamento nos proporcionará.

Surpreendentemente, Cris estava se sentindo animada e corajosa, apesar da depressão que a puxara para baixo nos últimos dias. As horas de sono extra talvez lhe tivessem fortalecido e levado a não dar muita importância para o triste comentário do marido. Cris pegou o travesseiro de Ted e deu-lhe um bom golpe no ombro, numa tentativa de fazê-lo parar de fazer cócegas nela.

– Vou lhe dizer uma coisa, Ted Spencer. Acho bom você aproveitar todos os burritos de feijão da Califórnia enquanto pode, porque se acabarmos nos mudando para onde você quer, nossa comida será galhos de árvore e larva de besouro.

– Quer dizer que você passou a manhã sonhando com nossa nova vida na selva? falou Ted com um sorriso, acertando um golpe rápido em Cris, que agora estava ajoelhada na cama.

Cris revidou com o seu travesseiro e, reunindo toda a sua audácia, falou:

– E quem aqui precisa mudar-se para a mata? Este apartamento se transformou numa enorme selva! Só precisamos de alguns cipós para nos balançarmos de um cômodo para outro.

Ted se pôs de joelhos e bateu no peito, imitando o grito do Tarzan da melhor maneira que conseguia. Cris começou a rir e o golpeou com os dois travesseiros, torcendo para que os vizinhos não estivessem ouvindo suas palhaçadas. Não. Na verdade, ela não ligava se estivessem ouvindo. Ela estava simplesmente feliz de ter seu marido de volta. Eles precisavam daquele momento; daquela chance de rirem juntos.

Embora não tivessem uma porção de coisas – um plano para futuro, dinheiro no banco e respostas a inúmeras perguntas – eles tinham aquele sentimento. Tinham um ao outro. Entre eles havia muitos anos de amizade e, sem dúvida alguma, muito amor. Um sentimento profundo, constante e enlouquecedor que parecia sempre encontrar novas maneiras de escapar de seus corações e conectá-los um ao outro de maneiras doces e inocentes.

Na manhã seguinte, quando Cris ligou para Katie, a conversa começou com a amiga tagarelando sobre seus planos para o casamento, o que Cris achou ótimo. Preferia focar no futuro de Katie e Eli do que começar com uma retrospectiva da semana pela qual ela e Ted haviam passado. Ted havia ido ao culto sozinho. Parecia ser algo que ele precisava fazer, ao mesmo tempo em que compreendia por que Cris precisava permanecer em casa e conversar com Katie.

– Estou sempre me lembrando do seu casamento, disse Katie. Eu amei o seu casamento.

Cris ajustou sua posição na cama e colocou o *notebook* de lado, para que pudesse ficar deitada enquanto conversavam. Katie também estava assentada na cama, como na semana anterior. Desta vez, contudo, atendeu a ligação sem o fio dental entre os dentes.

– Eu também amei o meu casamento, falou Cris.

– Sua cerimônia foi épica. Vocês foram o primeiro casal a ter a ideia de usar a campina da Rancho Corona, e ouvi dizer que agora o lugar está sendo usado com muita frequência para cerimônias de casamento.

– Eu amei as palmeiras, disse Cris, revivendo a memória do farfalhar da copa das árvores por sobre eles, ao caminharem pela passarela como marido e mulher. Parecia até que elas estavam aplaudindo os dois naquele dia.

– Você sempre foi o tipo que gosta de palmeiras, disse Katie.

– E você?

– Acho que estou me tornando uma apreciadora de campos de chá. Estou doida para lhe mostrar o campo que tem aqui em Brockhurst. É o meu lugar favorito para caminhar com o Eli.

– Você acha que irão fazer a cerimônia nos campos de chá então?

Katie levantou as sobrancelhas e apontou o dedo como se fosse fazê-lo atravessar a tela e bater de leve no nariz de Cris.

– Até que seria uma boa ideia. Não tinha pensado nisso. Outro dia estávamos falando sobre viajar e fazer o casamento em outro local.

Cris enrugou o nariz como se tivesse recebido o tapinha de Katie.

– Que tipo de local? Você já está na África.

– Eu sei, mas tínhamos pensado em ir para o Serengeti. É lá que o Eli gostaria que nos casássemos. No meio da savana, em algum lugar com elefantes, leões e zebras.

Cris riu.

– Estou falando sério. Ele disse que poderíamos fazer um safári com os convidados e nos acamparmos em barracas ao lado de um rio que tem crocodilos e uma piscina natural com hipopótamos.

Dava para ver nos olhos verde-claros de Katie que ela estava dizendo a verdade.

– E quais são as ideias espetaculares do Eli para a lua de mel?

– É isto! Barracas ao lado do rio.

– Com os hipopótamos, adicionou Cris.

Katie deu um sorriso afetado.

– Os hipopótamos ficariam na água, não nas barracas conosco.

– Pelo menos você espera que eles fiquem na água e não entrem em debandada na sua suíte de lua de mel no meio da noite!

As duas riram e ficaram fazendo mais piadas sobre treinar os crocodilos para prestar o serviço de quarto e sobre a aparência romântica que as telas de mosquito confeririam ao ambiente.

– E então? O que significa toda essa conversa de lua de mel? perguntou Cris. Já decidiram a data do casamento?

– Não. Ainda não. E para mim não é um problema, pelo menos por agora. Há muitas outras coisas acontecendo. Além disso, como eu disse antes, todos os nossos convidados estão aqui no centro de conferências. Exceto você e o Ted. Então não é algo que envolva conciliar a data com as férias ou as agendas das famílias. É só vocês nos avisarem quando o Bryan e a Carolyn irão se casar, que encaixaremos a nossa data próxima da deles.

– Você acha que há alguma possibilidade de seus pais irem? perguntou Cris.

– Não. Não mesmo. Meu pai não pode viajar. Não sei se lhe contei, mas quando liguei para eles e falei que estava noiva, a única coisa que minha mãe quis saber era se eu estava grávida.

O coração de Cris doeu mais uma vez por sua querida amiga. Os pais de Katie nunca tinham lhe demonstrado muita afeição ou apoio. Eram consideravelmente mais velhos que os pais de Cris, e em muitos aspectos, Katie havia basicamente se criado sozinha. Ela era a única pessoa em sua família imediata e estendida que havia feito um curso superior. Era verdade que seus pais a tinham surpreendido, comparecendo à sua formatura na Rancho Corona, mas nem eles nem seus irmãos mais velhos podiam entender por que ela estudara numa faculdade cristã, muito menos por que queria morar na África e exercer um trabalho missionário internacional.

– Não estou, disse Katie com um sorriso sarcástico. Grávida, quero dizer. Você ficou tão quieta aí depois que eu disse isso, que achei que precisasse de uma confirmação de que eu e o Eli estamos nos comportando.

– Que bom, Katie. Cris deu um pequeno sorriso ao pensar nos vários momentos íntimos que ela e Ted haviam tido recentemente. Vale muito a pena esperar pelo casamento. Confie em mim.

Katie aproximou-se da tela como se estivesse inspecionando a expressão de Cris.

– Está vendo? É isso o que me convence. Toda vez que você diz essas coisas, você fica com este olhar sonhador, como se o fato de casar-se virgem lhe conferisse um brilho misterioso e especial e que pequenos querubins surgissem e espalhassem o brilho sobre vocês sempre que vão para cama juntos.

Cris riu.

– Eu quero isto.

– Eu também quero que você tenha essa experiência, disse Cris. Mas você sabe que não é sempre assim, né?

– Deixe-me continuar acreditando que é. Você pode me aconselhar sobre todas as dificuldades depois que estivermos casados. E falando de dificuldades, o que aconteceu esta semana com o Ted, a reunião, o emprego dele e tudo mais?

Nos trinta minutos que se seguiram, Cris repassou a Katie os acontecimentos da semana. Foi como se suas entranhas estivessem sendo esmagadas mais uma vez. Chorou um pouco e sentiu raiva.

– Tudo isso para dizer que nós ainda não sabemos o que vem a seguir, concluiu ela, soltando um suspiro cansado e mordiscando o lábio.

A expressão solidária e preocupada de Katie começou a brilhar como um pequeno raio de sol.

– Cris! E se vocês viessem para cá, para o Quênia? Esqueça a obsessão do Ted pela Papua Nova Guiné. Venham para a África!

Cris não tinha palavras. Por dentro, ela estava gritando "Não!".

Capítulo 10

$\mathcal{N}$a segunda-feira à noite, quando Cris chegou em casa do trabalho, Ted havia preparado algo simples e singelo. Estendera um cobertor no chão da sala do apartamento, que permanecia completamente desarrumado, e preparara um piquenique para os dois.

– Já que não podemos fazer um piquenique na praia agora à noite, podemos pelo menos aumentar o aquecedor e fingir que estamos lá, falou ele.

Cris estava exausta. O apartamento continuava virado de cabeça para baixo, o que muito a irritava. O dia havia sido extremamente cansativo para ela, e seu humor não estava nada bom, de modo que não conseguiu enxergar muito encanto na iniciativa de Ted. Foi necessária uma dose extra de paciência para que se assentasse no cobertor ao lado do marido e comesse os palitinhos de cenoura e os sanduíches de mel e creme de amendoim que ele preparara.

– Precisamos conversar sobre algumas coisas, falou Ted.

Cris sabia do que se tratava. Ela havia evitado os assuntos

ao longo de todo o final de semana. Não se sentia nem um pouco preparada para conversar sobre Papua Nova Guiné ou sobre a ideia louca de Katie de que se mudassem para a África. Além do mais, não queria ter que decidir se aceitava ou não o cargo de assistente de pesquisa da Dra. Swanson. Ela só queria tomar um banho de banheira, perder-se em um livro ou um filme bobinho e então dormir pelo menos oito horas, já que na manhã seguinte teria que voltar ao trabalho, onde novamente precisaria se defender das perguntas dos colegas e dos clientes. Todas as pessoas da igreja que tinham tomado conhecimento das recentes mudanças estavam agora aparecendo na livraria e encontrando uma forma de se aproximar de Cris para saber se estava tudo bem com ela e Ted.

Cris apreciava a preocupação das pessoas. De verdade. Porém, estava sendo difícil virar a página quando, a todo momento, algum rosto familiar entrava na livraria e lhe fazia lembrar da situação que estavam vivendo. Ted ainda vinha recebendo alguns telefonemas, mas, no geral, a impressão era a de que todo aquele tempo livre havia lhe dado a chance de descansar e de começar a pensar de forma lógica sobre o que deveriam fazer a seguir.

– A primeira coisa que queria lhe contar é que me candidatei a algumas vagas de emprego hoje, disse Ted.

– Ah é?

– Todas são para empregos temporários e de meio período. Jardinagem, limpeza de piscinas. Mas eu preciso fazer algo. Ainda não recebi nenhum retorno, mas amanhã alguém deve ligar.

Ted parecia otimista e animado. Por algum motivo, a atitude dele fez Cris amarrar a cara. Ela esperava que ele ainda estivesse na fossa como ela. Ted estendeu o braço e deu um aperto no joelho de Cris. Como ela não olhou para cima nem respondeu, ele repetiu o gesto mais duas vezes.

– Ei, o que foi?

Cris balançou a cabeça como que dizendo, "nada". Não queria aumentar ainda mais o seu mal-estar, falando de suas emoções dizimadas. Lançando mão de suas melhores habilidades cênicas, olhou para Ted e colocou uma expressão agradável no rosto.

– Dia longo. Só isso.

Ted analisou a expressão de Cris, e pareceu convencido o bastante para sacar um dos principais assuntos que precisavam discutir.

– Você precisa dar uma resposta para a Dra. Swanson até quarta-feira, certo?

Cris assentiu, sentindo que ainda havia creme de amendoim no céu da sua boca. Tomando um gole d'água, acrescentou:

– Nós precisamos do dinheiro. Eu posso fazer o trabalho em qualquer lugar. Seria uma tolice recusar a oferta, não acha?

– Não sei.

Uma lágrima moveu-se desajeitadamente pela pálpebra inferior de Cris, escorrendo pela sua bochecha. Ela ficou furiosa consigo mesma.

Você é mais forte do que isto! Pare de chorar. Você consegue.

Ted pegou a mão da esposa e disse:

– Você não precisa aceitar este cargo, você sabe.

– Sim, preciso.

– Não, não precisa. Vamos achar outra solução. Eu quero que você faça aquilo que quer; aquilo que ama, que é sua vocação natural.

Cris pegou um guardanapo e secou as lágrimas. Estava cansada de chorar a todo o tempo.

– Acho que não podemos nos dar esse luxo, Ted. Eu tenho que fazer o que é necessário. E eu dou conta. Posso fazer o trabalho de pesquisa e trabalhar na livraria ao mesmo tempo, pelo menos enquanto eles continuarem me empregando lá.

Ele soltou a mão dela e falou:

– Ou você pode fazer algo diferente.

– Como o que, por exemplo?

– Não sei.

– Você está querendo dizer que eu poderia fazer outra coisa como ir para Papua Nova Guiné? Ou para a África? Ou algum outro canto remoto do mundo? É isso que você acha que deveríamos fazer?

Ted abanou a cabeça.

– Não. Pelo menos não agora. Não enquanto meu pai não se casar e tivermos feito a viagem até aquele canto remoto do mundo. Estar presente no casamento do meu pai é uma grande prioridade para mim.

– Eu sei, falou Cris suavemente.

– Até isso acontecer, acho que não podemos tomar nenhuma grande decisão que nos leve a fazer as malas e partir para outro canto, ou que implique uma mudança drástica de vida.

– E o que vamos fazer nesse meio tempo? E quando não tivermos mais dinheiro para pagar o aluguel?

Ted soltou um suspiro lento e repetiu as palavras corajosas que ela o ouvira falar a todos pelo telefone.

– Vamos confiar em Deus, esperar e orar.

Os dois permaneceram assentados em silêncio. Cris colocou o restante de seu sanduíche de volta no prato. Ted embrulhou as cenouras não comidas e começou a ajuntar as desanimadoras sobras do piquenique deles. Cris se juntou a ele, e sem dizerem palavra alguma, os dois se puseram a limpar o apartamento.

Ted organizou os itens que estavam nas caixas trazidas do escritório, e Cris foi cuidar da cozinha. Após lavar toda a louça, ela esfregou a pia e o balcão e organizou a correspondência, juntamente com o restante da bagunça que estava sobre a mesa. Enquanto isso, Ted pegou o aspirador de pó e se pôs a aspirar toda a casa.

Em seguida, Cris encheu a máquina de lavar roupas e trocou os lençóis da cama. Os dois dobraram uma pilha de toalhas secas, e Cris cuidou de fazer uma limpeza profunda no pequeno banheiro do apartamento. Durante todo o tempo permaneceram em silêncio. Logo no início do casamento, eles tinham aprendido que esta era a forma com que os dois recarregavam as energias. A primeira vez que tinham trabalhado juntos e quietos dessa forma fora alguns meses após terem se casado, e a mistura de paz e produtividade compartilhada entre eles havia sido uma agradável surpresa para Cris. Até então, ela achara que fosse a única que precisasse de pausas em seu dia para reiniciar o seu sistema e permanecer com a bateria carregada. Era reconfortante saber que ambos necessitavam do silêncio ininterrupto para processar as coisas.

Ted foi quem quebrou o silêncio, ao preparar-se para levar o lixo para fora.

– Você quer que eu coloque a máquina de costura em outro lugar ou prefere que a deixe aqui mesmo?

Cris pensou por um momento. Era muito bom ver as coisas voltando para os seus devidos lugares. No entanto, a ideia de trabalhar em breve com os aventais lhe agradava.

– Pode deixar sobre a mesa.

– Ok. Há mais alguma coisa que você está vendo que precisa ser feita?

– Acho que não.

– Eu deveria ter feito tudo isso para você mais cedo, mas fiquei tão envolvido procurando empregos na *internet*, que o dia passou sem eu perceber. Mandei meu currículo para quatro igrejas diferentes, todas aqui perto. Vi ofertas de igrejas no Texas, em Michigan e duas no Arizona. Por enquanto, só estou me candidatando para igrejas em nossa região. Depois do casamento do meu pai, se eu ainda não tiver um emprego, você estaria disposta a se mudar para outro estado?

Cris se deu conta de que aquele era um dos assuntos que Ted quisera discutir quando ela chegou em casa. Ele havia se segurado e agora estava colocando tudo para fora de uma só vez. Cris queria, do fundo do coração, poder dar ao marido uma resposta entusiasmada. Entretanto, tudo o que conseguiu dizer foi:

– Podemos conversar sobre isso mais tarde?

– Claro.

Cris teve a impressão de que Ted estava mais cansado do que na semana anterior. Considerando todo o tempo que ele vinha passando em casa, imaginou que ele estivesse tirando alguns cochilos. Era o que ela teria desejado fazer, caso pudesse ficar no apartamento. Era impressionante ver o quanto se podia ficar exausto ao passar por momentos de depressão e estresse.

Naquela noite, Cris e Ted caíram na cama às oito e quinze da noite. Ir para a cama tão cedo era algo inédito para eles. Adormeceram abraçados e só foram acordar quando o alarme do celular de Cris apitou.

Ted também se levantou, apesar de não ter para onde ir naquela manhã ou o que fazer. Comentou rapidamente que passaria o dia orando, procurando empregos pelo telefone e terminando de lavar a roupa suja. Ao ouvi-lo, Cris se sentiu feliz por ter um trabalho para onde ir, apesar de saber que o dia seria novamente entremeado de pessoas bem-intencionadas da igreja, desejosas de demonstrar-lhe a sua preocupação. Viver naquela incerteza toda e ainda ter de ficar preso em casa, sem saber que fazer, seria muito ruim, concluiu ela.

– Também vou orar hoje, falou Cris enquanto descascava uma banana.

Aquela era a única fruta que tinham em casa. A banana já estava cheia de pontos moles e amarronzados. Cris comeu o que estava em torno deles e jogou o resto no lixo.

– Tenho pensado bastante sobre a posição de pesquisa, continuou ela, encostando-se no balcão da cozinha. Creio que, a esta altura, a melhor coisa que posso fazer é avisar a Dra. Swanson que aceitarei a oferta.

– Tem certeza? perguntou Ted. Porque sempre que você fala sobre a vaga, tenho a impressão de que não é algo que você realmente gostaria de fazer.

– Limpar piscina e cortar grama de jardim também não são tarefas que você goste de fazer, mas, como precisamos do dinheiro, você está disposto a aceitá-las.

– Eu não me importo de limpar piscinas.

– E eu não me importo de fazer pesquisa.

Cris podia sentir o olhar firme de Ted ainda sobre ela. Abrindo a geladeira, começou a procurar, dentre as escassas opções, algo que pudesse levar consigo para almoçar. Naquele exato momento, seu telefone tocou. Olhando rapidamente o nome na tela, Cris voltou os olhos para Ted.

– É a Dra. Swanson.

Ted hesitou antes de falar.

– Você vai aceitar, então?

Cris acenou afirmativamente.

Ted fez um sinal com a cabeça, indicando que ela deveria atender. Parecia ter-se conformado com a conclusão que Cris formulara enquanto conversavam durante o banho naquela manhã.

– Bom dia, falou Cris, na esperança de parecer mais alegre do que realmente se sentia.

– Ah, que bom que você atendeu, Cris. Tenho uma notícia desagradável para lhe dar, infelizmente.

Notícia desagradável? Cris permaneceu imóvel, sentindo a ansiedade subir às alturas.

– Fui informada ontem de que houve um problema com a bolsa destinada ao meu projeto. A agência decidiu congelar todos financiamentos pelos próximos dois anos, o que significa que o projeto de pesquisa também terá de ser suspendido. Sinto muito por ter de lhe contar isso por telefone, mas eu sabia que só poderíamos nos encontrar em meu gabinete na semana que vem. Por favor, aceite minhas desculpas, Cris. Sei que tem sido difícil para você decidir se daria ou não para aceitar a proposta. Se eu tivesse tido qualquer informação de que a fundação estava numa posição instável, eu jamais teria lhe envolvido nisso.

– Tudo bem.

Parecia irrelevante dizer à Dra. Swanson que ela havia acabado de decidir aceitar o cargo. Em vez disso, Cris tentou transmitir sua solidariedade.

– Sinto muito que as coisas tenham caminhado assim. Sei o quanto a senhora queria realizar este projeto.

– Obrigada pela compreensão, Cris. E, mais uma vez, me desculpe por ter que lhe dar essa notícia. Saiba, no entanto, que você é bem-vinda em meu gabinete sempre que estiver na Rancho Corona. É só avisar à assistente do departamento para que ela possa coordenar sua visita com o meu horário.

– Obrigada. Ainda me sinto honrada por ter sido cogitada para a vaga.

– É um prazer estar com você, Cris. Teria sido uma honra trabalharmos juntas.

Cris desligou o telefone com a sensação de que era qualquer coisa, menos uma companhia prazerosa.

– O que aconteceu? perguntou Ted.

– A agência cancelou a bolsa. Suspendeu, ou algo assim. Só daqui dois anos que a Dra. Swanson saberá se receberá o financiamento novamente. O projeto foi cancelado. Não há mais nenhuma oferta de trabalho.

Ted se aproximou de Cris e a envolveu com os seus braços, puxando-a para perto de si. Cris encaixou o rosto no pescoço dele e soltou um profundo suspiro.

– E parece que agora eu quero ainda mais o cargo. Que

deprimente!

Ted deu-lhe um beijo na lateral da cabeça.

– Foi exatamente o que senti quando pedi demissão da igreja. Meu desejo de ser recontratado foi muito maior do que quando fui contratado da primeira vez. Acho que ainda me sinto desta forma. Deprimente, não é?

Os dois se abraçaram em silêncio por mais alguns minutos até Cris não poder mais ficar. Se não saísse naquele momento, chegaria atrasada ao trabalho. Antes que pudesse se afastar, Ted sussurrou uma oração em seu ouvido, com voz rouca. Ao se afastarem, beijaram-se duas vezes, e então uma terceira vez, com muita ternura.

– Preciso ir, sussurrou ela.

– Eu sei.

Ted a soltou. Sua expressão era a de alguém que estava tentando ser forte.

– Vai ficar tudo bem. Tudo. Deus está fazendo algo. Só não sabemos o quê.

Ao longo das duas semanas que se seguiram, Ted repetiu aquelas palavras pelo menos uma meia dúzia de vezes. Não só para Cris e para si mesmo, mas também para qualquer pessoa com quem conversassem. Falou-as a Rick, depois que este os contou, por telefone, que ele e Nicole estavam namorando novamente, mas levando as coisas na marcha lenta, sem qualquer pressa de tomar uma decisão. Ted disse algumas palavras de incentivo para Rick e em seguida começou a falar sobre limpeza de piscinas, como se tivesse encontrado o emprego dos seus sonhos e estivesse ganhando um salário fabuloso.

Foi aí que Cris percebeu que o otimismo exagerado de Ted estava estranho, já que aquela não era a forma como ele normalmente falava sobre as coisas. Em geral, Ted era mais tranquilo e despreocupado em relação à vida. Em seu estado normal, ele não era nem extremamente otimista nem sombriamente pessimista. Era o tipo ponderado e que não oscilava muito nas emoções.

Cris se deu conta de que sua reação a todo aquele otimismo radiante de Ted tinha sido a de fazer o papel da nuvem negra que escondia toda a claridade. Não eram os papéis corriqueiros que normalmente desempenhavam – o que não era nada bom.

A única coisa realmente boa que acontecera naqueles primeiros trinta dias após a demissão de Ted foi o telefonema do pai dele numa segunda-feira à noite, em meados de outubro. Bryan contou-lhes todos os detalhes de seu pedido de casamento a Carolyn nas Ilhas Canárias. Ao lado de uma fonte, ele a presenteara com um lindo anel de safira e recitara um poema em espanhol. Cris e Ted não entenderam a importância do poema, mas puderam ver que Bryan Spencer estava muito feliz como noivo.

– Já marcaram uma data, pai? perguntou Ted.

– Decidimos que será em abril, mas ainda não confirmamos o dia. O que vocês acham? Queremos que vocês fiquem aqui o máximo que puderem.

Ted e Cris se entreolharam.

– Alô? Vocês ainda estão na linha? perguntou Bryan.

– Sim, estamos, falou Ted. Abril é uma época ótima, pai. Estamos muito felizes por vocês. Iremos na data que marcarem. Não se preocupem em coordenar nada com a gente. Nós nos encaixaremos na agenda de vocês.

– Obrigado, filho. Alguma novidade com relação aos empregos?

– Estou fazendo limpeza em piscinas, e está sendo muito bom. Nenhuma igreja aqui da região me ligou ainda com relação às vagas para pastor de adolescentes, mas eu e Cris estamos com esperança de que em breve teremos notícias. Sabemos que estamos vivendo uma temporada de espera, o que é bom. Estamos nos tornando mais pacientes. Sabemos que Deus está fazendo algo. Só não sabemos o que ainda.

– Continue com essa perspectiva, Ted. Tudo vai se ajeitar.

– Cremos nisso, acrescentou Cris, na esperança de que se repetisse aquelas palavras constantemente, a verdade delas passaria a crescer dentro de seu duvidoso coração.

Ted e o pai entraram numa longa conversa sobre os progressos que tio Bob vinha alcançando no tocante à desapropriação dos ocupantes da casa de praia. Também naquela situação, as coisas vinham levando muito tempo para serem resolvidas.

– Isso é que é teste de paciência! exclamou Bryan. E, como se não bastasse a situação em Newport, vocês nem imaginam o que estou passando para reformar a casa aqui em Las Palmas.

O pai de Ted seguiu falando sobre os atrasos na expedição de alvarás para obras, os preços injustos dos materiais de construção, os inspetores que gostavam de receber além do devido e os problemas com a fiação elétrica da antiga casa.

– Mas chega dessa conversa, falou Bryan. A gente sabia, quando começou a reforma, que seria um longo processo.

– E como foi o casamento da Tikki e do Mark no final de semana passado?   Cris não se interessava muito pela conversa sobre alvarás e sobre as ações de despejo que o sogro precisara mover tanto em Las Palmas como em Newport. Contudo, o assunto do casamento de seus amigos da Rancho Corona a interessava. Estava ansiosa para saber detalhes, já que a cerimônia acontecera numa famosa capela em Las Palmas.

– Foi maravilhoso. A Carolyn e a família dela de fato sabem organizar uma festa. Tikki estava linda. Acho que o Mark ficou bastante desgastado por conta das diferenças culturais, mas ele e a Tikki estão muito felizes. Foi um dia maravilhoso para ambos.

Cris sorriu ao pensar em seu antigo amigo de infância,

Mark Kingsley, casado. E ainda por cima, com uma menina da Rancho Corona. Os dois haviam sido alunos da Universidade na época de Cris e Ted. Cris inclusive fora colega de Tikki em algumas matérias. Quando viu Mark aparecer em seu casamento acompanhado da moça, ela logo percebeu a boa sintonia entre os dois e ficou se perguntando se um dia não formariam um casal. Não foi nenhuma surpresa para ela saber que os dois estavam namorando.

O que ninguém jamais poderia imaginar, no entanto, era que a mãe de Tikki, Carolyn, havia sido uma paixão de verão de Bryan tantos anos antes. Nenhum deles teria sido capaz de prever que Bryan e Carolyn se reencontrariam, se apaixonariam novamente e estariam planejando o seu casamento às vésperas do casamento de Mark e Tikki. Os círculos de vida de Cris e Ted continuavam a se expandir, e toda vez que uma expansão ocorria, Cris podia perceber que a mão de Deus estivera operando nos bastidores bem antes da concretização dos fatos.

Aquele pequeno lembrete durante a conversa com o sogro ajudou a renovar a coragem de Cris no tocante ao futuro desconhecido que ela e Ted tinham adiante de si. Ela queria crer, de todo o coração, que Deus estava trabalhando nos bastidores em favor deles também.

Sim, várias mudanças estavam acontecendo. Ao mesmo tempo, no entanto, era como se todas as delicadas linhas daquela trama estivessem entrelaçadas. Parecia que cada pessoa e cada circunstância era uma linha que Deus cuidadosamente selecionara e tecera muito tempo atrás. Cris procurou manter aquela imagem na mente ao entrarem no mês de novembro. Imaginar a complexa tapeçaria que Deus estava formando trazia-lhe mais esperança do que todos os comentários bem-intencionados que ela ouvira de pessoas igualmente bem-intencionadas, que achavam que Ted havia sofrido uma injustiça.

Certa noite, quando estavam juntos no banheiro escovando os dentes, Cris cuspiu a pasta da boca e descreveu para Ted a imagem dos fios sendo trançados, a fim de formar uma complexa obra de tapeçaria. Ao terminar a escovação, Ted estava pensativo, como se estivesse refletindo sobre as palavras de Cris. Com um chumaço de algodão, Cris removeu a maquiagem dos olhos e se inclinou para lavar o rosto. Ted recuou e ficou assistindo, como se as rotinas femininas de Cris ainda o fascinassem.

– Gostei do que você disse sobre a tapeçaria. É uma ótima ilustração. Acho que deveríamos ter mais fé de que Deus está selecionando, à mão, cada um dos fios, ao longo desta longa estação de espera. Ele está tecendo cada um deles. Quando chegar a hora, seremos capazes de ver o projeto que Ele está fazendo.

Cris espalhou uma leve loção sobre o rosto limpo. A fragrância era uma mistura de coco e manga. Ela sabia que Ted amava o cheiro do seu corpo, sempre que iam dormir. "É como um sonho tropical", dissera ele certa vez.

Por conta do baixo astral e dos trabalhos esporádicos como limpador de piscina e entregador para uma creche, já fazia mais de uma semana que Ted não via a necessidade de fazer a barba. Passando a mão pela rala barbicha em seu queixo, Ted fixou o olhar na cortina da banheira.

– Para nós isso parece uma confusão de cores.

Cris seguiu o olhar do marido até a cortina multicolorida, que tinha finas listras na vertical.

– Do que você está falando? Da cortina da banheira?

– Não, da ilustração da tapeçaria que você usou. Pense nos fios; em todas as peças que Deus está entrelaçando. É como se pudéssemos ver apenas o avesso, com todos os pontos cruzados e os nós. Quando chegar a hora, Deus vai virar a peça e veremos o lado correto. Cada ponto estará exatamente onde precisa estar a fim de formar o desenho que ele tinha em mente.

Ted parecia extremamente confiante. Era como se realmente tivesse nas mãos algo em que se agarrar ao longo da jornada de fé que estavam trilhando, rumo aos desdobramentos futuros. Cris estava muito feliz que fora ela quem trouxera aquela imagem a Ted. Normalmente, era ele quem tinha sempre ótimas analogias a oferecer. Cris teve a impressão de que ele ficaria processando aquela ilustração por um bom tempo.

Mas aí aconteceu.

Ted teve um colapso.

Capítulo 11

O colapso de Ted aconteceu na véspera do dia de Ação de Graças. Cris nunca o tinha visto passar por nada semelhante. Por quase uma década, ela vira o marido atravessar as ondas de desafios e decepções com um espírito tranquilo e um profundo senso de confiança nos caminhos misteriosos de Deus e no senso de planejamento divino.

Naquela noite de quarta-feira, no entanto, tudo o que Cris sabia acerca de Deus e de Ted foi posto em cheque.

Naquele dia, ela havia ficado uma hora a mais no trabalho, a fim de ajudar nos preparativos da grande liquidação que se daria no dia seguinte ao de Ação de Graças. Em seguida, passara rapidamente no mercado. Pouco depois das sete da noite, entrara no apartamento com duas sacolas de compras.

– Precisa de ajuda? perguntou Ted sem olhar para ela, já que estava concentrado na tela do celular.

– Não, obrigada. Está tranquilo.

– Nível nove, anunciou ele, como se Cris devesse ficar

impressionada.

Desde que conhecera Ted, ele nunca se mostrara um entusiasta de nenhum tipo de videogame. Algumas semanas antes, eles haviam cancelado a tevê por assinatura a fim de diminuir as despesas. Foi quando ele começara com os jogos no celular. Fazia quase uma semana que não aparecia nenhum serviço de limpeza de piscinas ou de jardinagem. Com isso, Ted vinha passando bastante tempo na poltrona reclinável, aprimorando suas habilidades.

Ted juntou-se a ela na cozinha e deu-lhe um beijo na bochecha. Cris sentiu no rosto a aspereza da barbicha loira dele. Sem dúvida, a atual aparência do marido não era a sua favorita.

– Me ponha para trabalhar, falou ele. O que posso fazer?

À luz da condição de desempregado em que Ted se achava, as palavras escolhidas por ele soaram tristes aos ouvidos de Cris. Fazia várias semanas que ele vinha procurando alguém que o "colocasse para trabalhar". Mandara o seu currículo para todas as igrejas que estavam abrindo vaga para pastor de adolescentes, bem como para quaisquer outros trabalhos que ele fosse capaz de fazer. Afinal, ele tinha consciência de que poderia levar algum tempo até ter resposta das igrejas.

Na semana anterior, Ted havia se candidatado a três empregos; um para ser entregador de pizza, outro para ser atendente numa creche durante meio período e um para pintar internamente algumas residências –, que era a opção que mais lhe interessava. Todavia, no dia anterior, todos os três haviam lhe dado respostas negativas. A empresa de pintura informou que a vaga já tinha sido preenchida. A creche afirmou que ele era qualificado demais, já que tinha curso superior e diversos anos de experiência no ministério com jovens. E a pizzaria lhe disse que ele era pouco qualificado, visto que nunca trabalhara no ramo.

Cris sabia que Ted estava tentando parecer animado quando lhe perguntou se precisava vestir um avental, ao receber a tarefa de cortar as cebolas e o aipo. No entanto, ela podia ouvir na voz do marido a sensação de peso que se instalara sobre ele desde o dia anterior, quando recebera tantas negativas de uma única vez.

– Você realmente quer usar um avental?

– Claro. Escolha um para mim.

– O que você acha deste aqui? perguntou Cris, escolhendo o último modelito que havia criado, com o tecido da toalha estampada de azul e laranja que trouxera do trabalho.

– Este é o que você fez ontem à noite?

Cris fez que sim e jogou a alça do avental por trás do pescoço de Ted. Ele amarrou as tiras de pano atrás das costas e em seguida colocou as mãos no grande bolso que havia na frente. Para fazer o bolso, Cris utilizara metade de um pano de prato de linho, estampado com pequenas palmeiras. Ao ver seu trabalho artesanal sendo posto em uso, Cris sorriu.

– Vamos ter que aprender a dança da cozinha apertada, declarou ela, enquanto terminava de guardar as compras. Este espaço é pequeno demais para duas pessoas.

– Depende de quem são as duas pessoas.

Ted deu-lhe um sorriso e pegou a tábua de cortar para que pudesse organizar seu espaço de trabalho ao lado da pia. Uma coisa que Cris havia descoberto acerca de Ted depois que se casaram era que ele precisava de um espaço próprio. No entender dela, aquilo era resultado de ele ter sido filho único e de estar, só agora, aprendendo a dividir o seu espaço com alguém que não fossem o seu pai ou seus colegas de quarto da faculdade.

– Achei uma boa receita de recheio na *internet*, mas vou acrescentar linguiça e tirar o cogumelo.

Cris colocou a frigideira no fogão e abriu os dois pacotes de linguiça, depositando-as na panela.

– Seu pai iria gostar desse recheio, falou Ted.

– Foi o que pensei. Ele ama linguiça. E o meu irmão odeia cogumelos. Então, acho que acertei.

– Sim, falou Ted, dando-lhe uma piscadela. Você sempre acerta.

Por dentro, Cris ficou torcendo para que a piscadela do marido não fosse indício de ele estivesse se sentindo extra-afetuoso naquela noite também. Ela estava muito cansada. Nas semanas que haviam se passado, o interesse romântico de Ted alcançara nível de lua de mel, o que não vinha acontecendo com Cris. Afinal, enquanto ele permanecia em casa, cheio de tempo livre, ela estava fazendo horas extras sempre que podia. Como resultado, a balança das investidas amorosas havia definitivamente pendido para o lado de Ted.

– Ah! Meu pai deu notícias hoje. Ele e Carolyn finalmente marcaram a data. Será no dia cinco de abril. Avisei para Eli, e ele disse que dezoito de abril era uma das primeiras opções deles. Então parece que o esquema vai dar certo. A gente vai para a casa do meu pai antes do casamento, fica por lá alguns dias após a cerimônia, e então segue para o Quênia.

– Ótimo.

Nem Cris nem Ted pareciam capazes de demonstrar o entusiasmo esperado diante da enorme aventura que os aguardava. E a razão nem era o custo das passagens aéreas, já que tanto o pai de Ted quanto Katie haviam deixado claro que arcariam com o transporte deles. E ainda tinha Marta, que poderia de fato estar falando sério sobre acompanhá-los e ajudar nas despesas. O que estava barrando a animação deles era a incerteza em relação ao futuro.

– E o tio Bob? perguntou Cris. Você falou com ele hoje? Ele disse que horas quer que cheguemos na casa deles amanhã?

– A Marta quer servir a refeição às quatro da tarde, mas eu gostaria de tentar chegar antes do meio-dia. Quero ir até a casa do meu pai e dar uma boa olhada nela, agora que está finalmente vazia.

– Ah é?

– Sim, finalmente. O Bob disse que o amigo dele acionou a polícia e que foi uma confusão. As fechaduras foram trocadas hoje, e eu disse ao meu pai que iria lá amanhã e tiraria algumas fotos. Também me ofereci para ajudá-lo com a limpeza, para que ele possa colocá-la para alugar em breve, numa imobiliária de boa reputação.

Cris calculou na cabeça quanto gastariam de gasolina, caso Ted começasse a fazer várias viagens para Newport.

– Você acha que a casa vai precisar de muitos reparos?

– Só vai dar para saber amanhã quando olharmos. Se estiver tão ruim quanto eu penso, pode ser que leve umas duas semanas.

Cris mordeu o lábio inferior. Sabia que Ted se ofereceria de bom grado para assumir a frente dos reparos necessários na casa, já que gostava desse tipo de trabalho. O que a preocupava era o quanto aquele ato de serviço acabaria lhes custando, caso Ted fosse fazer a viagem todos os dias e trabalhar lá, em vez de pegar os biscates que fossem aparecendo.

E se ele optasse por ficar na praia durante todo o tempo em que estiver trabalhando na casa? Isso economizaria o dinheiro da gasolina e pelo menos três ou quatro horas diárias de deslocamento na rodovia. Mas aí eu ficaria sozinha aqui. Não posso tirar folga do trabalho para ficar com ele. Não quando estamos entrando na época mais movimentada do ano na livraria. Ted e eu precisamos de cada centavo que pudermos ganhar.

Cris permaneceu imóvel, refletindo sobre as possíveis configurações do mês seguinte. O medo do futuro parecia invadir-lhe com longos tentáculos, semelhantes aos de um polvo, que ameaçavam enredar seu coração e puxá-la para baixo.

Ted acenou com a mão, tentando chamar a atenção de

Cris.

– Ei! Você está bem? No que está pensando?

Cris precisou refletir por uns instantes em como fazer a pergunta que queria, sem deixar transparecer o seu pânico interior.

– Eu estava aqui me perguntando se o seu pai lhe pagaria por esse trabalho.

O olhar de ansiedade de Ted encontrou-se com o olhar dela, também ansioso.

– Ele é meu pai. Jamais cobraria alguma coisa dele.

– Eu sei, mas não acha que poderia pedir uma quantia desta vez? Quero dizer, se houver muito serviço a ser feito, você estaria economizando a ele aquilo que ele pagaria a outra pessoa. E pode ser que demore algumas semanas, como você disse. Não é a mesma coisa que preparar o deck para o inverno numa tarde de sábado.

Ted não replicou. Cris interpretou o silêncio do marido como uma deixa para que ela continuasse argumentando.

– Ted, se você assumir essas tarefas, não terá como ganhar mais nada durante o período que estiver ocupado delas, seja lá por quanto tempo for. E isso quer dizer que não teremos dinheiro suficiente para pagar as contas de janeiro. Estamos raspando a poupança para pagar o aluguel de dezembro na semana que vem, e eu estou fazendo todas as horas extras que posso. Mas se você ficar outro mês sem receber...

Ted estava a poucos centímetros de distância, cebola em mãos, tábua de cortar a postos. Como ele ainda não cortara a cebola, Cris sabia que as lágrimas que reluziam no canto dos olhos dele haviam brotado do fundo do seu coração ferido.

– Detesto ser a pessoa a dizer isso, mas ainda não paramos para de fato analisar a situação real em que estaremos dentro de algumas semanas e precisamos pensar no que fazer. Especialmente agora que estamos planejando passar várias semanas fora em abril. Sei que estamos confiando em

Deus e tudo mais, mas precisamos ser realistas também. Eu amo o seu pai e quero que você tenha condições de ajudá-lo ao máximo, mas...

Cris interrompeu sua fala, pois podia perceber que Ted estava fazendo um enorme esforço para se manter firme.

Ted desviou o olhar. O soluço que estava preso em sua garganta saiu numa espécie de tosse engasgada.

– Ah, Ted.

Cris aproximou-se e passou os braços pela cintura dele, escondendo o rosto no peito trêmulo do marido. Foi então que o sentiu desabar. Os braços dele a cercaram, seu peito apertado contra o dela. Cris sentiu o peso de Ted aumentar tão logo ele apoiou em seu corpo, dependendo dela para manter-se de pé. Cris utilizou o balcão para escorar as costas, pois sabia que não seria capaz de sustentar todo o peso do marido. Entretanto, não precisou fazê-lo por muito tempo. Ted a soltou e escorregou até o chão, caindo de joelhos. Cabisbaixo e com a palma das mãos apoiadas sobre as coxas, ele começou a chorar. Não eram apenas lágrimas; era um choro doído, sentido.

As mãos de Cris voaram até a sua boca, a fim de barrarem o seu próprio pranto. Tinha visto Ted chorar em outras ocasiões e já o vira inclinar-se daquela forma contrita antes. Contudo, nunca o ouvira chorar a ponto de faltar-lhe o ar, e de uma forma tão doída e aflita. O som reverberou pelos seus ossos.

Movimentando-se rápida e brandamente, Cris abaixou-se ao lado dele. Esticou o braço sobre os ombros largos do marido e inclinou-se, beijando as suas lágrimas, antes que escorressem pelo rosto dele.

– Está tudo bem, sussurrou ela. Está tudo bem.

– Não, não está.

As palavras roucas de Ted foram seguidas de um soluço que lhe sacudiu os ombros.

– Vai ficar tudo bem, Ted. Você vai ver. Vai dar tudo certo. Deus está conosco. Ele nunca nos deixará. Nunca.

Fazia semanas que Cris vinha proferindo aquelas palavras para si. Entretanto, ao dizê-las a Ted naquele momento, elas lhe soaram reais e verdadeiras. A força que veio sobre ela naquele momento de dor, em virtude da profunda esperança contida naquelas afirmações, a surpreendeu.

– Vai dar tudo certo. Eu sei que vai.

Ted balançou a cabeça, em discordância.

– Não. Está tudo errado. Tudo. Não era para ser assim. Eu prometi amar e cuidar de você, falou ele, um pouco ofegante. Prometi prover para as suas necessidades, e não estou cumprindo a minha promessa.

Os olhos de Cris encheram-se de lágrimas. Ela achegou-se ainda mais.

– Está sim, Ted. Está sim. Você está cumprindo a sua palavra. Só estamos passando por um período bastante difícil de transição, mas vamos sair dessa.

– Eu queria poder acreditar nisso agora.

Ted soltou um gemido sofrido, vindo do âmago do seu ser. Afastando-se de Cris, colocou-se de pé de frente para o balcão da cozinha e segurou em suas bordas com as duas mãos, como que para não cair.

Cris não sabia o que fazer. Será que os gestos de carinho e conforto da parte dela estavam sufocando Ted? Será que ele precisava ficar sozinho para chorar e pôr para fora toda a sua frustração, como um lobo ao uivar para a lua? Ela não sabia como agir em relação a ele naquele momento, e isso a irritava profundamente.

– Eu não deveria ter pedido demissão, disse Ted em voz baixa. Devia ter pensado em você, em nós. Foi tolice minha tomar essa decisão. Se eu tivesse aceitado trabalhar meio período, pelo menos teríamos alguma renda fixa.

Cris sabia que aquelas palavras não faziam qualquer sentido. Naqueles dois meses que se passaram, tinham ouvido diversas notícias sobre o que estava acontecendo na igreja. E sempre que ficavam sabendo de mais uma mudança implementada sob a liderança do novo pastor, Ted dizia: "Eu não teria apoiado essa decisão." Mais de uma vez ele havia afirmado que sua saída havia se dado no tempo de Deus, por mais que tivesse sido de uma maneira tão adversa.

E ainda que Ted tivesse permanecido na igreja por meio período, eles não seriam capazes de sobreviver por muito tempo recebendo apenas a metade do salário dele. Ademais, Cris sabia que ele estaria trabalhando o mesmo número de horas, se não mais.

Não. A lógica dele estava errada. Totalmente errada. Entretanto, Cris não sabia se devia apontar-lhe aquele fato ou simplesmente deixá-lo continuar botando para fora todas as coisas absurdas que estava pensando e sentindo, já que aquilo era o que mais a ajudava quando ela própria caía em redemoinhos do tipo.

O desabafo exaltado de Ted a fez pensar no povo de Israel reclamando com Moisés, após terem sido tirados do Egito pela mão do Senhor: "Pelo menos no Egito tínhamos alho e cebolas." Ela sabia, no entanto, que não podia dizer aquilo a Ted em meio a toda aquela comoção.

Pondo-se de pé e colocando a palma da mão nas costas de Ted, Cris orou em silêncio para que Deus revelasse a verdade a ele e o enchesse de paz e esperança.

– Simplesmente não sei o que fazer.

Ted inspirou profundamente e pegou uma toalha de papel para assoar o nariz e secar as lágrimas.

– Nunca imaginei que estaríamos nessa situação. Pensei que continuaria como pastor na igreja pelos próximos vinte anos. Ou pelo menos dez. Eu amava o meu trabalho; amava aqueles meninos.

– Eu sei.

– Eu não sou muito bom em mais nada, falou ele, virando-se de frente para Cris. Seus olhos estavam vermelhos, cheios de dor e tristeza.

– A única coisa que eu sempre quis fazer foi alcançar adolescentes e levá-los a Deus, porque alguém fez por mim quando eu tinha essa idade, e isso mudou a minha vida.

– Eu sei. Você terá oportunidade de continuar nesse ministério, Ted. Alguma porta vai se abrir. Talvez alguma igreja que você procurou entrará em contato.

A expressão de Ted era de desconforto.

– Eu mandei meu currículo para quatorze igrejas, Cris. Quatorze! Todas as manhãs eu procuro vagas na *internet*. A única igreja que me contatou disse que eles estavam procurando alguém solteiro.

Ted bateu a palma da mão com força sobre o balcão, fazendo a cebola rolar para dentro da pia. Cris recuou, dando-lhe espaço.

– Não posso sequer pintar paredes ou entregar pizzas, falou ele, amassando a toalha de papel e jogando-a no lixo com força. Estou preso na água. Preciso de uma onda. Preciso de uma boa onda capaz de me levar de volta até a orla. Não quero ficar encalhado aqui.

Ted inclinou a cabeça para trás e esticou o pescoço de um lado para o outro, a fim de aliviar a tensão.

– Pelo menos se eu ajudar o meu pai com a casa dele por uma semana ou algo assim, vou ter a sensação de estar fazendo alguma coisa.

– Então é isso que você deve fazer.

– Mas não posso pedir que ele me pague. Simplesmente não posso.

– Tudo bem. Eu entendo. Ou pelo menos estou tentando entender. De verdade.

– Eu sei que está, disse Ted, pegando Cris pela mão. Fazê-la passar por tudo isso está acabando comigo.

– Não tem problema, falou Cris.

Ted discordou.

– Tem sim. Você fica repetindo isso, mas tem problema, sim.

Cris não sabia o que dizer. Parecia que tinham voltado ao início daquela agonizante conversa. Tudo o que podia fazer era orar para que Deus lhes trouxesse paz, livramento, respostas e esperança.

Ted soltou a mão dela e pegou a cebola da pia. Sem dizer mais nada, voltou ao trabalho, pondo-se a cortar a cebola.

Cris retornou ao fogão. Fritou a linguiça e, após escorrer a gordura, acrescentou as cebolas picadas. Os dois trabalharam em silêncio e, num primeiro momento, foi doloroso para ela ter de ficar ali em meio àquela situação não-resolvida. Alguns minutos depois, no entanto, ela se acalmou. Deus estava fazendo algo. Ela tinha certeza. Embora não pudessem ver, Ele estava trabalhando, e na hora certa, tudo ficaria bem. De verdade. Cris nunca tivera de exercitar sua fé a um limite tão extremo. Seu espírito estava forte.

Ted picou o aipo, e Cris ficou pensando nos aventais que tinha feito. Sua intenção original era dá-los de presente de Natal, mas agora ela estava pensando em outra coisa. Uma moça colocara um panfleto naquela manhã na cafeteria Ninho da Pomba, divulgando a feira anual de Natal que fazia em sua casa. Cris ficou pensando em quanto poderia ganhar se pudesse vender os aventais no evento. A ideia de terminar os dois últimos modelos após terminarem o trabalho na cozinha a agradava. Ao todo, conseguira fazer oito aventais das toalhas descartadas. Qualquer dinheiro que conseguisse neles seria lucro, e os ajudaria um pouco.

Enquanto Ted esvaziava a lava-louças e a reenchia com os pratos sujos que estavam na pia, os pensamentos de Cris vagaram soltos, passeando por aventais e feiras de artesanato. Quando ele terminou, aproximou-se dela e lhe deu um abraço.

– Obrigado, sussurrou em seu ouvido.

Cris olhou para ele, com uma expressão de esperança no rosto.

– De verdade, Kilikina. Obrigada por aguentar a barra comigo. Para mim é horrível ter de fazê-la passar por tudo isso. Estou morrendo de raiva por ter tido toda essa crise.

Cris apoiou a cabeça no peito do marido e inspirou profundamente.

– Estamos juntos nisso, Ted. Sempre. Você sabe... na alegria ou na tristeza, na riqueza ou na pobreza, na saúde ou na doença.

Um leve sorriso surgiu nos lábios de Ted.

– Estamos vivendo exatamente a fase da pobreza e da tristeza, hein? Vamos orar para que ninguém aqui fique doente.

– Amém, concordou Cris.

Os dois permaneceram abraçados, balançando de leve e inspirando profundamente.

A voz de Ted ressoou na lateral da cabeça de Cris.

– O que tenho repetido para mim mesmo é que Deus não joga seus filhos no chão.

Cris afastou e olhou para o marido, sem entender.

– O que você disse?

– Que Deus não joga seus filhos no chão. É verdade. Ele não faz isso conosco. Ele cuida de nós. Eu sei disso. Eu creio nessa verdade. E agora estou tendo a chance de crer no Senhor e de começar a viver como alguém que realmente acredita em tudo que fala aos outros quando se encontram em momentos difíceis.

Cris sorriu. Aquele era o seu Ted; o homem de fé com quem havia se casado. Ele havia ressurgido da escura fossa em que seu espírito caíra.

Bem-vindo de volta, meu verdadeiro amor. Estou bem

aqui. Estou com você. Para sempre com você.

– Estamos no meio de uma prova, não estamos?

– Sem dúvidas, concordou Ted. E Deus tem estado extremamente silencioso ao longo desse tempo.

– É que o Professor sempre fica calado enquanto os alunos fazem a prova.

Ted riu. Cris levantou o rosto e sorriu para ele.

– O que nos cabe agora é continuar fazendo a prova. Sabemos as respostas. E é como você falou; você já deu as mesmas respostas a outras pessoas. Já deu essa aula! Você consegue. Nós conseguimos. Só precisamos continuar fazendo o exame.

O olhar de afeição de Ted para ela foi terno e profundo. Cris se aproximou. Seus lábios se encontraram em um beijo demorado. Em seguida, ela enlaçou o pescoço dele com os braços e o beijou novamente.

Naquela noite, Cris manteve, com prazer, os dois últimos aventais bem ao lado da máquina de costura e empenhou todos os seus esforços criativos na missão de amar completamente o homem com quem se casara.

Para Sempre Com Você

Capítulo 12

*C*ris havia concluído que a pior característica das emoções é nunca poder confiar nelas. Tão logo achamos que estão sob controle, elas se rebelam contra nós e passam a correr soltas em nossas veias.

Cris não tinha dúvidas de que havia experimentado todas as emoções possíveis entre o dia de Ação de Graças e o Natal. Ela, que costumava pensar que os anos do Ensino Médio e da faculdade tinham sido uma turbulenta montanha russa emocional, estava percebendo que as quedas e as reviravoltas de antes não eram nada se comparadas ao que estava vivenciando naquele momento. A atual temporada de provação era como andar numa montanha russa de marcha ré. Ela sequer podia avistar as assustadoras decidas antes de propriamente despencar.

Tudo começara no dia de Ação de Graças, tão logo chegaram à casa do pai de Ted e puseram a nova chave na fechadura trocada. Ted abriu a porta, e eles deram de cara com o caos. Os intrusos despejados não haviam saído pacificamente. Eles haviam arruinado tudo. Parecia que os dois estavam entrando no cenário de um crime violento.

O sofá havia sido retalhado com uma faca, e o estofamento estava saindo para fora. Havia lixo e comida por todo o canto. Em duas das paredes havia grandes buracos. A cozinha, que recentemente havia sido reformada, estava destruída. Os armários estavam fixados por um único suporte, quebrado, e o balcão de granito tinha rachaduras enormes. O micro-ondas havia sido roubado, todas as lâmpadas estavam estraçalhadas, e o chão, imundo.

Cris sequer conseguiu entrar nos banheiros ou nos quartos. Ajudou Ted a tirar fotos da sala de estar, da cozinha e do deque da frente e em seguida precisou sair para tomar um ar. O mau cheiro da casa era nauseante.

O estrago era muito maior do que Ted ou seu pai haviam previsto. Tanto para ele quanto para Bryan era incrivelmente difícil acreditar que alguém teria feito aquilo com a casa que fora o único lar de Ted desde o Ensino Fundamental. Ao longo dos anos, ele e o pai haviam investido um tremendo esforço braçal no cuidado do imóvel.

Todavia, por mais que Ted quisesse alugar uma caçamba e começar a limpeza imediatamente, ele teria que esperar. Tio Bob estava ajudando Bryan com alguns procedimentos legais extras, de modo que a reforma teria que esperar até que todos os detalhes estivessem resolvidos. Era necessário que um avaliador da corretora de seguros fizesse uma inspeção e tirasse fotos da casa na sua condição atual. Para Ted era muito frustrante não poder começar os reparos imediatamente.

Durante as semanas que se seguiram, tanto Cris quanto Ted tiveram seus momentos súbitos de baixos emocionais. Eles vinham caminhando, sentindo-se fortes, vivendo bem e confiando em Deus. Mas aí, bastava acontecer uma coisinha boba que um deles despencava em alguma descida daquela montanha russa às avessas.

Tudo aquilo era muito cansativo.

Todos os dias Ted falava o quanto queria começar a consertar as coisas na casa do pai. Todas as noites, ele orava por um emprego e para que a situação da casa evoluísse. Sempre que era chamado para limpar alguma piscina, Cris tentava animá-lo, como se ele tivesse sido convocado para o trabalho dos seus sonhos. Todavia, se dois ou três dias se passavam sem qualquer resposta ao seu currículo, notícias em relação à inspeção da casa ou solicitações para trabalhos de jardinagem e limpeza de piscinas, Ted pegava o violão, compunha uma música melancólica e parava de fazer a barba novamente.

Para Cris não havia subidas. Apenas quedas. A primeira foi quando entrou em contato com a moça acerca da feira de artesanato de Natal e ficou sabendo que era tarde demais para expor o seu trabalho naquele ano. Em sua imaginação, ela já havia vendido os oito aventais e estava, de bom grado, recebendo encomendas. Todavia, nada do que ela sonhara para ganhar dinheiro fora adiante.

Katie já havia enviado diversos *e-mails* insistindo com Cris para que marcassem um horário para bater um papo, mas Cris ficou enrolando a amiga. Queria esperar até que tivesse notícias mais felizes para contar. Por fim, ela se deu conta de que aquela era a sua realidade no momento e que Katie, mais do que qualquer outra pessoa, compreenderia seja lá o que fosse que saísse de sua boca enquanto estivessem conversando. Se fosse necessário mais uma boa sessão de choro, Katie era sem dúvida o porto seguro a que poderia recorrer.

No terceiro domingo de dezembro, Cris ligou o computador ainda de pijama e se assentou, muito à vontade, na poltrona reclinável. Katie a chamou para conversar bem na hora marcada. Ela estava no salão do centro de conferências, vestindo seu moletom da Universidade Rancho Corona, com o capuz sobre a cabeça.

– Está frio aí? perguntou Cris.

– Sim. Preciso de luvas. Me mande luvas. Mas não chuvas. Só luvas, falou Katie rindo de sua rima boba. O Eli acendeu a lareira para mim. Está vendo?

Katie virou o *notebook* para que Cris pudesse ver a enorme lareira de pedra, onde o fogo âmbar crepitava, alegrando o ambiente.

– O Eli está aí? perguntou Cris.

Por uns instantes, sentiu-se constrangida de ser vista em seu pijama, muito embora aquele fosse o seu conjunto mais recatado e parecesse mais uma calça de moletom e uma camiseta folgada. Todas as outras vezes em que conversara com a amiga, Katie estivera na privacidade de seu quarto.

– Ele vai voltar. Foi fazer dois *Malandi Chais* para a gente.

– O que é isso?

– É um chá queniano incrível, feito com especiarias. Você vai amar. Vou apresentá-los a esse e a todos os meus chás favoritos quando vocês vierem em abril. Ai Cris, você não tem ideia de como estou empolgada em vê-los daqui uns poucos meses. Vai ser épico! exclamou Katie, enrugando o nariz. As pessoas ainda falam "épico" aí? Todos os grupos que vêm dos Estados Unidos usam essa expressão, mas estou tão por fora, que já nem sei o que está na moda e o que não está.

O coração de Cris sentiu-se feliz só de estar mais uma vez "diante" de sua amiga, tão cheia de energia. Sentiu-se arrependida de não ter ligado para Katie antes.

– Sim, as pessoas ainda dizem "épico" por aqui, respondeu Cris.

– Que bom. Então, cadê o Ted? Ele 'tá aí? Tenho certeza que o Eli vai querer dar um oi para ele quando voltar.

– Ele foi fazer um trabalho de jardinagem.

– No domingo?

– Pois é. É a primeira vez que ele pega um desses serviços temporários no domingo de manhã. Nossos dias estão uma bagunça. Quando o pessoal da igreja pediu que o Ted não ficasse em contato com o grupo de adolescentes, ficamos um pouco perdidos aos domingos. Aí fomos visitar uma igreja que se reúne nas sextas à noite.

– Então agora vocês vão à igreja na sexta-feira?

– De vez em quando. Na semana passada, visitamos uma igreja aqui perto, para onde o Ted mandou currículo.

– E como foi?

– Bom.

– Não estou sentindo muito entusiasmo.

Cris deu de ombros. Bem naquela hora, o rosto de Eli apareceu atrás do de Katie. Ele levantou uma caneca na direção de Cris e disse:

– Se você estivesse aqui, eu teria feito um chá para você, Cris. Que bom vê-la.

– É bom vê-lo também.

Eli estava usando um gorro de tricô, e as mechas de seu cabelo castanho espiralavam-se pelas bordas. Era um rapaz de nariz fino e olhos penetrantes. Sua marca registrada, o cavanhaque, estava de volta. Cris lembrou-se de que Katie o chamara de "menino do cavanhaque" quando fora apresentada a ele no casamento de Ted e Cris. Não havia nada de menino em Eli, principalmente agora que ele parecia enorme, debruçando-se sobre o ombro de Katie.

– Ted está trabalhando, falou Katie, virando-se na direção do noivo.

Eli beijou Katie no nariz, e Cris sorriu discretamente ao ver a doce interação entre os dois. Na época em que Cris convivera com eles, Katie estava saindo de seu relacionamento com Rick e tentando entender por que Eli se mostrava sempre tão "disponível" para ela. Eli havia se interessado por Katie desde a primeira vez que a vira. Entretanto, esperara pacientemente até que ela estivesse pronta para enxergá-lo por quem ele era.

O processo demorou quase que o último ano inteiro da faculdade deles. No entanto, quando Katie finalmente percebeu que Eli era um cara que amava a Deus de verdade e de todo o coração, ela se apaixonou rápida e profundamente por ele. Ted havia convivido com o rapaz na Espanha muitos anos antes e exercera uma grande influência na escolha dele de estudar na Rancho Corona. Ted e Cris tinham sido os primeiros a concordar com Katie que Eli era um homem em que valia a pena prestar atenção.

O único desafio para Katie fora viajar até o Quênia para poder passar tempo com ele. Na verdade, a decisão não foi de fato um problema, já que ela tinha recebido um dinheiro de herança e já vinha querendo conhecer a África havia algum tempo. Naquele momento, Cris teve a sensação de que estava finalmente vislumbrando os lindos frutos da paciência de Eli e da disposição de Katie de se arriscar. O amor deles seria um amor cheio de ternura. Ela não tinha dúvidas. O beijo de Eli no nariz de Katie confirmava isso.

– Se o Ted está trabalhando numa manhã de domingo, falou Eli, isso significa que ele foi contratado por uma nova igreja?

– Não. Ele tem feito alguns trabalhos de jardinagem e, por conta disso, ficou conhecendo o dono de uma creche da região. Às vezes ele presta serviço de entrega para essa creche, mas não é algo constante, nem toma muitas horas. Mas é trabalho.

Katie e Eli estavam assentados no sofá, juntinhos, bebericando seus chás.

– Me contem de vocês. Como estão os planos do casamento? A data ainda é dezoito de abril?

– Sim. Dezoito de abril. Vocês precisam marcar o voo, falou Katie. Assim que marcarem, me avisem e faremos o reembolso. E lembrem-se de que vocês concordaram que eu arque com a passagem de vocês, então, nada de dar para trás agora.

– É provável que você tenha que brigar com a tia Marta pela honra de cobrir nossa passagem.

Katie esticou o pescoço na direção da câmera e levantou uma sobrancelha.

– Com a tia Marta?

Cris concordou timidamente.

– Sinto muito, Katie, mas ela e o tio Bob querem ir ao seu casamento. Ela só falava nisso no dia de Ação de Graças.

Cris fez uma careta, esperando um protesto imediato da amiga. Em seguida, perguntou, com cautela:

– O que você acha da ideia?

Katie virou-se para Eli, que deu de ombros. Katie deu um grande gole no seu chá, os olhos fixos na câmera do computador.

– Pelo que estou entendendo, você prefere que eles não vão, disse Cris. Eu entendo. Acredite em mim, eu entendo perfeitamente. Não se preocupe. Vou achar uma maneira diplomática de dizer isso a ela.

– Eu não disse que eles não deveriam vir.

– Então você quer que eles vão?

Katie olhou rapidamente para Eli e então voltou-se para a câmera.

– Sabe o que é estranho? No fundo, eu adoraria que eles viessem. Como você sabe, ninguém da minha família virá para a cerimônia, e por bizarro que pareça, o Bob e a Marta são o que tenho de mais parecido com um tio e uma tia. Quero dizer, todo mundo precisa de um parente doido no seu casamento, certo? Que tipo de casamento seria sem a Marta aqui? Faz sentido?

– Faz. Totalmente.

Com um olhar meigo, Katie falou, com uma pontada de melancolia na voz:

– Me dá um pouco de vontade de chorar saber que o Bob

e a Marta viriam até aqui para prestigiar o nosso casamento.

– Eu sei, falou Cris, sorrindo.

– Você acha que eles estariam dispostos a ficar numa barraca? perguntou Eli.

– Numa barraca? indagou Cris.

Katie concordou entusiasticamente.

– Nós vamos fazer um casamento estilo safári, Cris!

– Vocês vão? Sério?

– Sim. Já planejamos tudo. Você nem imagina como vai ser legal, Cris. Faremos passeios para ver os animais de manhã e à noite acenderemos fogueiras. Vamos ficar na reserva de Masai Mara por três dias. O terceiro dia será o dia da cerimônia. Vocês precisam planejar sua chegada para o dia dez de abril, mais ou menos. Ou antes, se puderem. Assim, passaríamos uns quatro ou cinco dias aqui em Brockhurst, antes de pegarmos o avião para lá.

– Nossa, Katie. Achei que você estivesse só brincando quando falou de fazer um casamento safári.

– A ideia foi minha, falou Eli, parecendo bastante orgulhoso de si. Quando Katie concordou, tive certeza absoluta de que vou me casar com a mulher certa.

– Até hoje você estava com dúvidas? brincou Katie, fazendo uma expressão de espanto.

Os três sorriram, cientes da resposta.

Dirigindo-se novamente para Cris, Katie falou:

– Você vai ver quando chegar aqui. Estou torcendo para que você e o Ted gostem tanto da África, que terão certeza de que este é o lugar que Deus quer que vocês vivam para o resto da vida.

– Ela tem orado de forma bastante egoísta nos últimos dias, falou Eli. Não tem sido fácil ficar tão longe de vocês.

Cris sentiu um nó se formar em sua garganta.

– Eu sei. Nós também sentimos muito a falta de vocês. Especialmente com tudo o que tem acontecido recentemente.

– Queríamos poder apoiá-los mais nessa situação, Cris. Mas, em alguns meses, vocês estarão aqui, e será épico.

Cris sorriu ao ouvir Katie usar sua nova palavra.

– Estamos ansiosos para reencontrá-los.

O olhar de Eli estava em Katie, intenso e cheio de esperança. Os dois pareciam bastante contentes e à vontade um com o outro.

– Antes que eu me esqueça, principiou Katie, estou tendo dificuldade com um pequeno detalhe do casamento e estava com esperanças de que você pudesse me ajudar.

– Claro, o que você precisar.

– Preciso comprar um vestido. Fui a Nairóbi com a mãe do Eli algumas semanas atrás. Lá tem esse mesmo tipo de loja que tem na Califórnia. Bem, não sei dizer se são as mesmas franquias, mas há várias lojas em que a noiva pode experimentar os vestidos e fazer as alterações necessárias.

– E você não encontrou um vestido?

– Não. Sequer cheguei perto de encontrar algo que desse certo em mim. Não sei se é o formato do meu corpo ou os estilos que fazem sucesso aqui, mas minha peregrinação não foi bem-sucedida.

– Sinto muito em ouvir isso, Katie. O que você quer que eu faça?

– Quero que você me ajude a encontrar um vestido. Você e eu usamos mais ou menos o mesmo tamanho. Eu perdi um pouco de peso desde que cheguei aqui, então é possível que esteja ainda mais perto do seu número agora. Vou lhe mandar minhas medidas.

– Você tem alguma ideia do que quer?

– Algo simples.

Em seguida, Katie virou-se para Eli e disse:

– Tape os ouvidos. É para ser surpresa.

– Isso não será problema. Com você, Katie, eu sempre me surpreendo, falou ele.

Cris e Katie riram. Era verdade.

– Vou lhe enviar umas fotos, continuou Katie. Estou olhando alguns modelos na *internet* e tenho algumas ideias. Tomara que você não se incomode de ir a algumas lojas de noiva aí, experimentar os vestidos e me mandar as fotos.

Aquele não era exatamente o modo como Cris esperava encontrar um vestido para Katie, mas fazia sentido.

– Ok, eu posso fazer isso. Tem problema se eu começar só depois do Natal? Esta época é bem corrida no trabalho.

– Claro que não. Teremos três meses inteiros para isso, se você começar em janeiro. Não deve ser muito difícil organizar um casamento em três meses.

Cris riu mais uma vez. Fazia pelo menos uma ou duas semanas que ela não ria tanto assim.

– Desde que você realmente esteja falando sério quando diz que o casamento vai ser simples, três meses são suficientes. Mas acredite em mim, Katie. Há bem mais detalhes em que pensar do que você imagina. Quer que eu lhe mande por *e-mail* a lista de tarefas do meu casamento?

– Sim! Pode me mandar tudo que achar que for útil. Teremos uns duzentos convidados na recepção.

– Duzentos? Pensei que você tinha dito que seria um casamento pequeno. O que aconteceu com o 'simples'?

– Sim, será algo pequeno e simples. Na cerimônia no safári só estarão umas cinco ou seis pessoas. Os pais do Eli, você e Ted, Bob e Marta aparentemente, e... Katie virou-se para Eli e perguntou:

– Quem mais?

– Nós? sugeriu o rapaz.

– Ah, é mesmo. Nós. Nós estaremos também, concluiu Katie, rindo.

– E quem são as tais duzentas pessoas que participarão da recepção?

– A recepção será aqui no centro de conferências alguns

dias antes do casamento. Nada muito elaborado. Bem, talvez um pouco elaborado. Velas, muita comida e talvez alguma decoração. Todos que trabalham aqui, estão morando aqui ou que podem facilmente viajar até aqui estão convidados. Você poderá nos ajudar com os preparativos quando chegar.

Cris inclinou-se para trás e cobriu o rosto com as mãos.

– Como assim?

Em seguida, olhou para a câmera novamente.

– Katie, sua recepção é muito grande para começar a ser planejada quando eu chegar aí. Você tem alguém que poderia ajudá-la agora?

– A mãe do Eli. E o cozinheiro disse que faria a comida que eu escolhesse.

– E tem a mim também, disse Eli.

– Ok. Escute. Vou lhe mandar a lista de tarefas do meu casamento, e depois, nós duas podemos elaborar outra lista com as tarefas da recepção. Seria bom se já definíssemos alguns horários para conversar sobre isso ao longo dos próximos meses, apenas para resolver os problemas.

– Domingo à noite é sem dúvida o horário em que estou mais livre, disse Katie. Mas aí você não pode ir à igreja.

– Não se continuarmos indo aos cultos na sexta à noite. Vamos combinar de conversar a esta hora todo domingo, a partir de janeiro.

– Ótimo. Você é demais, Cris.

– Eu não fiz nada ainda.

– Mas vai fazer, e tudo o que fizer será ótimo. Obrigada.

– É um prazer.

Para fazer graça, Cris acrescentou:

– Faço qualquer coisa por você, *rafiki*.

A expressão de Eli se iluminou.

– Olha só! Você está treinando seu swahili. Excelente. Já está pronta para vir para o Quênia.

– Ainda não. Em breve.

– Muito em breve, repetiu Katie.

A expressão radiante do rosto de Katie, quando desligaram, continuou na lembrança de Cris o resto do dia. Era incrível o tanto que ela estava ficando animada com os planos de ajudar Katie e de preparar a viagem deles em abril.

Aquele foi o momento em que Cris se sentiu mais feliz naqueles últimos meses. Era revigorante e muito satisfatório ter um projeto para executar, ainda mais quando se tratava de algo que ela amava fazer. Cris era capaz de entender com mais clareza por que os últimos dois meses e meio tinham sido tão dolorosos para Ted. Ele necessitava daquele projeto de trazer a casa do pai de volta à vida. E também precisava de um emprego. Um bom emprego, que lhe permitisse voltar a ensinar e trabalhar com jovens.

Cris fechou os olhos e orou fervorosamente para que Deus guiasse Ted ao caminho certo, fosse qual fosse. E em breve.

Capítulo 13

𝒜 melhor coisa que aconteceu a Cris na semana anterior ao Natal foi ler uma carta enviada por *e-mail*, pela sua amiga que estava morando no Brasil. Cris conhecera Selena Jensen na Inglaterra, quando estavam trabalhando em uma organização missionária. Selena era uma mulher de espírito livre, dona de cabelos louros, rebeldes e encaracolados, bem como de um talento inconfundível para criar sua própria maneira de vestir.

Apesar de Selena ser mais nova que Cris, elas se deram muito bem e permaneceram amigas, juntamente com Katie, durante o tempo que estudaram na Rancho Corona. O que Cris mais admirava em Selena era sua coragem e criatividade. Várias vezes no passado, Cris se vira motivada a arriscar e a seguir os seus sonhos por conta da influência da amiga. Na viagem que fizera com tia Marta, a fim de "espiar" a terra da Suíça, Selena a acompanhara, e o entusiasmo demonstrado por ela no tocante à extraordinária experiência internacional que Cris estava recebendo pesara muito na decisão tomada por Cris. Se Selena tivesse tido a chance de estudar numa faculdade da Basileia e trabalhar no orfanato, ela teria aceitado sem pestanejar.

A oportunidade internacional que Selena acabou agarrando foi a de trabalhar no Brasil. Sua carta natalina deixava claro que, apesar dos obstáculos, a experiência continuava sendo positiva e enriquecedora. A notinha pessoal que acrescentou ao final da carta foi um verdadeiro presente para Cris. Selena escreveu:

Estou sempre me lembrando de você, Cris, e o que sempre me vem à mente é o seu espírito calmo e tranquilo. Em todos os ambientes em que estive com você, sua atitude sempre me fez sentir bem-vinda. Tento agir dessa mesma forma, aberta e disponível, com todas as jovens com quem trabalho diariamente. É transformador saber que somos queridos e que as pessoas se lembram de nós de formas amáveis e duradouras. É assim que você faz com que eu me sinta, Cris. E agora estou tentando imitar o seu exemplo aqui, onde seria mais fácil agir com desconfiança e cautela, sobretudo por causa das diferenças culturais. Já faz bastante tempo que tenho desejado contar-lhe da influência que você teve na minha vida e expressar a imensa gratidão que tenho a você. Não sei quando vou vê-la novamente, mas já estou ansiosa por esse dia, seja lá quando for – aqui ou na eternidade.

As palavras singelas e carinhosas de Selena deram uma verdadeira turbinada na autoconfiança de Cris. Cada dia, ao ir para o trabalho, ela tentava dirigir sua atenção para os outros, e não, para os complexos desafios que ela e Ted estavam enfrentando. A atitude de pôr o foco nas pessoas foi de grande valia, especialmente quando mudanças ainda maiores começaram a acontecer.

Quatro dias antes do Natal, Ted recebeu um telefonema que deu início a uma verdadeira mudança cósmica na vida deles enquanto casal e como indivíduos.

Quem ligou foi o seu pai, dizendo que todos os formulários necessários haviam sido protocolados e homologados, de modo que a reforma da casa de praia já poderia ter início. Inclusive, Bryan estava para receber uma certa quantia em dinheiro devido a uma cláusula da apólice de seguro, que tio Bob o ajudara a descobrir e requerer.

– O que isso significa, então? indagou Cris depois que Ted desligou.

– Significa que eu posso começar os reparos assim que puder ir para lá.

A expressão de Ted pareceu iluminar-se como uma árvore de Natal.

A comparação soou irônica para Cris. Eles haviam decidido não comprar uma árvore naquele ano, para poupar dinheiro. E, já que não tinha árvore, Cris não estava animada a pegar a pequena caixa de ornamentos natalinos que guardara no fundo do armário. Em vez disso, preferiu usar o pouco de tempo e dinheiro que tinha para fazer biscoitos de Natal, que daria de presente aos amigos do trabalho, e embrulhar seus aventais caseiros, que daria aos *chefs* especiais de sua vida.

– Só poderei ir para lá hoje à tarde, disse Ted, checando seu celular. A creche arranjou outra entrega para mim às dez da manhã. É só um carregamento de pedras para fazer uma trilha no jardim de uma casa em Temecula. Acho que até o meio-dia eu termino.

Permanecendo onde estava, Cris virou-se na direção oposta e terminou de se vestir para o trabalho, decidida a não deixar que marido visse o medo que estava se apossando dela.

Ted aproximou-se e pôs a mão sobre o ombro de Cris.

– Você vai ficar bem aqui? Quero dizer, vai ficar bem se eu ainda não estiver de volta quando você voltar do trabalho? Existe a possibilidade de eu ficar na casa do meu pai até bem tarde hoje à noite.

Controlando seus tremores de ansiedade, Cris corajosamente sugeriu:

– Se você não tem nenhuma outra entrega programada para amanhã na creche, por que não passa a noite em Newport na casa de Bob e Marta?

Ted abaixou-se até a beirada da cama, puxando Cris para baixo consigo.

– Tem certeza? Porque eu posso voltar. Não me importo de dirigir.

– Não faz sentido dirigir todo esse tempo. Nem gastar tanta gasolina. Se é para dar início a esse grande projeto, vale a pena ficar por lá. Vai ser mais rápido assim.

– É verdade. E você irá para Newport na véspera de Natal, então só ficaremos separados por alguns dias. E se você quiser que eu volte antes disso, eu posso vir.

– Ok.

Ted analisou a expressão no rosto de Cris.

– Você está mesmo tranquila de passar algumas noites sozinha aqui?

Cris fez que sim, ciente de que estava aparentando uma segurança muito maior do que a que de fato sentia. Não que ela se sentisse insegura em seu apartamento, ou que tivesse medo de ficar sozinha. O maior problema, a seu ver, era o que lhes sucederia financeiramente, caso Ted passasse semanas trabalhando na casa de praia, e não estivesse recebendo nenhum salário nesse tempo.

Durante as semanas anteriores, ela havia pensado bastante sobre a questão, refletindo sobre como a situação se desdobraria. A maneira mais lógica e econômica para Ted tocar os reparos na casa era ele ficar em Newport. Cris tivera tempo para se acostumar à ideia e estava decidida em seu coração de que era assim que as coisas deveriam ser.

Ted tomou a mão de Cris e a apertou três vezes – o código secreto que há muito utilizavam para dizer "eu te amo".

– Você é um presente para mim, Cris. Você sabe disso, não sabe? Deus me deu você e você é uma dádiva; uma dádiva excelente.

Os olhos de Ted encheram-se de lágrimas.

– Sei que será um projeto difícil sob vários aspectos. Vai ser uma quantidade de trabalho absurda. Vou ter de chamar um eletricista, um encanador e outros especialistas que possam executar as tarefas que não sei fazer. Minha esperança é que eu possa aprender com eles. Posso adquirir habilidades novas, o que ampliará meu leque de opções para trabalhos futuros. Dessa forma, mesmo que não tenhamos nenhum dinheiro entrando enquanto eu estiver trabalhando lá, estarei ganhando mais habilidades, e isso ajudará no longo prazo. É como se eu estivesse fazendo um curso, mas com a diferença de que estarei ajudando o meu pai ao mesmo tempo.

Cris não havia pensado por aquele prisma. Fazia sentido e, de alguma forma, a perspectiva acalmou um pouco os seus medos.

– Sei que esses últimos meses têm sido difíceis, falou Ted, olhando carinhosamente para ela. Mas sinto que a minha fé em Deus está crescendo. E você?

Cris concordou.

– Sim, não há dúvidas.

– E, desde que nos casamos, nunca passamos tanto tempo juntos como agora.

– Sim, é verdade.

Ted beijou Cris na cabeça e sussurrou:

– Eu amei todos os nossos momentos juntos. De certa forma, tem sido como uma segunda lua de mel.

Cris deu um leve sorriso. Ela também amara todo aquele tempo de convivência. Naquele período, tinham desfrutado de mais intimidade e de mais momentos prolongados na cama do que em todo o seu um ano e meio de casados. Cris se deu conta, então, de que a intimidade que tinham desfrutado no decorrer dos últimos meses tinha sido exatamente o que ela havia esperado que aconteceria, caso tivesse aceitado a vaga de assistente de pesquisa. O trabalho teria lhes proporcionado mais tempo juntos. No final das contas, ela não conseguira o emprego, mas ganhara aquilo que havia desejado: uma intimidade mais profunda com o marido.

Engraçado como eu consegui o que queria, mas não da forma como queria.

– Sabe de uma coisa? principiou Ted. Esse tempo todo, nós dois ficamos lembrando um ao outro de que Deus nos tem em suas mãos. Ele está no controle de tudo. Ele está conosco.

– Sim, eu sei que Ele está.

– Tivemos que fazer muitos cortes e sacrifícios, mas veja como as coisas estão caminhando. Ainda temos algum dinheiro na poupança. Não é muito, mas pelo menos não estamos no vermelho.

– Ainda não, falou Cris baixinho.

– Sei que não temos o suficiente para pagar o aluguel em janeiro. Mas eu ainda tenho algum dinheiro para receber e você receberá novamente antes do vencimento do aluguel. Vai ser o suficiente.

Cris queria crer que sim.

– Estamos vivendo do maná, disse Ted. Sabe como Deus proveu o maná para o povo de Israel quando estavam no deserto? Ele dava apenas o suficiente para cada dia. Os israelitas não podiam recolher a mais para guardar. O excedente estragava. Deus lhes dava somente aquilo de que precisavam, na hora da necessidade. Sinto que é isso que Ele tem feito conosco. Ele tem provido o suficiente, justo quando precisamos.

Cris sabia que Ted estava certo. Embora ainda não tivesse o otimismo do marido, ela estava vendo como as coisas vinham dando certo para eles. De fato, eles tinham o suficiente.

Deus estava provendo.

Ted mudou de posição e segurou a mão de Cris um pouco mais forte.

– Eu ainda não sei o que Deus está fazendo, mas você se lembra do versículo em que eu estava meditando cerca de um mês e meio atrás?

– Aquele no Salmo 27?

– Sim, esse mesmo.

– Estou sempre me lembrando dele.

Cris havia sublinhado o verso em sua Bíblia e o copiado num cartão que afixara com um imã na geladeira. Após lê-lo inúmeras vezes, acabara memorizando-o. Ela o recitou para Ted.

– "Espere no Senhor. Seja forte! Coragem! Espere no Senhor."

Ted acenou com a cabeça.

– Confie, espere. Todas as vezes que orei por nós e sobre o que deveríamos fazer, a palavra que continuava vindo em minha mente era esta: "espere".

Cris sabia daquilo. Eles já haviam conversado sobre o assunto antes. Diversas vezes. Ela tinha consciência de que estavam numa estação de espera. Parte dela não queria conversar sobre a questão novamente, simplesmente porque não havia respostas para dar.

Começando a se levantar, Cris falou:

– É como conversamos algumas semanas atrás. "O professor sempre fica calado enquanto os alunos fazem a prova". De fato parece que estamos sendo testados. E sem dúvida alguma, Deus não tem falado muito ao longo desse tempo.

Ted estendeu a mão para pegar o braço de Cris e fez sinal para que ela se assentasse de novo.

– Acho que tudo isso está prestes a mudar.

– Como assim?

Cris se assentou ao lado do marido e tentou decifrar o

que estava acontecendo, olhando nos olhos dele. Sob a luz da manhã que enchia o quarto, os olhos de Ted estavam num tom de azul que a lembrava do oceano no Havaí. Durante a lua de mel, eles tinham nadado naquelas águas azul-turquesa, mornas e cristalinas, bem cedinho de manhã. Cris jamais se esqueceria da experiência ou do tom de azul puro daquela parte do Pacífico que banhava a ilha. Como ela gostaria de ser transportada para aquele paraíso naquele momento e mergulhar naquelas águas curativas.

– Acho que Deus está prestes a fazer algo novo em nossa vida. Não sei do que se trata, mas ao orar ontem à noite, tive a impressão de que Ele estava me cutucando, dizendo-me para ficar pronto.

– Ficar pronto para o quê?

Ted deu de ombros.

– Não sei. Ainda é um mistério, falou ele, os olhos brilhando de otimismo.

Os dois permaneceram em silêncio por um momento. O ceticismo de Cris entrou em ação e ela perguntou:

– Você não acha estranho que nenhuma das igrejas às quais você enviou seu currículo tenha lhe chamado para uma entrevista?

– Sim. É estranho e me incomodou. Você sabe disso. Mas, agora, acho que vamos sair desta região para morar e exercer o nosso ministério em outro local. Não sei onde ainda.

A garganta de Cris apertou quando o nome da localização dos sonhos de longa data de Ted surgiu em sua mente. Ela sabia que precisava dizê-lo em voz alta.

– Papua Nova Guiné?

Ele balançou a cabeça negativamente.

– Não. Acho que ainda não é para lá que iremos. Não sei explicar o que me faz pensar assim, tirando as piadinhas que você gosta de fazer sobre não querer comer insetos e viver numa cabana.

– Eu sei. Sou uma esposa muito exigente.

Ted sorriu.

– Algum palpite de onde devemos morar então, já que não vamos ficar aqui?

– Ainda não. O que sei é que quando acordei hoje de manhã tive a mesma sensação que tive ontem à noite. Algo está prestes a mudar, e precisamos estar preparados.

– Não estou querendo ser a medrosa incrédula, até porque eu sei que Deus lhe dá esses cutucões e lhe diz o que deseja que você faça. Aliás, tenho visto o Senhor lhe falar dessa forma faz vários anos. Eu gostaria que Ele me falasse assim também, mas não é o caso. Então, preciso lhe perguntar... de que forma devemos nos preparar se não sabemos ainda para o quê estamos nos preparando?

Ted deu de ombros novamente. O gesto, no entanto, não expressava desesperança e resignação, como ela vira tantas vezes nos últimos meses, quando ele ficava sem respostas para lhe oferecer. Dessa vez, a luz nos olhos de Ted continuou brilhando. Havia uma esperança brotando dentro dele.

– Tudo o que sei – ou melhor, tudo o que sinto – é que muito em breve estaremos vivendo em outro local. Ainda não sei onde, mas percebo que não há muitos riachos por aqui dos quais possamos tirar água. E também não há campinas abertas onde eu possa trabalhar como pastor de ovelhas. E eu sei que Deus me criou para essa função.

Cris gostou da analogia de Ted, de que fora criado para ser pastor. Ela estava de acordo. Também concordava que os riachos e os prados da região onde moravam estavam se secando para eles. No entanto, o que mais a agradou foi ver que Ted estava expressando os seus sentimentos da maneira como costumava fazer antes de toda aquela situação na igreja se instalar; quando ele ainda podia estar diante dos adolescentes semanalmente para lhes ensinar e compartilhar com eles percepções daquele tipo. Era claro para ela que aquela fase de tratamento estava fazendo Ted voltar à sua essência e às verdades básicas que ele conhecia acerca de si mesmo e de Deus. Para ele, as percepções mais profundas sempre vinham na forma de analogias. Cris torceu para que ele estivesse anotando todos aqueles *insights* em seu diário, onde costumava registrar suas ideias para novas canções.

– Não tinha pensado por esse prisma, com as imagens do pastor de ovelhas e dos córregos se secando. Para mim, a situação se assemelha mais a um balão de ar quente.

Ted achou graça e ficou intrigado com a analogia de Cris.

– É como se tivéssemos sido atados a esta região por conta da universidade, do trabalho, da igreja e de nossos amigos. Todos esses conectores têm sido cordas nos segurando aqui, e por boas razões. Aqui foi um bom lugar para começarmos nossa vida juntos.

– Concordo.

– Mas, agora, não há mais tantas cordas que nos prendam aqui.

– É verdade.

– Parece que o único fator que nos segura atualmente é o meu emprego. É a última corda que nos amarra a esta região.

– Talvez ele seja suficiente para nos segurar aqui por mais um ano ou um pouco menos que isso. Tão logo o Senhor desate essa última corda, voaremos para a nossa próxima campina.

Ted bateu de leve com o ombro em Cris e acrescentou:

– Viu como combinei nossas analogias? Um balão flutuando para outra campina?

– Sim, reparei.

Cris sorriu para o marido e estendeu a mão para tirar a longa mecha de cabelo que caía pela testa dele.

– Eu observo tudo que lhe diz respeito, Ted. Sei que você é um presente para mim também. Um presente lindo, maravilhoso e abençoado por Deus.

Ted recebeu as palavras de Cris como se fossem mel para a sua alma cansada. Aproximando-se, encostou sua testa na dela.

Cris fechou os olhos e permaneceu em silêncio, desfrutando da doce intimidade entre eles.

– Eu amo você, sussurrou ela.

– E eu amo você, ecoou Ted.

Ted prosseguiu com uma oração, convidando o Espírito Santo para participar daquele momento de unidade. Concluiu, com as seguintes palavras:

– Nós te amamos, Senhor. De todo nosso coração. Somos teus; mente, corpo e alma. Usa as nossas vidas, juntas, para trazer honra e glória a ti. Usa-nos para avançar o teu reino neste mundo. Aquietamos o nosso coração em tua presença e de boa vontade esperamos pelo teu agir.

A intensa profundidade daquele momento de intimidade e comunhão entre os dois continuou acompanhando Cris na ida para o trabalho. Ela ainda podia sentir a proximidade de Ted, o perfume de sua loção pós-barba ligeiramente mentolado e a doçura da presença de Deus enquanto estiveram orando.

Cris chegou à livraria, pronta para dar o seu máximo naquele dia, mantendo firme o seu coração. Tão logo entrou na loja, Rosalyn acenou para ela, chamando-a para que a acompanhasse até o lado do prédio onde ficava a cafeteria. Cris a seguiu até um sofá vazio.

– Sente-se, Cris. Quer beber alguma coisa?

– Não, obrigada.

Cris reparou que do lado em que Rosalyn estava, havia uma pilha de papéis, e que o *notebook* da chefe estava ligado. Supôs, então, que ela estaria ajeitando as coisas para a liquidação da última semana de dezembro e para a semana de inventário em janeiro.

– Bem, estou tentando resolver algumas coisas, falou Rosalyn.

Seu semblante aparentava um enorme cansaço.

– Precisa de ajuda? Posso ficar até mais tarde hoje à noite se for necessário.

– Não, respondeu Rosalyn rapidamente. Não haverá necessidade de que você faça mais horas extras. Na verdade, você já fez horas extras demais este mês.

Rosalyn olhou para Cris com um ar de preocupação.

– Escute. Não há uma maneira fácil de falar isto. Preciso reduzir os custos. Nossos números estão muito baixos. Vou ter de demitir alguém.

Cris prendeu a respiração. Alguém?

– Vou ter de demiti-la, Cris. Sinto muito, muitíssimo. Queria que a situação fosse diferente. Adiei ao máximo esta decisão, na esperança de que as coisas melhorassem este mês. Se houvesse alguma forma de mantê-la conosco, eu a manteria. Você sabe disso, não sabe?

Cris concordou mecanicamente.

– Tem sido um prazer trabalhar com você, de verdade. Detesto a ideia de perdê-la como funcionária. Queria muito que a situação da livraria estivesse melhor, principalmente sabendo que o Ted está desempregado. Sei o quanto é difícil encontrar um novo emprego quando se vive de ministério.

Cris mal podia se mexer.

– Honestamente, eu tentei de tudo para mantê-la aqui. Quero que acredite nisso. Quando você me falou quantas semanas precisaria tirar de folga em abril, por conta dos casamentos dos seus amigos, pensei que poderíamos continuar com você pelo menos até lá. Mas a questão é que não estamos tendo movimento suficiente nem para garantir o seu emprego nesses últimos dias que antecedem o Natal. A situação não está... boa. Não está nada boa.

Cris sentiu um aperto na garganta ao forçar-se a dizer as palavras que levariam Rosalyn a revelar a informação que parecia incapaz de falar.

– Quando é meu último dia?

– Bem, estou tentando equacionar isso. Você receberá uma quantia extra de indenização. Detesto ter de despedi-la, ainda mais faltando tão poucos dias para o Natal. Tem sido difícil, você sabe. Mas acho que, bem...

Em meio àquela horrível situação de estar sendo demitida, Cris se compadeceu de Rosalyn. Ela era uma mulher um tanto dispersa, e essa sua personalidade "fragmentada" afetava suas habilidades gerenciais. Cris se lembrou das carinhosas palavras de Selena, acerca de seu espírito amável, e decidiu pôr um fim naquela agonia.

– Você quer que eu saia antes do final do mês?

Rosalyn não respondeu. Seus lábios estavam entreabertos, contudo nenhuma palavra saiu deles. Ela parecia estar esperando que Cris falasse novamente.

– Antes do fim deste mês?

Rosalyn concordou de leve com cabeça.

– São os números das vendas que estão provocando isto, Cris. Você sabe disso, não sabe? O período de pagamento acabou ontem. Seria mais fácil para mim se não tivesse de incluí-la no próximo período, nem que fosse por um único dia. Você entende, não é?

– Então ontem foi o meu último dia? Você prefere que eu nem trabalhe hoje?

– Seria melhor, respondeu Rosalyn em voz baixa.

Cris sentiu um aperto no peito.

– Sei que deveria ter conversado sobre isso com você na sexta-feira, mas você chegou aqui com os biscoitos e, sabendo que o Ted ainda está desempregado, não tive coragem de lhe falar. Estou arrasada por ter de demiti-la, Cris. Sinto muito.

Anestesiada, Cris estendeu o braço sobre a mesa e apertou a mão de Rosalyn rapidamente.

– Vou pegar minhas coisas.

– Tudo bem. Obrigada, Cris. Obrigada por entender.

Sentindo a cabeça martelar e os olhos encherem-se de lágrimas, Cris entrou na sala dos fundos, reuniu os seus poucos pertences e saiu de fininho pela porta lateral, sem dizer nada a ninguém. Em seguida, pegou o carro e foi direto para casa. Ao entrar, fechou a porta e passou a chave. Seu coração batia violentamente, como se alguém a tivesse perseguido até o apartamento.

Imóvel, e com as costas apoiadas na porta, Cris começou a chorar. As lágrimas fluíram rapidamente, mas sem provocar muito barulho. Depois do agradável momento que ela e Ted haviam compartilhado pela manhã, seu coração parecia sobrenaturalmente preparado e protegido para aquele último golpe. O impacto da notícia era sobremaneira forte, mas não destruidor. Fazia meses que a possibilidade de uma demissão lhe passava pela cabeça. Só que, em sua mente, a conversa só aconteceria após o ano novo.

Por outro lado, ela também achava que Ted, àquela altura, já estaria reempregado.

Cris pegou o celular na bolsa e ligou para o marido. Felizmente, ele atendeu no segundo toque.

– Ted?

– Oi. O que houve?

– Ted, a última corda acabou de ser desatada.

– Ãhm?

– Do nosso balão, Ted. A última corda que estava nos segurando aqui acaba de ser solta.

– Como assim, Cris?

– Acabo de ser demitida.

Tão logo pronunciou aquelas palavras, uma torrente de lágrimas jorrou de seus olhos.

– Onde você está? perguntou ele.

– Eu... estou... em casa, falou ela, engasgando com as palavras.

O apartamento, cheio de ecos, parecia tudo, menos uma "casa" naquele momento.

– Estou indo para aí, disse Ted.

– E a entrega para a creche?

– Eles me ligaram minutos antes de você e me informaram que o pedido foi cancelado, então não tinham nenhum trabalho para mim hoje. Já fiz o retorno. Estou no meio do caminho. Quer que eu leve alguma coisa para você?

– Não.

– Ok. Respire fundo. Estarei aí em cinco minutos.

Cris desligou o telefone e caminhou até a poltrona reclinável. Fechou os olhos e recostou-se. Seu corpo inteiro parecia estranhamente leve. Ela nunca estivera num balão de ar quente, mas sempre achara que a experiência lhe traria exatamente aquela sensação: a de ser envolvida subitamente num movimento aéreo, leve e estranhamente tranquilo, sem que tivesse qualquer controle sobre o seu destino ou sobre o que aconteceria a seguir.

E de fato ela não tinha.

Para Sempre Com Você

Capítulo 14

Ted chegou ao apartamento trazendo uma bebida quente para Cris em um copo para viagem. Apesar de ela ter dito que não queria nada, ele passara no café predileto da esposa e comprara a sua bebida calmante favorita do momento – um *blend* de chás pretos com leite.

– Me conte o que aconteceu.

Cris repetiu a conversa que tivera com Rosalyn e, ao terminar, tomou um gole do chá. A bebida era reconfortante. Exatamente o de que ela precisava para acalmar o seu estômago. Já a presença de Ted e suas palavras firmes eram o de que ela precisava para acalmar seu coração.

Considerando tudo o que tinham enfrentado nos últimos meses e, agora, o mais recente choque, Cris tinha certeza de que era para ela estar histérica.

Mas ela não estava.

Nem Ted. Ambos estavam calmos. Realmente era como se estivessem numa pequena cestinha, flutuando rumo a algum lugar desconhecido, a bordo de um balão de ar quente.

Inicialmente, não dizer palavra alguma e simplesmente ficar ali juntos, em silêncio, foi bom. Contudo, o silêncio logo se transformou num ressonante lembrete do vazio que preenchia a vida deles naquele momento, e Cris sentiu uma onda de desespero vir sobre si. Ted fechou os olhos e orou. Terminou sua prece afirmando corajosamente: "Que o teu Reino venha e a tua vontade seja feita em nossas vidas. Amém."

Cris tomou o último gole do chá. Em um sussurro quase inaudível, perguntou: – E agora?

– Quer ir comigo para Newport?

– Quando?

– Não precisa ser imediatamente. Podemos ficar aqui hoje e sair amanhã cedo.

– E o que vamos fazer aqui em casa o dia inteiro?

– Conversar, se você quiser. Ou podemos assistir a um daqueles seus DVDs que fazem a gente chorar.

Por mais gentil que fosse o gesto de Ted, de se dispor a ficar em casa à toa, vendo filmes românticos, não era isso o que Cris queria fazer. Ela não queria ficar choramingando. Durante semanas eles haviam estado numa espécie de limbo. Agora era hora de agir. De tomar decisões. De andar para frente.

– E se vendêssemos um dos carros e nos mudássemos para a casa de Bob e Marta?

Cris teve a sensação de que as palavras lhe saíram pela boca no momento exato em que se formaram em sua mente.

– Uau! exclamou Ted, sem acreditar no que ouvira. De onde veio isso?

– Não sei. Só estou pensando em ideias. Não quero mais choramingar. Faz sentido, você não acha? Poderíamos vender o carro de maior valor, mudar-nos para a casa de Bob e Marta, e aí você já estaria perto da casa do seu pai. Eu poderia arrumar um emprego temporário em algum lugar de Newport por alguns meses. Tenho certeza de que meus tios não se incomodariam se morássemos com eles. Isso nos daria uma chance de recalibrar. Pense no quanto economizaríamos saindo daqui. Ainda mais agora que o aluguel foi reajustado.

Ted esfregou a lateral do queixo, como se estivesse digerindo a sugestão.

– Ted, pense comigo. Nem eu nem você podemos aceitar nenhum tipo de trabalho permanente, seja onde for, por conta do casamento do seu pai e da Katie e do Eli. Quem iria contratar qualquer um de nós sabendo que daí três meses teríamos de tirar um tempo enorme de folga? Além do mais, você mandou seu currículo para tudo quanto é igreja daqui da região, e nenhuma porta se abriu nos últimos três meses. E isso sem falar que você estará ocupado com os reparos da casa do seu pai por sabe-se lá quanto tempo. Não faz sentido mantermos este apartamento alugado, e eu ficar aqui sozinha enquanto você está em Newport.

Ted parou de esfregar o queixo e passou a massagear o pescoço.

– Você tem razão.

Cris levantou-se da cadeira e entrou na cozinha para jogar o seu copo de papel na lixeira.

– Você disse algo parecido hoje de manhã, quando falou da sensação que tinha de que o nosso tempo aqui estava chegando ao fim.

Cris voltou à sala e parou de frente para Ted com as mãos na cintura, reproduzindo uma antiga pose de líder de torcida que aprendera no Ensino Médio. Era assim que se sentia no momento; como uma líder de torcida. De uma hora para outra, um novo senso de esperança e de coragem começara a brotar dentro dela, apesar de ela ter sido demitida menos de uma hora atrás.

– Você não acha muita coincidência que todas as restrições ou seja lá o quê que você estava esperando resolver na casa do seu pai tenham sido resolvidas no mesmo dia em que eu perco o meu emprego? A última corda do nosso balão foi desatada.

As rugas de tensão da testa de Ted começaram a desaparecer.

– Você está certa.

De brincadeira, Cris pôs a mão atrás da orelha e falou:

– O que foi que você disse? Quero ouvir mais uma vez.

– Você está certa, Cris. Não tenho problema em repetir isso quantas vezes você pedir. Você está absolutamente certa. Acho que o tempo de espera acabou, e o que você está sugerindo faz sentido. Isto é, se seus tios toparem a ideia.

– Você sabe que eles irão topar.

– E você sabe que sua tia vai nos deixar meio loucos.

– Sim, eu sei.

Cris se assentou ao lado do marido no desconfortável sofá. Ted havia criado o móvel utilizando como assento a sua antiga prancha de surfe alaranjada, a Naranja, e o encosto acolchoado do banco traseiro da Kombi Nada, sua antiga kombi que havia sido desmanchada. Katie apelidara o sofá de Nara-Nada, e todos que vinham ao apartamento o achavam fantástico. Contudo ele era nota zero em conforto.

– Pode ser que dê certo.

Ted esticou as pernas e continuou:

– Já que você se transformou numa fonte de ideias, poderia dizer se tem mais algum *insight* acerca do que o futuro reserva ao clã Spencer?

– Não. Meus *insights* acabam por aqui. Vamos esperar passarem os próximos meses, fazer a viagem para a África e então dar um *reset* em nossa vida pessoal e profissional.

– Ok, vamos nessa.

Ted se colocou de pé, mas em seguida parou e sentou-se novamente.

– Vamos orar antes.

– Claro.

– E aí vamos ligar para os seus tios e dar um pulo na gerência do condomínio.

– Ok.

Antes de começar a orar, Ted olhou mais de perto para Cris.

– Tem certeza de que você está bem em relação a tudo isso? Não precisa de um pouco mais de tempo para assimilar sua demissão? Você não está em choque ou algo assim, está?

– Não. Não tenho nenhum arrependimento. De verdade. Trabalhei com muita dedicação enquanto estive lá. Eu gostava do trabalho, mas você sabe que não era o emprego dos meus sonhos. Já faz um tempo que estou com vontade de fazer algo diferente, mas como precisávamos do dinheiro, não me deixei pensar muito a respeito. Se vendermos um dos carros e sairmos do aluguel por alguns meses, vamos ficar bem, você não acha?

– Sim, parece algo viável. O que você quer, Senhor?

Ted pôs-se a orar em voz alta, pedindo a Deus direção, confirmação, sabedoria e paz.

Durante a hora que se seguiu, Deus lhes deu exatamente aquilo que tinham pedido. Ambos sentiram uma paz inexplicável acerca do plano que haviam traçado durante a conversa. "Sim, é claro. Quando vocês se mudam?" foram as palavras de tio Bob. Em seguida, Ted foi até a administração do condomínio e recebeu a maior surpresa de todas. Quando voltou, estava com os olhos arregalados.

– O que eles disseram? perguntou Cris.

Ela havia terminado de lavar as roupas, e tudo o que possuíam achava-se miraculosamente limpo.

– Você não vai acreditar. Lembra que o nosso contrato de aluguel teve de ser renovado no mês passado? Quando fui até à administração para fazer isso, achei que estivesse renovando por mais seis meses, mas devo ter marcado a opção de renovação mensal por engano. É por isso que nosso aluguel subiu este mês.

– E o que isso significa se quisermos nos mudar?

– Significa que podemos sair no final do mês sem ter de pagar nenhuma multa por rescindir o contrato antes do tempo.

– Para mim, parece uma coisa de Deus.

Cris sempre se lembrava de Katie quando usava aquela expressão, já que a amiga fora a primeira pessoa que ela ouvira dizer "é uma coisa de Deus".

– Tem mais, continuou Ted. Eles estão com uma lista de espera no momento, o que significa que irão nos reembolsar por cada dia, se nos mudarmos antes do final do mês.

– Você está falando sério?

Ted tinha um largo sorriso no rosto, e seus olhos estavam iluminados.

– Quanto tempo você acha que demoramos para empacotar tudo?

Cris olhou à sua volta. O apartamento tinha pouquíssimos móveis.

– Onde colocaremos nossas coisas?

– Na garagem do meu pai. É possível que eu consiga uma caminhonete emprestada na creche. O que você acha?

Cris inclinou a cabeça para trás e começou a rir pela simples alegria de terem uma direção para o futuro.

Ted passou os dedos pelo cabelo.

– Tenho a sensação de que ficamos presos na lama durante meses, e agora, de uma hora para outra, as coisas começam a andar rapidamente. Que coisa doida! Quer tentar arrumar nossa mudança para amanhã? Eu sei que é pedir muito, mas se começarmos agora, poderíamos encaixotar tudo a tempo de sairmos amanhã de manhã, não acha?

Ted ficou esperando pela resposta de Cris, as sobrancelhas erguidas e a cabeça inclinada para o lado.

O desafio era energizante demais para deixá-lo passar.

– Vamos nessa! exclamou Cris. A gente tenta e vê se dá certo. Por onde começamos?

– Vou pegar umas caixas de mudança. Você pode começar colocando nossas roupas nas malas.

– Ok. Vou aproveitar e ligar para os meus tios para saber se podemos ir hoje à noite ainda.

– Ótimo. E eu vou à administração resolver a papelada e pegar as caixas.

Espontaneamente Ted caminhou até Cris e deu-lhe um forte beijo estalado nos lábios.

– Você é a melhor esposa do mundo, sabia?

Cris sorriu radiante.

Durante as quatro horas seguintes, Ted e Cris trabalharam como se fossem pequenos elfos sob efeito de cafeína às vésperas do Natal. Cris colocou as peças de roupas que não couberam nas malas em grandes sacos de lixo e deixou as caixas para os itens da cozinha. Separou e jogou fora tudo o que não tinha mais serventia para eles, como o sapato cuja tira se arrebentara meses atrás e a levara àquela crise de nervos. Parecia que o episódio havia se dado anos antes, e não há alguns poucos meses apenas.

Ted voltou ao apartamento com a notícia de que precisavam entregar o imóvel limpo até as doze horas do dia seguinte.

– Agora a gente tem que esvaziar este lugar de todo o jeito, falou ele, balançando os papéis assinados no ar. Não há mais volta. Estamos de saída.

– E a caminhonete?

– Tenho uma boa notícia a esse respeito. O pessoal da creche me disse que posso pegá-la sem qualquer custo, desde que a devolva com o tanque cheio até as dez da manhã. Estou pensando em ir lá agora mesmo, caso não precise de mim por aqui.

– Não, pode ir. Está tudo sob controle.

Cris parou e fez um coque apertado no cabelo na altura do pescoço.

– Espere. Ted?

– Oi?

Ted parou diante da porta aberta, por onde o ar fresco da manhã de dezembro adentrava o apartamento.

– Será que somos totalmente loucos por estar fazendo isso?

Ele sorriu.

– É possível que sejamos um pouco malucos.

– Mas só um pouquinho, né?

Ted entrou novamente no apartamento e disse:

– Na volta da administração, fiquei pensando novamente sobre o povo de Israel. Lembra-se de quando eles estavam aguardando a libertação e Moisés ficou pedindo ao Faraó que os deixasse ir? Faraó negou o pedido vez após vez, e Deus continuou mandando as pragas. Então, quando chegou a hora certa, Faraó lhes disse: "Vão embora. Saiam daqui!" E o povo saiu no meio da noite. Sequer houve tempo de os pães fermentarem para serem assados.

Cris conhecia a história da saída do povo de Israel do Egito, mas não se lembrava de que a fuga tinha ocorrido no meio da noite e os pães não tinham sido assados. Nas últimas semanas, Ted estivera estudando a Bíblia como nunca. Não era de surpreender que todos os detalhes do êxodo estivessem na ponta da sua língua.

– O fato é que a Bíblia afirma que eles saíram do Egito exatamente no dia em que era para saírem. Foram 430 anos até aquele dia. Até aquele dia, Cris. Está escrito. É o tempo de Deus. Seu perfeito tempo.

– E seus caminhos misteriosos, acrescentou Cris.

– Com certeza. Seus caminhos misteriosos, repetiu Ted, tirando do bolso as chaves do carro.

– Me ligue se precisar de alguma coisa. Já volto com a

caminhonete.

Cris continuou empacotando os itens da casa e pôs o telefone no viva-voz, para que pudesse fazer algumas ligações enquanto arrumava as coisas. O primeiro telefonema foi para a sua mãe. Cris relatou-lhe os últimos acontecimentos e as decisões que tinham tomado nas últimas horas.

– Estou espantada com o que você está me contando, falou a mãe dela.

– Eu sei. Parece uma loucura, mas sentimos que é a coisa certa a fazer.

– Vocês precisam de ajuda? Posso pedir o David para lhes dar uma mãozinha. Hoje é o primeiro dia das férias de Natal dele.

Cris sabia que o irmão de dezesseis anos havia acabado de tirar carteira de motorista. Mas daí a sua mãe entregar-lhe a chave do carro e deixá-lo dirigir sozinho por mais de uma hora até o apartamento de Ted e Cris, e depois mais uma hora ou duas, dependendo do trânsito, até a casa de Bob e Marta, já era excesso de confiança.

– Acho que não será necessário. Pegamos uma caminhonete emprestada. Mas talvez o David queira ficar com a gente na casa do tio Bob e da tia Marta após o Natal. Tenho certeza de que o Ted vai precisar de ajuda na reforma da casa.

– O que você acha que sua tia vai pensar se o mandarmos também?

– Acho que ela não se incomodaria. Bom, na verdade, acho que o tio Bob é que não vai se importar. Ele ama nos receber. Além do mais, o David marcou vários pontos com a tia Marta no dia de Ação de Graças, oferecendo-se para lavar a louça. Tio Bob falou que ele fez um ótimo trabalho.

– É. O trabalho na pizzaria está sendo uma ótima experiência para ele.

– Pergunte se ele gostaria de ficar e nos ajudar, isto é, caso ele não esteja trabalhando. Eu resolvo as coisas com a tia Marta. E não se preocupe comigo e com o Ted. Estamos bastante animados com a mudança. Sabemos que é o tempo certo.

– Eu acredito em você, querida. Mas é muita coisa para assimilar.

– Eu sei. Conte ao papai para nós, está bem? E diga a ele que não se preocupe. Vemos vocês em alguns dias na casa do Bob e da Marta.

– Até lá! Ah! Espero que você tenha se lembrado de que é apenas um presente por pessoa este ano. Estávamos falando sério quando dissemos que o Natal seria simples desta vez.

Cris quase riu.

– Não se preocupe. Vai ser, com certeza, apenas um presente por pessoa da nossa parte. Porém, eu fiz alguns biscoitos e vou levá-los. Mas não vamos contá-los como presente.

– Você fez aquelas barrinhas doces que seu pai ama?

– Fiz. Elas também foram as favoritas do pessoal do trabalho.

Cris ficou surpresa pela facilidade com que mencionou o "pessoal do trabalho", sem qualquer pingo de pesar. Ela bem que gostaria de voltar e se despedir adequadamente de todos. Contudo, em seu coração não havia nenhum arrependimento, tampouco tristeza pela forma como Rosalyn lidara com a sua demissão. Era hora de deixar a livraria. Como Ted havia dito, ela saíra no dia exato e certo. Ela cria nisso.

Quando Ted voltou, os dois entraram naquele modo silencioso de realização de tarefas. Não pararam para comer, descansar, nem mesmo para conversar. Seguiram trabalhando em equipe até que tudo, inclusive a cama deles, tivesse sido triunfantemente transportado para a caminhonete que, segundo observou Cris, cheirava um pouco à terra devido às plantas que normalmente eram transportadas nela.

Às 07:30 daquela noite, Cris e Ted estavam à bordo da caminhonete, trafegando pela estrada rumo a Newport. Uma sacola com as sobras dos oito tacos que haviam comprado estava ao lado deles no assento. Ambos estavam exaustos.

– Conseguimos! Estamos nos mudando! falou Ted, pegando o copo de refrigerante e dando um último gole, longo e sonoro.

– Sim, estamos.

– Sabe o que Moisés falou em sua oração?

– Puxa, você realmente mergulhou no livro de Êxodo nos últimos dias, hein?

– Na verdade, estas palavras estão no Salmo 90. Li-as ontem. No primeiro versículo Moisés diz: "Senhor, tu és o nosso refúgio, sempre, de geração em geração." Não é bonito?

Cris ficou aguardando pela analogia que aparentemente iluminara Ted, e que ela não estava captando no momento.

– Deus é nosso refúgio, e não um apartamento ou uma certa cidade. Nosso refúgio não é um local específico no globo, seja Newport ou Papua Nova Guiné. Nossa morada é em Deus, com Deus. Aonde quer que Ele nos conduza, é lá que é nossa casa. Ele está conosco.

As palavras de Ted caíram como um cobertor quentinho sobre Cris. Com a barriga cheia de tacos e o coração cheio de esperança, ela encostou a cabeça exausta na janela fechada e flutuou em uma nuvem de sonhos. Era como se estivesse segura dentro do balão que suas vidas haviam se tornado. Onde quer que ele pousasse, Deus já estaria lá. Ele estava lhes preparando um lugar. Ele sempre fora e sempre seria o refúgio de suas vidas.

Capítulo 15

Ted e Cris chegaram às 09:15 da noite. A visão da casa do pai de Ted era lastimável. No escuro, a situação parecia ainda pior do que naquele primeiro dia, em que Cris dera uma rápida olhada em redor. Felizmente, não havia muitas coisas na garagem. Bob estava esperando por eles e trouxera uma lanterna de emergência, uma vassoura para limpar a garagem e uma garrafa térmica com café.

Cris deu um forte abraço no tio e o agradeceu por ter ido ajudá-los.

– É um prazer.

Tio Bob era sempre um cavalheiro. Estava sempre disposto a ajudar os outros.

– Imaginei que a luz ainda estaria desligada, prosseguiu ele, segurando a lanterna. Você precisa ligar para a fornecedora amanhã cedo, Ted. Você recebeu a cópia final da procuração do Bryan?

– Sim. Ainda não imprimi, mas já recebi os documentos.

– Então creio que esteja de posse de tudo o que é

necessário para tomar decisões em nome de seu pai. Querem café?

Bob mostrou a garrafa térmica.

– Você pensou em tudo, disse Cris.

– Aceito um pouco, falou Ted, servindo a fumegante bebida na tampa da garrafa.

A exuberante fragrância do café gourmet italiano exalou na direção de Cris.

– Aceito um gole, falou Cris.

– Que tal darmos outra olhada lá dentro? perguntou Bob. Seria bom ter certeza de que a nova chave funciona.

Os três caminharam até o deque da frente. Bob segurava a lanterna, e Ted trazia a garrafa de café debaixo do braço. Com o copo de café em mãos, Cris parou e tomou um gole da reconfortante bebida. A chave funcionou. O cheiro que saiu lá de dentro era terrível, então optaram por não entrar imediatamente, mas deixar a porta aberta por uns instantes, para que os terríveis odores saíssem, dando lugar à refrescante brisa que vinha do mar.

Tanto Cris como Ted estavam vestindo seus velhos agasalhos de moletom da Universidade Rancho Corona, uma coincidência que ela só foi reparar quando voltaram para a garagem e começaram a descarregar a caminhonete. Dava para ver que a energia de que dispunham para descarregar o veículo era menor que a de mais cedo, quando haviam empacotado a mudança.

Prevendo que Ted e Cris estariam exaustos, Bob chamara dois rapazes mais jovens do grupo de homens da igreja para ajudá-los. Eles chegaram poucos minutos depois de começarem a descarregar a caminhonete e trabalharam como soldados, empilhando tudo na garagem em pouquíssimo tempo.

Cris se apoiou numa pilha de caixas e disse:

– Sem a ajuda de vocês teria sido impossível, gente. Muito obrigada.

– Sem problemas. Se você precisar de ajuda quando começar a reforma, Ted, é só falar. Esta localização é ótima, e a casa é linda. O que aconteceu aqui foi um crime.

– Concordo. Obrigado por oferecerem ajuda. Se precisar, falo com vocês, disse Ted, apertando a mão dos dois antes de irem embora.

Virando-se para Cris, Ted falou:

– Acho que podemos trancar a casa, tratar de ir dormir e amanhã pegar a estrada bem cedo para devolvermos a caminhonete.

– Você se esqueceu de acrescentar um banho à sua lista de afazeres.

– Está subentendido, disse ele.

Quando chegaram, Marta já estava dormindo, e Cris se sentiu grata pelo encontro adiado com a tia, que certamente teria vindo com inúmeras perguntas, sugestões e opiniões. A boa vontade e a paciência de Cris haviam se esgotado cerca de uma hora antes, e ela sabia que não estava disposta a ter uma conversa, tarde da noite, com Marta. A sensação de tomar um banho quente e ir para a cama com Ted no quarto de visitas do andar de cima foi ótima. O sono os dominou instantaneamente, carregando-os para além da terra dos sonhos. Até que o irritante alarme soasse pela manhã, acabando com a felicidade deles, nem mesmo um único pensamento conseguiria perturbá-los.

Cris e Ted saíram silenciosamente às 06:00 do dia seguinte. Marta ainda não havia acordado. Bob, porém, estava de pé. Ele havia preparado uns pães redondos para Cris e Ted e o seu café especial de Natal – *mocha lattes* de hortelã – com direito a pequenos doces em forma de bengalas natalinas por cima das canecas de viagem.

– Hoje à noite estamos de volta, anunciou Cris.

– Se precisarem de alguma coisa, é só ligar, falou Bob.

Vou pegar a chave extra que vocês me deram e passar na casa daqui uma hora mais ou menos para abrir as janelas. Assim ela estará bem arejada quando vocês estiverem prontos para começar o trabalho.

Cris deu um beijo na bochecha do tio.

– O que seria de nós sem você?

– Levariam uma vida bem menos alegre, gracejou Bob.

– É verdade, disse Ted.

Saindo pela porta da frente, falou:

– Até mais.

– Até mais, respondeu tio Bob.

Cris havia acordado com dor de cabeça. Surpreendentemente, a bebida mágica de tio Bob ajudara a abrandá-la um pouco durante o trajeto até Murrietta Hot Springs. Entretanto, pouco depois de Cris terminar a limpeza no banheiro do apartamento deles, agora vazio, a dor de cabeça voltou, junto com uma dor de tensão no ombro.

Àquela altura, o administrador do condomínio apareceu por lá para lembrá-los de que um faxineiro chegaria ao meio-dia para limpar o carpete. Ted estava limpando o chão da cozinha.

– Estamos quase terminando, disse Cris. Quer pegar as chaves de uma vez, caso o faxineiro chegue depois de termos ido embora?

– Pode ser. Posso pegá-las agora, mas ainda preciso fazer uma inspeção.

Da cozinha, Ted entrou na conversa, dizendo:

– A cozinha está pronta para ser inspecionada.

A inspeção demorou apenas alguns minutos, e Cris fez questão de apontar cada detalhe que já se achava daquela forma quando se mudaram. Satisfeito, o inspetor lhes disse para passarem no escritório e pegar o reembolso.

– Está bem, disse Ted.

Após a saída do administrador, Ted e Cris permaneceram por mais alguns instantes na porta de entrada do apartamento e deram uma última olhada para aquele que fora seu primeiro lar após se casarem. Cris passou o braço ao redor da cintura de Ted, que colocou o braço sobre seus ombros.

– Lembra-se de quando nos mudamos para cá? falou ela, apoiando a cabeça no ombro do marido. Acho que foi a Katie quem comprou esse capacho para a gente. Ou talvez ela tenha comprado o vaso de flores que enfeitava a porta de entrada e eu tenha comprado o tapete. Não me lembro.

Ted virou-se e apanhou o capacho surrado, dando-lhe uma sacudida para remover-lhe a poeira.

– Então precisamos levá-lo conosco.

Cris seguiu o marido pelo corredor do prédio pela última vez. Ela sabia que as memórias construídas ali a acompanhariam pelo resto da vida. Aquele havia sido um doce refúgio para os dois; um lugar onde tinham dividido muitos momentos felizes.

Já estavam quase no escritório da administração, quando Ted atendeu o telefone. Pela maneira como respondeu à pessoa do outro lado da linha, Cris deduziu que algum conhecido queria visitá-los naquela noite. Ficou se perguntando quantas outras ligações constrangedoras os dois teriam de atender a fim de explicar o seu êxodo repentino.

– Posso encontrá-lo na Ninho da Pomba daqui uns vinte minutos, falou Ted. Pode ser? Ok. Ótimo, encontramos lá.

– Quem era?

– O senhor Stanley. Da igreja.

Cris se sentiu um pouco apreensiva. O senhor Stanley havia sido um dos pais mais atuantes no grupo que tentara persuadir Ted a resistir e lutar para permanecer na igreja. Ela não tivera nenhuma notícia das famílias daquele grupo desde a semana que Ted pedira demissão, ou algo assim.

– Ele vai me encontrar na Ninho da Pomba.

– Ele falou por quê?

– Não, não falou.

Ted virou-se para Cris antes de entrarem no escritório da gerência.

– Pensei em me encontrar com ele enquanto você se despede dos seus amigos da livraria. Pareceu mais lógico a gente se encontrar lá em vez de aqui, no apartamento vazio.

– Faz sentido. Acho que não vamos gastar muito tempo, não é?

– Não. Vai ser jogo rápido. A gente vai com os dois carros e de lá já segue para Newport.

A previsão de "jogo rápido" de Ted acabou se transformando em uma hora e meia de conversas boas, difíceis, encorajadoras e também marcadas por lágrimas. Cris se sentiu feliz de ter tido uma última rodada de despedidas e abraços. Aquele fechamento fora bom não só para ela, mas também para Rosalyn, que ainda estava se desculpando por tê-la demitido.

O senhor Stanley já tinha ido embora quando Cris saiu da livraria e encontrou Ted na lanchonete, que esperava por ela em uma mesa com sofás perto da lareira. Cris sentou-se de frente para ele e viu que ele havia pedido um sanduíche de peito de peru para ela.

– Eu já comi, disse ele. Não deu para esperar.

– Obrigada por pedir o sanduíche para mim.

– Sei que você gosta dos sanduíches de peito de peru daqui.

– Eles colocam *cranberries*. É por isso que fica tão gostoso. É como comer as sobras do dia de Ação de Graças.

Ted recostou-se no sofá e olhou à sua volta.

– Estava tentando me lembrar de uma coisa. Foi aqui que eu lhe pedi em casamento?

Cris estava prestes a dar uma mordida em seu sanduíche, mas o colocou de volta no prato e olhou para Ted sem acreditar no que ouvia.

– Você não se lembra de onde me pediu em casamento?

– Sei que foi aqui na Ninho da Pomba, perto da lareira. Estava tentando me lembrar se foi exatamente aqui ou se estávamos em uma das mesas.

– Estávamos numa mesa. Naquela ali. Tinha um monte de gente conosco naquela noite. Lembra como estávamos empolgados de estarmos todos juntos aqui? A cafeteria tinha acabado de inaugurar.

Ted assentiu com a cabeça.

Cris deu uma rápida olhada para a placa de bronze fixada na lateral da lareira que dizia "*Algum prazer na terra se compara a um grupo de amigos cristãos reunidos ao pé de uma boa lareira?*" C.S. Lewis

Começou a se lembrar, então, de que Katie havia trazido um pacote de balinhas já velhas, em formato de coração, com pequenas frases impressas. Então, a turma de colegas da Rancho Corona que estava com eles à mesa iniciou uma brincadeira de criar frases bobinhas com os corações. Enquanto isso, Ted ficou vasculhando meticulosamente o pacote, até encontrar três corações que diziam, "Case-se comigo, Case-se Comigo, Case-se Comigo". Ele os alinhou diante de Cris. Ela só se deu conta do que estava acontecendo quando leu o pedido três vezes.

– A única coisa que me lembro daquela noite, disse Ted, é que você estava linda demais. Olhei para você e percebi que não queria esperar nem mais um dia, nem mais um minuto, para lhe pedir em casamento.

Cris estendeu a mão sobre a mesa e entrelaçou os seus dedos nos de Ted.

– Você imaginava, ao me pedir em casamento naquela noite, que a nossa vida de casados viria a ser assim?

– Não. Nem um pouco. Eu esperava que fosse boa, mas não imaginava que seria tão bárbara, como diria o Douglas.

Ao dizer "viria a ser assim", Cris estava se referindo às

dificuldades que tinham enfrentado nos últimos meses e ao fato de a vida parecer tão imprevisível e caótica para eles no momento. Ted, no entanto, assumira a postura de ver as coisas pela perspectiva eterna, focando-se nos aspectos positivos do matrimônio.

Ela sabia que Ted já não estava mais no pântano lamacento da frustração e do desespero. Estavam caminhando em direção a um futuro novo, maravilhoso e cheio de possibilidades.

Só não sabiam exatamente o que esse futuro lhes reservava.

Naquele momento, Cris reparou num grande envelope vermelho ao lado de Ted e perguntou o que era.

– É um cartão de Natal da família Stanley, disse Ted.

– Foi por isso que ele quis encontrar com você? Para lhe entregar um cartão de Natal pessoalmente?

Cris achou aquilo um pouco estranho.

– Não. Ele queria me agradecer por tê-los incentivado a permanecer na igreja em vez de simplesmente saírem quando pedi demissão.

– Então eles ainda estão lá?

– Sim. Agora ele é membro do conselho e está sentindo que é um bom momento para a igreja avançar e se tornar uma forte ferramenta de alcance para a comunidade.

– Ele falou alguma coisa sobre o John e sobre como estão as coisas no grupo de adolescentes?

– O John pediu demissão.

– O quê? Você está de brincadeira! Já?

– Disse que não servia para a posição.

– E quem entrou no lugar dele?

– Ninguém ainda.

Cris reclinou-se no sofá e soltou a mão de Ted. Vagarosamente, e sem variar o tom, ela falou:

– Você está pensando que talvez devesse voltar para lá?

Ou pelo menos se recandidatar novamente à equipe, seja por meio período ou tempo integral?

Ted não demorou a responder:

– Não. O tempo que estivemos lá foi bom. Não me sinto compelido a voltar. Nem um pouco.

Cris ficou um pouco surpresa com a resposta dele, mas, ao mesmo tempo, sentiu-se bastante aliviada.

– Se você tivesse me feito essa pergunta alguns dias atrás, continuou Ted, minha resposta talvez tivesse sido sim. E a razão teria sido a de poder voltar para algo certo e seguro.

– Tem certeza de que não quer voltar? perguntou Cris.

Ted espirou vagarosamente pelo nariz e balançou a cabeça com confiança, fazendo que sim.

– Tenho certeza que não devo voltar para lá. Deus vai mandar a pessoa certa. Não sou eu desta vez. Eu e você estamos a caminho de novas aventuras.

Cris teve bastante tempo para pensar sobre as aventuras que poderiam estar adiante deles, enquanto dirigiu sozinha até Newport. Ted trafegou pela pista mais lenta por grande parte do trajeto, para que ela pudesse segui-lo de perto. Cris decidiu que, tão logo passasse o Natal, começaria a procurar diariamente um emprego nas listas *online*. Era divertido pensar sobre o tipo de trabalho que seria capaz de encontrar. As possibilidades adiante deles eram um empolgante mistério.

Em vez de ir para a casa de Bob e Marta, Ted passou primeiro na casa do pai. Cris estacionou ao lado dele do outro lado da estreita rua, de frente para o imóvel. Reparou que na frente da casa havia uma grande caçamba.

– Foi você que pediu essa caçamba? perguntou ao marido, após descerem dos carros.

– Sim, liguei ontem para fazer o pedido, tão logo soube que já poderia entrar na casa. Não esperava que fossem entregar tão rápido. Vou dar uma olhada lá dentro. Quer ir para a casa de Bob e Marta?

Sentindo os efeitos dos dois últimos dias sobre o seu corpo, Cris decidiu recusar a oportunidade de entrar novamente na zona de guerra que a casa se transformara.

– Chego lá daqui uns vinte minutos, disse Ted.

Cris entrou na casa de Bob e Marta e foi encontrar o tio, no cômodo onde ele estava assistindo a um jogo de futebol.

– Tia Marta está aqui?

– Não. Ela foi fazer compras e depois vai encontrar uma amiga para jantar, então é possível que você só a veja amanhã.

Cris disse de brincadeira:

– Se eu não a conhecesse, pensaria que ela está tentando nos evitar.

Bob abaixou o som da televisão e falou:

– Preciso lhe contar uma coisa.

Cris assentou-se no confortável sofá e esperou.

– Sua tia está tendo um pouco de dificuldade com esta situação. De vocês estarem aqui, quero dizer. Mas ela vai se ajustar. Ela sempre se ajusta. Queria alertá-la para que você não seja pega no fogo cruzado, caso ela diga alguma coisa.

Cris sentiu um aperto no estômago.

– Então ela não queria que viéssemos morar com vocês?

– Digamos que ela estaria mais à vontade se a ideia tivesse partido dela. Olha, eu sei que você vai querer se desculpar, mas não vou aceitar que se desculpe por nada.

– Estou me sentindo mal agora. Eu deveria ter...

Tio Bob levantou a mão para silenciá-la.

– Não, Cris. Estou falando sério. Nada disso. Nós sabemos que sua tia gosta que as coisas aconteçam de uma determinada forma. Desta vez, com a rapidez das coisas, não deu para ela fazer o tipo de preparativos que gostaria de ter feito.

– Que tipo de preparativos?

– Ela queria reformar o banheiro do quarto de visitas do segundo andar.

– O banheiro está ótimo como está.

– Ela vem falando nisso há meses. Como você sabe, ela expandiu e reformou o quarto de visitas no ano passado, quando fizemos a reforma do nosso quarto. Só que ela não mexeu no banheiro de visitas naquela época. Desde então isso está na sua lista de afazeres. Acho que ela pode esperar mais algumas semanas ou meses. Como lhe falei pelo telefone, Cris, *mi casa es su casa*. Você e o Ted são bem-vindos aqui a qualquer hora e por quanto tempo quiserem ficar.

Cris mordeu o lábio inferior. Ela sabia o quanto a tia era cri-cri com relação a planejamentos e combinados.

Por que não falei com a tia Marta em vez de conversar com o tio Bob? Eu poderia ter manipulado a conversa de uma forma que fosse ela a fazer o convite. Eu sei que ela é assim. Devia ter pensado melhor nisso.

– Cristina, falou tio Bob num tom de advertência. Aonde quer que você esteja indo nessa sua cabecinha agora, você precisa dar meia-volta agora mesmo. Sua tia vai ficar bem com relação a tudo isso. Você sabe que ela vai. Tudo que precisamos é dar a ela um ou dois dias. Daqui a pouco ela estará falando para todo mundo que a ideia partiu dela. Você vai ver.

Cris desejou sentir a mesma confiança que o tio em relação à situação. O pior era que ela e Ted não tinham nenhum outro lugar para ir. Ela estava começando a se sentir um pouco como Maria e José. Faltavam apenas dois dias para a véspera de Natal, e agora parecia que não haveria espaço para eles na hospedaria.

Capítulo 16

Às 06:30 da manhã, na véspera de Natal, Cris e Ted tiveram uma briga feia. Para piorar as coisas, a discussão se iniciara quando ainda se encontravam no quarto de hóspedes da casa de Bob e Marta, razão por que tiveram de falar baixo para não serem ouvidos.

Ted programara o alarme para despertar tão logo o dia amanhecesse, a fim de retomar os serviços na casa do pai. Ele havia passado os dois últimos dias inteiros ali, arrastando para a caçamba tudo o que não tinha mais utilidade, inclusive o carpete danificado, que arrancara sozinho. Ao todo, trabalhara doze horas em ambos os dias. Cris o ajudara por várias horas, quebrando unhas, ganhando uma série de hematomas ao carregar a mobília e rasgando a lateral de sua calça jeans preferida. Era um árduo trabalho de destruição, e a casa ainda exalava um cheiro medonho. Ted sugeriu várias vezes que Cris fizesse uma pausa e fosse para a casa de Bob e Marta, mas ela preferia ficar com ele a correr o risco de ter um encontro venenoso com a tia.

Nas duas vezes que Cris encontrara Marta, a tia estava de saída, com sua falsa e inalterável expressão de boa anfitriã. Ela não dizia nada negativo. Apenas deixava claro que estava muito ocupada e que tinha muito a fazer antes do Natal, razão por que não podia parar nem por um minuto.

Cris achou melhor não contar a Ted o que tio Bob havia lhe confidenciado. Não queria aumentar ainda mais o estresse do marido e, portanto, ficou apenas desejando que Marta mudasse de opinião e passasse a gostar da ideia de tê-los ali. Assim, não haveria espaço para nenhum tipo de confronto.

A percepção de que não eram bem-vindos era cada vez mais forte em seu interior, e ela estava a ponto de explodir. Sentia-se exausta e, diferentemente de Ted, nunca fora uma pessoa de hábitos diurnos. Portanto, quando o alarme dele tocou naquela manhã, ela deixou escapar um gemido.

– Não dá para esperar algumas horas? Vamos dormir um pouco mais.

– Você pode dormir, disse Ted. Eu quero começar cedo.

– Você não precisa tentar terminar tudo em uma semana.

– Vai demorar um mês, Cris. Pelo menos. Não uma semana.

– Eu sei, mas hoje é véspera de Natal.

– Eu sei, replicou Ted, com um tom de irritação na voz. É exatamente por isso que quero começar cedo.

Ted se levantou da cama e vestiu as roupas de trabalho. Apoiando-se sobre o cotovelo, Cris falou:

– Você viu o recado que a tia Marta deixou para a gente?

– Não.

– Ela deixou escrita a programação de hoje à noite. O jantar será às cinco da tarde, porque o Bob a convenceu a ir ao culto de Natal com a gente às sete.

– Ok.

– Ela também escreveu que quer que você toque bandolim para nós depois do jantar, como fez naquele Natal depois que nos conhecemos.

Ted parou ao lado da cama com as mãos na cintura.

– Por que ela está escrevendo bilhetes? Por que não me pediu?

Cris sabia o real motivo pelo qual a tia estava evitando conversar com eles, mas respondeu simplesmente:

– Ela gosta de ser organizada. E quase nunca paramos aqui.

Cris não fazia ideia do que a levava a defender a tia daquela maneira. Dava para ver que Ted estava irritado, e ela achou melhor não acender nenhum fósforo perto da pólvora que também havia se acumulado dentro dela.

– Quando puder, diga à sua tia que não poderei tocar o bandolim desta vez. Posso tocar alguma coisa no violão se ela quiser, mas não no bandolim.

– Por que não no bandolim?

Ted enfiou as mãos nos bolsos de trás da calça suja e rasgada e manteve-se irredutível.

– Eu levei o bandolim para uma loja de penhores no mês passado.

Cris sentou-se e o encarou.

– Ah é? Por quê?

– A gente precisava de dinheiro para pagar a conta de luz, e fazia tempos que eu não o tocava. Fiz o que era necessário para conseguir o dinheiro.

– Ted, a gente poderia ter vendido a máquina de costura.

– Não, você gosta dela.

– E você gostava do bandolim. Temos que recuperá-lo. A qual loja de penhores você o levou?

– Não precisamos fazer isso, Cris. Não agora. Só quando tivermos algum dinheiro no banco.

– O dinheiro estará em nossa conta assim que vendermos um dos carros.

– Mas não podemos vendê-los.

– Por que não? Eu pensei que isso era parte do plano.

– Qual deles vamos vender? O Volvo que seus tios nos ajudaram a comprar ou o Subaru que era da Katie e ela nos deu? Em ambos os casos, estaremos nos desfazendo de um presente que recebemos.

– Por que você está dizendo isso? A Katie não se importaria. Nem meus tios. Eles iriam entender.

Ted lançou um olhar austero para Cris.

– Será que entenderiam? A gente achou que sua tia não iria se incomodar de nos receber, mas pelo visto, não é o caso.

Cris olhou para baixo.

– Ela lhe disse alguma coisa?

– Não. E é exatamente por isso. Já estive com ela no mesmo cômodo três vezes, e em todas as ocasiões ficou claro para mim que ela não está gostando de nos hospedar.

– Não é que ela não esteja gostando. É que teria sido melhor se a sugestão tivesse partido dela. Foi o que o tio Bob me disse.

Agora Ted parecia ferido.

– Quando foi que ele lhe disse isso?

– Alguns dias atrás.

– E você não me conta uma informação importante dessas?

– Não queria que você se sentisse como está se sentindo agora.

– Cris, não é sua responsabilidade decidir como eu devo ou não devo me sentir. Somos uma equipe. Eu lhe conto o que está acontecendo, e você também precisa me contar. Só conseguiremos sobreviver a esta transição se você tiver consideração suficiente pela minha pessoa e me inteirar de informações importantes como esta. Eu não gostaria de passar o Natal com a sua família e ver sua tia arremessando adagas na gente o tempo todo.

– Você sabe como ela é.

– Cris...

Ted elevou o tom de voz, mas então se controlou e voltou ao nível tenso de sussurros que estavam utilizando.

– Você não precisa inventar desculpas por ela. Eu sei que as coisas têm sido assim na sua família desde sempre, mas isso não é saudável. As coisas precisam ser ditas. Não é bom ficar pisando em ovos. Na nossa família, nós falamos abertamente das coisas e as resolvemos. É assim que eu e você funcionamos como família. Não dá para você trocar nosso sistema de comunicação só porque estamos morando aqui, seja por quanto tempo for. Converse com sua tia hoje pela manhã e esclareça as coisas. Se ela quiser que vamos embora, nós iremos.

– E para onde iríamos?

Com um olhar perturbado, Ted pegou o agasalho e disse:

– Estou tentando resolver isso. Assim que a casa do meu pai estiver habitável, vou perguntar a ele se podemos ficar lá. Ou então você terá que ver com seus pais se podemos morar com eles em Escondido por um tempo.

– Lá não tem espaço para a gente.

– Então estou sem ideias. Tudo o que sei é que estou indo trabalhar na casa do meu pai. Voltarei a tempo do jantar às cinco da tarde e avisarei à sua tia que não poderei tocar bandolim para ela. Ouviu? Eu falo com ela. Você não precisa falar nada. Deixa que eu resolvo.

– Ted...

Ted se dirigiu para a porta do quarto. De costas para Cris, sussurrou concisamente:

– Não posso mais ficar aqui conservando. Preciso ir.

Cris ficou surpresa com a maneira silenciosa com que Ted fechou a porta. Por outro lado, toda aquela discussão havia sido algo surreal, com suas vozes baixas e os intensos comentários proferidos muito mais por suas expressões faciais e linguagem corporal do que pelo tom de voz.

Cris se enfiou novamente na cama e puxou as cobertas por cima da cabeça. Ela estava brava demais para chorar. Desejou que Ted voltasse para que pudessem terminar a conversa. O que ele tinha dito mesmo sobre serem uma família que fala e resolve as coisas? Por que então ele não tinha ficado e discutido as questões dessa vez?

E por que ele penhorou o bandolim? Por que não me disse que ia fazer isso? Ele está bravo porque não lhe contei que a tia Marta estava irritada. E eu estou brava porque ele não conversou comigo sobre o bandolim antes de se desfazer dele. Grrrrr!

Cris sabia que não havia mais chance de voltar a dormir. Jogou as cobertas para o lado e marchou até o banheiro. Embora tivesse tomado um banho na noite anterior, entrar debaixo do chuveiro lhe pareceu ser a única forma de processar as coisas naquele momento. A água logo atingiu a temperatura fumegante de seus pensamentos, e ela entrou em sua costumeira "trilha de corrida mental", revendo cada passo que fizera os dois chegarem àquele ponto.

Será que eu forcei demais a barra? Para abandonarmos tudo, entregarmos o apartamento e virmos para cá?

Não. Continuar no nosso apartamento não era uma opção viável em termos financeiros, a não ser que tivéssemos pego um empréstimo no cartão de crédito. Mas o Ted é categórico no que diz respeito a dívidas e a usarmos o cartão de crédito apenas se tivermos condição de pagar a fatura todo mês. Só teria dado para pagar o aluguel se tivéssemos vendido um dos carros.

E por que ele não quer vender um dos carros? Sei que ambos foram presentes, mas não concordo com a lógica dele. Deveríamos ter a liberdade de vender um deles se precisarmos. E nós precisamos.

A única opção é eu conseguir um emprego. Eu poderia começar a trabalhar no dia seguinte ao Natal. Isso ajudaria.

Diariamente ela vinha olhando as vagas postadas em diversos *websites*. Até o momento não havia achado nada que pudesse fazer, a não ser alguns serviços de faxina. E Ted havia lhe falado que preferia vê-la ajudando a limpar a casa do pai dele, a vê-la limpar a casa de outra pessoa.

Mas pelo menos eu seria paga para limpar a casa dos outros. A ideia lhe provocou uma nova onda de pensamentos. Para ela, Ted não deveria estar fazendo todos aqueles reparos de graça, especialmente naquela hora, em que estavam precisando tanto de dinheiro. Ela queria sugerir a ele que arranjasse um emprego para trabalhar três dias na semana e então trabalhasse na casa do pai os outros três dias, só para poderem ter alguma renda.

Mas aí demoraria muito mais para terminar os reparos da casa, e tenho certeza de que ele se enfiaria lá todos os dias, tão logo voltasse do trabalho.

Cris saiu do banho e tentou decidir se vestia a calça jeans rasgada e ia ajudar Ted, ou se punha uma roupa um pouco melhor e esperava a tia se levantar.

Acabou optando por vestir uma roupa bonita e ficar em casa durante a manhã, para que pudesse tentar bater um papo com a tia. Ela seria mais útil a Ted se acalmasse a situação ali do que se fosse bater martelos por lá. Além do mais, Ted provavelmente precisava do tempo a sós para pensar também.

Obviamente, não estaríamos numa posição tão tensa se minha tia tivesse conseguido ser um pouco mais afável com relação à nossa estadia aqui. Se ela fosse mais receptiva, não estaríamos nesta desagradável situação.

Cris se conteve. Ela se deu conta de como era ridículo ficar brava com alguém por não ser mais hospitaleiro e receptivo em sua própria casa. Eram eles que estavam invadindo o espaço de Bob e Marta e abusando de sua boa vontade. Cris percebeu o quanto estava sendo egoísta ao alimentar raiva e mágoa em relação à tia simplesmente porque esta estava sendo incomodada em uma época de muita correria e não vinha conseguindo expressar alegria por tê-los ali.

Cris abandonou a "trilha de corrida mental" em que havia entrado e, em seu coração, dirigiu-se ao versículo que costumava orar sempre que percebia que seu espírito estava precisando de um novo banho. O versículo era Salmos 51:10.

Cria em mim um coração puro, ó Deus, e renova dentro de mim um espírito estável.

A primeira vez que havia lido essas poderosas palavras fora em uma plaquinha decorativa, vendida na A Arca. Várias vezes Cris orara aquele verso no trabalho, em momentos em que percebia que sua atitude estava redondamente errada. Aquela manhã era, sem dúvida, uma dessas ocasiões. Tão logo abriu os olhos, Cris se sentiu melhor. Seus pensamentos não estavam mais girando em círculos. Deus limpara seu coração e estava renovando um espírito reto dentro dela.

Ela torceu para que Ted estivesse experimentando aqueles mesmos pensamentos, capazes de mudar a atitude do coração. Para ela, era horrível que ele tivesse saído sem que as coisas estivessem plenamente resolvidas entre eles. Todavia, a instrução que ele lhe deixara fora que ela falasse com Marta, e ela sabia que era isso o que precisava fazer antes de ir ajudá-lo.

Gastando uns minutos extras no banheiro, Cris passou um pouco de maquiagem, sabendo que a tia notaria. Vestiu um suéter bonito e uma calça limpa, embora levemente amarrotada. Pelo menos não estava usando a calça jeans rasgada – o que sem dúvida a tia também iria reparar.

Quando Cris desceu e encontrou Bob e Marta acordados, trabalhando juntos na cozinha, pareceu-lhe que seu plano seria um sucesso. Marta estava enfileirando tigelas na mesa da cozinha, e Bob estava fazendo ovos mexidos.

– Bom dia, Olhos Brilhantes, disse tio Bob. Será que você e seu marido gostariam de tomar café da manhã?

– O Ted já foi para a casa do pai.

– E você?

– Não, não quero comer, obrigada.

Marta virou-se para Cris e com uma expressão demasiadamente alegre, disse:

– Você não estaria disposta a provar minha batida de couve-galega, morango e chá matchá, estaria?

Cris engoliu em seco. Sabia que aquele poderia ser um momento decisivo no relacionamento com a tia. Por quase uma década, tia Marta tentara de tudo para persuadir Cris a aderir a uma de suas dietas ou a adotar o seu gosto por comidas saudáveis. Aquela era uma área em que Cris sempre hesitara, recusando a experimentar as misturas da tia. Sabia, no entanto, que, se fizesse uma concessão naquela manhã e aprovasse a versão de café da manhã saboroso de Marta, poderia mudar o humor da tia num instante.

Cris engoliu em seco novamente e evitou olhar para o tio. Sabia que ele ficaria chocado quando a resposta fluísse delicadamente por seus lábios na direção dos ouvidos ansiosos da tia.

Com toda a determinação que conseguiu reunir, Cris respondeu:

– Pode ser.

A resposta deixou Marta chocada. Por um momento, ela permaneceu com a boca ligeiramente aberta e não piscou os olhos. Quando conseguiu falar novamente, disse:

– Que maravilha! Você vai amar. Eu só uso o matchá mais puro. É 100% melhor como bebida do que apenas o chá verde comum.

Cris continuou a engolir em seco. Não sabia se seu corpo estava tentando lubrificar o caminho para que a batida matinal deslizasse mais rapidamente, ou se ela já estava tentando dizer a seu corpo que aceitasse a bebida e não a devolvesse.

Marta apressou-se em preparar o *shake* para Cris. Tagarelou animadamente o tempo todo, como se estivesse numa propaganda, tentando vender aquele novo e saudável produto a milhões de telespectadores, e não apenas à sobrinha.

– A couve é fresca, claro. E os morangos são do verão passado. Congelei-os em potes de vidro, porque você sabe que hoje em dia não se deve usar plástico para mais nada.

Quando Cris finalmente olhou de relance para tio Bob, ele apontou sua espátula para a panela com o restante dos ovos mexidos e deu uma piscadela, como se estivesse dizendo "Eles estarão esperando por você".

Marta não usou o liquidificador que estava no balcão. Em vez disso, pegou um multiprocessador bem mais complexo em um dos armários e começou a trabalhar, colocando primeiro a frondosa couve verde-escura, depois os morangos congelados, gelo picado, água e uma colherada de um pó verde misterioso. Com um aperto de botão, a máquina começou a misturar os ingredientes e transformá-los num tom estranho de verde que Cris nunca vira antes.

Com movimentos eficientes, Marta serviu a bebida num copo comprido e o entregou a Cris com um olhar de grande satisfação. Abaixando o queixo e estreitando os olhos, fixou o olhar em Cris e disse:

– Agora beba. Tudinho.

Cris lambeu os lábios, engoliu em seco novamente e pôs o copo em sua boca.

Capítulo 17

O primeiro gole da bebida orgânica matinal de tia Marta desceu rapidamente. Para a surpresa de Cris, o gosto era bom. Não era ótimo, mas era bom. Parecia uma versão gelada do chá *latte* que Ted lhe trouxera no início daquela semana, mas com um sabor um pouco terroso e verde.

– É gostoso! disse Cris com sinceridade.

Marta pôs os ombros para trás e olhou rapidamente para Bob. Com um ar de satisfação, declarou:

– Eu falei para você. Essa é a melhor mistura que já inventei.

Voltando-se para Cris, continuou:

– Você reparou que não há nenhuma sementinha de morango? Elas se misturam completamente na bebida. Também não fica nenhum vestígio de couve no fundo do copo, nem nos seus dentes. E é tão bom para a saúde! Você não faz ideia.

Cris tomou outro longo gole. Realmente gostara da bebida. Não podia acreditar, mas era verdade. Ela havia passado para o lado de tia Marta na guerra do café da manhã. Sabia que era um caminho sem volta. Sempre que Marta e sua máquina processadora supersônica estivessem a postos para suprir todas as necessidades nutricionais matinais de Cris, ela jamais poderia se deliciar com as maravilhosas panquecas do tio Bob ou comer os *donuts* que ele trazia da confeitaria no sábado de manhã.

– Obrigada, tia Marta, falou ela com sincera cordialidade na voz. Obrigada por ter me convencido a provar isso. Gostei. De verdade.

– Eu tinha certeza.

– E obrigada também por aguentar a mim e ao Ted, e todo o abuso que estamos fazendo da sua generosidade. Não sabíamos a quem mais recorrer ou que medida tomar.

Embora aquilo fosse verdade e, de fato eles não tivessem um plano B, Cris não queria que sua escolha de palavras passasse a ideia de que estavam numa situação patética e desesperadora. Ela queria focar na gratidão que sentia pela gentileza dos tios numa época tão ocupada, e não em sua carência.

– Não há de quê, Cris, querida. Vocês são sempre bem-vindos aqui. Você sabe disso.

Pela segunda vez, Cris evitou olhar para o tio, já que seria demasiadamente difícil esconderem de Marta a troca de olhares entre eles.

– Vocês não imaginam o quanto eu e o Ted somos gratos pela hospitalidade de vocês. Tem sido um tempo difícil de transição para nós.

– Certamente.

Cris continuou, na esperança de esclarecer tudo.

– Eu até gostaria de conversar sobre a nossa estadia aqui e quanto tempo vocês acham que podemos ficar. Quero que o Ted participe da conversa. Será que uma hora dessas nós quatro podemos nos assentar para discutir o que seria melhor para vocês?

Tio Bob dirigiu-se para perto de onde Cris estava no balcão da cozinha e afirmou:

– Vocês são bem-vindos aqui pelo tempo que quiserem ficar. Não é, Marta?

Marta analisou a expressão de Bob e só então respondeu:

– Sim, é claro. Mas a Cris tem razão. Nunca tivemos uma chance de conversar sobre a estadia deles em detalhes. Gosto da ideia de nos sentarmos os quatro e conversarmos em breve. Não hoje, claro. E, certamente, não amanhã. A gente conversa no dia seguinte ao Natal, quando todos já tiverem ido embora.

Cris já estava acenando com cabeça, em concordância, quando se lembrou de que convidara o irmão para ficar com eles depois do Natal.

– Na verdade, eu... principiou ela, fazendo uma careta.

– O que foi? Mudou de opinião com relação à bebida? Ela pode mesmo dar uma reação adversa se você a beber rápido demais, mas é só beber bastante água. Bob? Você faria o favor de pegar um copo grande de água para Cris?

– Não, eu estou bem. Não preciso de água. O que ia dizer é que ultrapassei os limites de novo, acho.

– O que você fez, Cris?

O olhar severo de tia Marta estava começando a ofuscar a afável expressão que estivera em seu rosto.

– Pedi a minha mãe para perguntar ao David se ele poderia ficar aqui depois do Natal para ajudar o Ted.

Marta parecia petrificada.

– Quanto mais gente, melhor, disse Bob. O David pode ficar aqui quanto tempo quiser. Não é, Marta?

Marta exalou o ar dos pulmões, e Cris quase viu fumaça saindo pelas narinas da tia. Olhando de forma rápida e contida para Cris e depois novamente para Bob, Marta respondeu em uma voz parcialmente calma:

– Acho que vamos precisar de mais comida por aqui.

Você se incomoda de cuidar disso, querido?

– Sem problemas.

A expressão de alívio de Bob deixou claro que tudo estava bem no momento.

– Termine sua bebida matinal, Cris, querida. Preciso de sua ajuda para arrumar a mesa para hoje à noite. E tenho uma pilha de presentes para embrulhar. O Ted não se incomodará se eu a pegar emprestada por algumas horas, não é?

– Não, de jeito nenhum.

Depois de ter dito nos últimos dias que os outros "não se incomodariam" com isso ou aquilo, dessa vez, Cris tinha certeza absoluta de que Ted não se importaria se ela ajudasse Marta. Mas, apenas por desencargo de consciência, ela lhe enviou uma mensagem de texto, que ele respondeu com o seguinte recado:

"ÓTIMO. RECEBI UMA MENSAGEM DO DOUGLAS. ELES ESTÃO AQUI NA CASA DOS PAIS DA TRÍCIA. DISSE A ELE QUE PLANEJARÍAMOS ALGUMA COISA PARA DEPOIS DO NATAL. TUDO BEM POR VOCÊ?"

"SIM! É CLARO. VAI SER ÓTIMO ENCONTRÁ-LOS."

Um senso de esperança cresceu no coração de Cris ao pensar em como seria bom para Ted ter um tempo com Douglas. Ela também estava animada em ver Trícia, e o filho deles, Daniel. Fazia meses que Cris não via o garotinho. Ficou tentando imaginar como ele estaria agora, com um ano e meio de idade.

Douglas e Trícia moravam numa pequena casa em uma cidade costeira chamada Carlsbad, cerca de uma hora ao sul de Newport. Antes de Cris e Ted se casarem, os quatro amigos de longa data haviam feito diversas declarações de que continuariam se encontrando regularmente, mesmo que isso implicasse passar horas na estrada e no trânsito. Tais promessas, no entanto, não foram muito realistas, considerando os empregos e ministérios de cada um. Fora isso,

Douglas e Trícia tinham um filho pequeno que, de certa forma, ainda era quem definia os horários dos dois. A notícia de que Douglas e Ted haviam se falado e marcado uma hora para se encontrarem deixou Cris muito contente.

Cris seguiu a tia até o amplo espaço, que abrangia a sala de visitas e a sala de jantar. Foi então que reparou que a mesa já não estava em seu lugar costumeiro. As abas extensoras já haviam sido puxadas, e o forro de proteção, fabricado no formato exato do móvel, estava a postos. Uma toalha dourada aguardava sobre o encosto de duas cadeiras luxuosamente estofadas.

– Você pode começar colocando a toalha na mesa, instruiu Marta. Os pratos e os talheres estão na cristaleira. Vamos precisar de sete lugares, então procure espaçá-los de uma forma esteticamente agradável, já que não teremos um número par de convidados.

– Está bem.

– Assim que você terminar, suba para o meu quarto para embrulharmos os presentes.

Cris não se lembrava de nenhuma vez ter sido convidada ao quarto de Bob e Marta para embrulhar presentes. Por outro lado, o quarto de visitas do andar de baixo logo seria ocupado pelos pais dela, e a sala de tevê, onde havia um grande sofá de frente para uma televisão de tela plana maior ainda, era onde David iria dormir.

O quarto de Marta, recentemente redecorado, tinha uma maravilhosa vista para o oceano e uma sacada que ficava por sobre o terraço externo. O cômodo era o refúgio particular da tia e não costumava ser aberto a espectadores tampouco ser usado como oficina do papai Noel.

– Daqui a pouco subo para lhe ajudar, falou Cris.

Sem pensar, acrescentou:

– Você está lembrando de que o Natal este ano é simples, não é? Nós combinamos que daríamos apenas um presente para cada pessoa.

Tencionando os músculos da face, Marta respondeu:

– Cris, querida, é Natal. O motivo desta época é presentearmos uns aos outros, não é mesmo? Se eu decidir dar mais de um presente a alguém da nossa família, é somente porque estou vivendo o espírito natalino. Não vou aceitar ninguém me ditando regras de como dar presentes, falou ela, dando as costas para a sobrinha e pondo-se a marchar escada acima.

Cris ficou pensando sobre o comentário da tia enquanto distribuía os belíssimos pratos de porcelana sobre a mesa, juntamente com os talheres folheados a ouro. Ela amava a textura e o tom cremoso daqueles pratos. Reparou, então, que as luzinhas tremeluzentes da árvore estavam refletindo nas taças de cristal. Uma alegre música natalina tocava ao fundo, e a fragrância do comprido pinheiro ao lado da janela enchia o ambiente.

Em momentos como aquele, Cris não julgava a tia por seu gosto dispendioso ou sua paixão por detalhes no que dizia respeito à decoração. Marta amava criar arte, e o Natal era a oportunidade que ela tinha de fazer uso de suas cores, aromas e sons prediletos, transformando sua casa em uma verdadeira galeria de beleza natalina.

No fundo, Cris tinha consciência de que puxara a tia no gosto por embelezar seus arredores. Era um traço que sua mãe não possuía. Cris estimava a elegância daquele espaço, cuja beleza estava ajudando a aprimorar ao colocar a mesa. Pensou então que era melhor aproveitar o momento enquanto podia, visto que jamais poderia sonhar em ter as mesmas coisas que Marta. Tampouco poderia sonhar com uma casa de praia como aquela.

Do lado de fora, o dia continuava bastante nublado, coberto por um nevoeiro gostoso e delicado, que sem dúvida se dissiparia até o meio-dia. O clima, a decoração, os ornamentos, as luzes e o inebriante perfume do pinheiro trouxeram a Cris a sensação de que era de fato Natal. Até aquele momento, ela não havia realmente se dado conta de que aquela era a noite em que celebrariam o nascimento do Salvador.

Para sua tia, o Natal até poderia girar em torno da troca dos presentes, mas, para ela, o cerne da celebração era o presente que Deus havia dado ao mundo na primeira das noites de Natal, tanto tempo atrás. Cris desejou encontrar uma forma de expressar à tia a verdade de que Cristo era a razão das festividades. Lembrou-se então de que Bob levara um certo tempo para entender que precisava de um Salvador. Será que Marta algum dia chegaria ao mesmo entendimento em seu coração e se renderia ao Rei dos reis?

Parece que a tia Marta sempre teve dificuldade de aceitar a verdade que todos pecaram e precisam do perdão que só Cristo pode ofertar. Como ela tem dinheiro para comprar tudo o que quer, talvez não consiga assimilar a ideia de que a salvação é um dom gratuito, e não há nada que possamos fazer para merecê-la ou comprá-la.

Cris ficou se lembrando do que Katie dissera, muito tempo atrás, de que, para Marta entregar a vida ao Senhor, teria de ser cem por cento uma coisa de Deus. Ao longo dos anos, Cris havia margeado o assunto inúmeras vezes nas conversas com a tia. Apesar de Marta demonstrar alguma abertura, ela sempre voltava ao discurso de que tinha suas próprias crenças. Certa ocasião, chegara a dizer que, se Cris tentasse forçá-la a aceitar suas opiniões ou crenças, ela a rejeitaria para sempre.

Parada diante da janela, Cris contemplou o mundo lá fora, imerso no nevoeiro branco e vaporoso.

Eu prefiro que ela me rejeite para sempre a rejeitar-Te pela eternidade, Pai. Por favor, atrai a tia Marta para Ti. Mostra-lhe o eterno amor que tens por ela.

O pensamento voltou à mente de Cris naquela noite,

quando estavam reunidos ao redor da elegante mesa, desfrutando da refeição que o cozinheiro contratado por Marta havia preparado e servido nas vasilhas do aparelho de jantar da tia. Marta não precisava dar a entender que a comida havia sido preparada em casa. Aquele era um jantar de família, e todos sabiam que a refeição havia sido encomendada.

Estas são as pessoas da minha vida. A minha família. Meu desejo é que todos estejamos juntos um dia no Céu. Queria que tia Marta entregasse a vida dela a Ti, Senhor. É tudo o que quero de Natal este ano. Sinceramente.

Em uma das extremidades da mesa, estava assentado o pai de Cris. Com suas grandes mãos de fazendeiro, partiu um pãozinho ao meio e cobriu cada metade com uma porção generosa de manteiga fresca, sua contribuição para o jantar. A mãe de Cris estava assentada ao lado dele, de frente para a filha. Tinha uma expressão agradável no rosto, como sempre costumava ter perto de sua ofuscante irmã. Cris sempre se admirava de que ela, uma mulher caseira, grisalha e rechonchuda de rosto e de corpo, viera da mesma árvore familiar que a esbelta e elegante Marta.

Embora as duas irmãs nunca tivessem sido "amigas" segundo a mãe de Cris, as duas sempre haviam dado um grande valor ao fato de serem da mesma família. Por terem sido criadas na região interiorana dos Estados Unidos, as duas tinham aprendido a ter a família e o lar em alta conta. Conforme os anos se passavam, era cada vez maior a admiração de Cris pelo temperamento calmo e estável da mãe. Se ela tivesse tido uma irmã tão diferente dela, não tinha certeza se teria demonstrado a mesma persistência em preservar o relacionamento que sua mãe tivera com Marta.

Ted chegou faltando dez minutos para as cinco. Estava trajando roupas limpas, embora o cabelo ainda estivesse molhado do banho e cheirando a manteiga de cacau, a fragrância do sabonete líquido que Marta havia estocado em todos os banheiros da casa. Ele não tinha muito a dizer. Era evidente que estava exausto. Cris reparou num novo machucado no dorso de sua mão direita. Poderia até estar dolorido, mas o fato não o inibiu de "mandar ver" na comida e servir-se mais do que qualquer outro na mesa.

Na outra ponta estava Tio Bob, com Marta à sua direita, ao lado de Ted. Ela falou o quanto era bom estarem reunidos novamente e da enorme satisfação que tinha de recebê-los em sua mesa. Seus comentários soaram suficientemente sinceros, e as afirmações genuínas de Bob, acompanhadas de um entusiástico brinde e de algumas piadas, ajudaram a encobrir qualquer mensagem oculta sobre "parentes abusados" que Marta pudesse estar nutrindo.

Cris passou grande parte da refeição fitando o irmão do outro lado da mesa. O lugar dele era o que tinha sido arranjado de forma a equilibrar o espaço que havia de frente para ela e a tia. Aos dezesseis anos, David estava se transformando num admirável rapaz. Como Cris não o via mais com tanta frequência agora que ela e Ted estavam casados, ficou surpresa ao ver como ele parecia ter mudado e crescido mesmo após o dia de Ação de Graças, menos de um mês antes.

A maior mudança em David eram as lentes de contato, que ele havia comprado com o suado salário que ganhava na pizzaria, a fim de se livrar dos óculos que o tinham acompanhado desde o cinco anos de idade. Ele sempre fora muito parecido com o pai, com seu porte robusto e os reflexos avermelhados do cabelo castanho. Agora que os dois não estavam mais usando o mesmo tipo de óculos, a aparência de David estava se tornando distinta.

E olhe como está bonito. Quando foi que meu irmão se tornou tão charmoso?

Durante a maior parte da vida, Cris havia enxergado David unicamente como o seu irritante irmão mais novo. Por conta da diferença de quase oito anos entre eles, tinha sido sua babá em inúmeras ocasiões. Também por ser mais velha, quando Cris saiu de casa para fazer a faculdade e se casar, David ainda estava longe de ser um rapaz interessante, com quem ela travaria um diálogo mais extenso.

O irmão de Cris estava no melhor ponto da mesa para conduzir a conversa. E fez isso com propriedade. Contou histórias engraçadas sobre incidentes absurdos que haviam acontecido na pizzaria, além de fatos interessantes sobre alguns dos filmes que estavam em cartaz naquele Natal.

A certa altura, Cris teve vontade de interrompê-lo e dizer, "Com licença, mas quem é você e o que você fez com meu irmãozinho chato?". Ficou se perguntando se toda aquela segurança extra que ele demonstrava decorria do simples fato de ter saído detrás dos óculos. O que Cris mais admirava, no entanto, era o profundo respeito que ele expressava abertamente por Deus e a educação com que se dirigia aos demais adultos à mesa.

– Por falar nisso, Ted, consegui tirar dois dias de folga no trabalho para poder ajudar na casa do seu pai no que for necessário, disse ele.

Ted fez um sinal positivo com o polegar, porque sua boca estava cheia de purê de batatas.

– Nossa, comentou Marta, inclinando-se para olhar para Ted. Fico feliz que alguém esteja desfrutando ao máximo do jantar.

Ted engoliu e falou:

– Está delicioso, Marta. Tudo.

Os outros se juntaram a ele, fazendo elogios. Marta abaixou o queixo ao receber os comentários elogiosos, dando-lhes um de seus acenos de mão, como se fosse uma rainha.

– Assim que o nosso menestrel conseguir fazer uma pausa em sua degustação natalina, gostaria de convidá-lo para tocar para nós a minha música de Natal favorita em seu bandolim.

Ted olhou para Cris com uma expressão de *oops* em seus olhos cansados. Ela sabia que ele tinha se esquecido de avisar Marta que não teria condições de atender ao seu pedido de Natal. As últimas palavras dele naquela manhã, quando saíra do quarto ao finalizar a discussão que tiveram aos sussurros, haviam sido que ele avisaria Marta de que não tocaria o instrumento. Cris sentiu-se aliviada por se lembrar disso. Caso contrário, teria pensado que se esquecera de cumprir essa importante parte da conversa dos dois.

– Você terá de me perdoar desta vez, disse Ted.

– Você se esqueceu de comunicá-lo, Cris? Eu me lembro claramente de ter escrito os detalhes num bilhete que deixei para vocês ontem.

Cris recostou-se. Sentia-se como que presa entre os dois.

– Ela me disse, falou Ted. Fui eu que me esqueci. Me desculpe.

– Ah, Ted. Que decepção! Eu estava ansiosa para ouvi-lo fazer uma serenata para nós. Tem certeza de que não pode buscar seu bandolim e voltar? Nós aguardamos.

Ted manteve o olhar firme e respondeu calmamente:

– Hoje não vai dar.

– Por que não? Não temos pressa. Você pode correr até a casa do seu pai enquanto Bob prepara a sobremesa para a gente. Imagino que o bandolim esteja na garagem com os seus outros pertences.

– Não. Ele não está lá, replicou Ted sem dar explicações.

Como Cris queria contar o que tinha acontecido! Naquele instante, desejou que sua vida se transformasse num melodramático programa natalino. Podia até imaginar a cena. Primeiro, ela contaria à família que seu abnegado esposo havia penhorado o instrumento, para pagar a conta de luz. Depois, caminharia saltitante até a árvore de Natal, de onde tiraria o bandolim de Ted, que ela resgatara, adornara com um grande laço vermelho e esconderá atrás das muitas caixas que embrulhara para Marta.

No mundo dos sonhos de Cris, ela traria o bandolim até Ted e lhe contaria, com todo o amor do seu coração, como recuperara o querido instrumento do marido. Enquanto ele achara que ela havia ficado em casa, ajudando a tia com os embrulhos, tinha ido até Murrietta Hot Springs, encontrado a loja de penhores e achado o bandolim. A fim de reavê-lo, oferecera sua máquina de costura em troca, mas fora informada de que o valor da antiga máquina não seria suficiente para efetuar o resgate. Assim, para compensar a diferença, ela cortara e vendera seus longos cabelos e o recuperara. Em seguida, dirigira velozmente pelo terrível trânsito das férias de fim de ano e chegara a tempo de tomar seu lugar à mesa calmamente, sem que ninguém notasse o seu curtíssimo corte de cabelo.

Na última cena do melodrama, Cris entregaria o amado bandolim a Ted, e ele a beijaria, fazendo, ao mesmo tempo, uma comovente performance de *Greensleeves*[2] a fim de realizar o desejo de tia Marta.

Contudo, Cris não estava no roteiro de um belo e mágico filme natalino. Aquela era a vida real. E na vida real de Cris, ela ainda tinha cabelos longos e uma máquina de costura, e seu marido não tinha mais o seu instrumento musical.

O pior, no entanto, não era nada disso; era não haver nada que Cris ou qualquer outro ali pudesse fazer quando tia Marta se levantou da mesa alguns minutos depois e lamentou-se por não poder acompanhá-los ao culto.

– Esta é a tragédia de sofrer de enxaqueca, disse Marta, antes de dar-lhes adeus com o dorso da mão encostado sobre a testa de maneira exageradamente melodramática. A gente nunca sabe quando ela vai atacar.

Marta saiu em direção às escadas, ao som do farfalhar de sua bela, longa e fluída saia natalina. Cris sabia que a tia ficaria isolada em seu quarto pelo resto da noite.

[2]Trata-se de uma famosa canção folclórica inglesa, muito executada no Natal. (N. da T.)

– Cara, murmurou David baixinho, erguendo as sobrancelhas diante da partida dramática da tia.

– David, disse o pai firmemente.

– Norman, falou suavemente a mãe de Cris, estendendo a mão para tocar o braço do marido.

– Mãe..., principiou Cris.

– Cris, sussurrou Ted.

Tio Bob começou a rir. Foi uma risada alegre, de chacoalhar a barriga. Parecia que ele estava tentando imitar o Papai Noel. Os seis trocaram olhares ao redor da mesa, dando-se conta de como tinham uma dinâmica familiar maluca.

– Bob, disse Ted, dando um alegre aceno de cabeça.

– Ted, retrucou Bob, ainda rindo.

Com uma leve cotovelada, Ted continuou a brincadeira boba, como se todos ali tivessem a habilidade de controlar ou direcionar os demais, bastando falar o seu nome com a modulação correta da voz.

– Cris, falou ele.

– Mãe, repetiu Cris, desta vez sorrindo na direção dela.

– Norman! exclamou a mãe de Cris, piscando os olhos de um modo tão engraçado, que todos caíram na gargalhada novamente.

Então, como a última palavra da esquisita interação familiar naquela noite de Natal, David soltou um prolongado, "Caaaaaaara".

Capítulo 18

*A*pós Marta ter deixado a mesa, a mãe de Cris calmamente assumiu o papel de anfitriã da reunião familiar. Sugeriu que deixassem para comer a sobremesa quando voltassem do culto de Natal e que fossem para a igreja cedo, a fim de encontrarem vagas no estacionamento e espaço para se assentarem juntos.

Cris correu rapidamente ao andar de cima para pegar um suéter. Antes de descer para se juntar aos demais, parou por uns instantes e caminhou silenciosamente até a porta do quarto de Marta e Bob. Quis acreditar que poderia bater e ser recebida no refúgio da tia, já que tivera permissão para entrar mais cedo, quando estavam embrulhando os presentes.

Diante da porta fechada, Cris tentou imaginar o que falaria, se Marta a atendesse. Para ela, era importante que a tia fosse ao culto. Afinal, de que outra forma seu coração poderia ser amolecido e se tornar receptivo ao verdadeiro significado do Natal?

Do outro lado da porta, Cris ouviu um gemido, seguido

pelo distinto e perturbador som de sua tia vomitando.

Ela realmente está se sentindo mal. Todos esses anos, achei que ela estivesse fingindo quando dizia estar com enxaqueca. Será que posso fazer algo por ela?

Cris correu pelas escadas e, pondo-se ao lado de tio Bob, disse:

– Ouvi a tia Marta passando mal. Você acha que ela vai ficar bem se a deixarmos aqui sozinha?

Bob fez que sim com a cabeça.

– Ela vai me avisar se precisar de mim. Faz muito tempo que ela luta com isso. Ela prefere ser deixada a sós, sem dúvida alguma.

– Ela precisa de alguma coisa?

– Não. Ela tem os remédios. Demoram um pouco para fazer efeito, mas aposto que amanhã de manhã ela estará ótima.

No entanto, na manhã seguinte, Marta ainda não estava se sentindo bem, quando todos se reuniram ao redor da árvore para abrirem os presentes.

– Será que devemos esperar e ver se ela estará melhor mais tarde? perguntou Cris. Sei o quanto ela gosta de estar com a família nesta hora do Natal.

– Não, ela prefere que façamos a troca sem ela, disse Bob. Ela vai descer se estiver disposta. Tudo o que ela não quer é estragar o nosso dia.

Cris pegou o irmão revirando os olhos diante do comentário de tio Bob e teve vontade de bater nele. Por diversas vezes, fora ela quem revirara os olhos diante do que pensava ser uma tentativa da tia de atrair atenção para si ou transformar um dia perfeitamente normal em uma cena dramática. Cris nunca havia parado para considerar realmente a possibilidade de Marta sofrer de um mal legítimo.

Preferiu se conter e não ralhar com David. Achou que seria melhor tentar falar com ele mais tarde, em particular. Do contrário, seria ela quem acabaria transformando o que deveria ser um tempo familiar feliz e divertido em uma grande cena.

E aí eu seria a "tia Marta" da vez. Uma tia Marta nesta família já é suficiente.

Enquanto todos se ajeitavam nos confortáveis sofás de couro, Cris admirou a beleza da árvore de Natal, que brilhava com pequenas luzinhas brancas e ornamentos prateados. Um dos *hobbies* de Marta era selecionar a cada ano um tema diferente para sua árvore e comprar enfeites novos, de acordo com a temática. Desta vez, o tema tinha sido "sinos prateados" e, na extremidade de cada galho, ela colocara um sininho, de forma que sempre que alguém esbarrasse na árvore, os sinos tilintassem e emitissem um alegre sonido.

Pelas janelas da frente, via-se a luz do sol da manhã avançar cautelosamente pela névoa de dezembro, lançando um brilho opaco sobre a vasta extensão de areia marfim. O oceano também se ornara em tons prateados em função da esbranquiçada espuma que se espalhava pela orla com o agitar das ondas, impelidas pelo forte vento invernal. Aquele não era o inverno das árvores e dos cumes recobertos de neve, que tanto se via nos cartões de Natal. A cena que Cris contemplava era a do inverno branco de Newport, e para ela ele era mais bonito do que qualquer paisagem que admirara nos Alpes, quando estudara em uma universidade da Suíça. Cris se sentiu animada por toda aquela beleza e pela alegria de estar com a sua família.

A mãe de Cris foi a primeira a abrir um presente, e o embrulho escolhido por ela continha o avental que Cris costurara. Suas exclamações de surpresa excederam em muito a sua costumeira reação diante de qualquer outro presente fabricado por Cris no decorrer do ano. Ela passou o avental aos outros, para que todos pudessem olhá-lo de perto.

– Amei o presente, Cris. Como você é criativa. Eu nunca

teria pensado em usar uma tolha de prato para fazer um bolso. O tamanho é certinho. É uma graça. Obrigada, querida.

– Fico feliz que tenha gostado, mãe.

Cris nunca se sentira tão adulta e talentosa numa reunião de Natal como naquela. No decorrer dos anos, ela tentara fabricar todo tipo de presentes, e a maior parte deles tinha lhe causado vergonha ao ser aberta. Principalmente no ano em que ela se empolgara um pouco com as tintas para tecido e as camisetas brancas. Neste ano, sua sensação foi de finalmente ter alcançado o alvo que sempre almejara, mas jamais conseguira acertar.

Em seguida, foi a vez de seu pai abrir o presente que ela e Ted tinham preparado para ele. Cris adaptara o seu molde de costura para produzir um avental tamanho GG e fora criativa com o tecido. O dele tinha sido feito a partir de uma lona de pintura que Ted trouxera para casa algumas semanas antes, por conta de um trabalho temporário que havia feito. Cris lavou o tecido e traçou o molde justamente no pedaço que tinha os respingos de tinta mais interessantes. Depois, enfeitou as bordas com uma fita preta que encontrara na sessão de 1.99 da loja de tecidos.

O pai de Cris também gostou do avental, ou pelo menos, agiu como se tivesse gostado. Chegou até a vesti-lo e amarrar as tiras ao redor da cintura.

– Pensei que você poderia usá-lo quando fosse fazer um churrasco, disse Cris.

Sinceramente não se lembrava da última vez que o pai havia feito churrasco, mas era uma possibilidade.

– Será que também vou ganhar um presente seu, Cris? perguntou tio Bob.

– Sim. E aposto que você nunca vai adivinhar o que é, falou Cris apanhando o embrulho debaixo da árvore e entregando-o ao tio.

– Estou torcendo para ser um avental de churrasco.

Tio Bob rasgou o embrulho com a mesma expressão de apreço e deleite demonstrada pelos pais de Cris.

Ao fazer o avental de Bob, que era semelhante ao de seu pai, Cris ficou se perguntando se o presente traria memórias desagradáveis ao tio. Muitos anos antes, Bob tentara acender sua grelha à gás, e ela pegara fogo. Ele sofrera queimaduras graves, e ainda possuía cicatrizes na lateral do queixo e na orelha, apesar de agora serem quase imperceptíveis após inúmeras cirurgias plásticas e enxertos de pele.

– Você fez um bom trabalho, Cris, falou tio Bob. Os aventais são excelentes.

– Que bom que você gostou.

Com o pé descalço, Ted alisou o pé de Cris, que estava coberto com uma meia natalina. Ela olhou na direção do marido, que piscou e sorriu. Era um daqueles momentos efêmeros, em que Cris se dava conta: *Sou casada. Esta é a minha vida. Estas são as pessoas da minha vida. Sou amada.*

O brilho daqueles pensamentos, capazes de ancorar a alma, repousou sobre o coração de Cris. Era como se ela tivesse acabado de receber um pequeno presente de Deus em meio à incerteza dos últimos meses e a todo o caos que lhe assolara na semana anterior. Ela não tinha um emprego, uma casa ou a mínima noção do que o futuro lhe reservava. No entanto, ela tinha isto: um marido amoroso, dois pais afetuosos e confiáveis, um irmão que estava se tornando uma divertida companhia e tios generosos, que haviam aberto a sua casa para a família se reunir.

No momento, esse era seu presente favorito.

David, que aguardara pacientemente para abrir um de seus presentes, disse:

– Não sei se devo acabar logo com isso e abrir o presente que a Cris trouxe para mim, ou começar com algo da tia Marta.

– Não se preocupe, David. Eu não fiz um avental para

você.

– Mas eu fiz, brincou Ted. Achei que um avental de carpinteiro poderia ser útil, já que você vai me ajudar com os reparos da casa.

As espessas sobrancelhas de David franziram-se numa carranca.

Ted riu.

– Só estou mexendo com você, cara. Vá em frente. Abra o presente que trouxemos para você.

O presente de David era um dos *skates* antigos de Ted que ele reformara, colocando eixos novos e uns adesivos descolados, para esconder as partes mais amassadas.

– Foi neste que você me ensinou, não foi?

Ted fez que sim.

– Sempre foi o meu favorito. Não se fazem mais *skates* assim hoje em dia.

– Eu sei, falou Ted, ainda brincando com pé de Cris. Estou com o meu no carro, então podemos andar neles hoje à tarde na frente da garagem.

– Bárbaro, disse David.

Cris não conseguia conter o sorriso. Seu irmão estava se tornando um verdadeiro Douglas. Só faltava começar a dar abraços de urso nas pessoas para se tornar o próximo Douglas do pedaço.

Já fazia muitos anos que a tradição da família de Cris, na manhã de Natal, era comer petiscos e passar o dia à toa, de pijamas. Nos últimos anos, seu pai havia preferido deixar para comer as barrinhas doces preparadas por ela só na hora da troca dos presentes. Cris, que colocara um prato cheio delas na mesa de café, ao lado dos outros petiscos, ficou observando o pai pegar mais uma barrinha.

– Essas barrinhas são as minhas preferidas, Cris, disse ele antes de dar uma mordida.

– Eu sei.

Já a mãe de Cris estava mais interessada no prato que continha pequenos pedaços de queijo. A fazenda de laticínios do Wisconsin havia criado profundas raízes nos pais de Cris. Quanto mais velha ficava, mais orgulho tinha de sua criação. Certo ano, seus tios tinham ganhado diversos tipos de queijos importados, e Bob fizera graça, oferecendo-lhes pedaços de queijo o tempo todo. Desde então, sempre havia uma variedade de queijos no banquete de aperitivos natalino deles. Cris sabia que aquela era mais uma tradição simples e engraçada da família, que prevaleceria por muitos anos.

A abertura dos presentes durou mais uma hora e meia. Marta havia sido bastante amável e generosa nos presentes que comprara para cada um, sendo a maioria artigos eletrônicos ou roupas. Porém, por mais agradecida que Cris estivesse por todos os presentes extravagantes que recebera, seu presente favorito foi o que Ted lhe deu. Era uma cesta de costura artesanal, com almofadinha para alfinetes, agulhas, doze carretéis de linha em todas as cores primárias, uma boa tesoura e uma fita métrica que rebobinava para dentro da concha de um caracol cor-de-rosa.

– Amei, Ted. Muito obrigada. Minha avó tinha um kit de costura desses.

– Eu sei. Você mencionou isso umas cem vezes nos últimos meses.

Cris olhou para a mãe.

– Olha só, que fofo! Você sabia disso?

A mãe de Cris acenou positivamente com a cabeça.

– Ela foi minha cúmplice, disse Ted enquanto a mãe de Cris sorria orgulhosamente.

– Você reconhece a fita métrica de caracol? perguntou a mãe.

– Sim. Foi por isso que falei que a vovó tinha um kit como este.

– É a fita métrica da sua avó. Ela mandou para você quando pedi e ficou muito contente de que agora ela será sua.

Os olhos de Cris se encheram de lágrimas. Ela amava a avó e queria muito que ela pudesse ter vindo do Wisconsin para passar o Natal com eles. Cris tinha muitas lembranças encantadoras dos natais que passara no interior, na época em que morara na fazenda. Quando estava no Ensino Médio, e sua família se mudara para o sul da Califórnia, ela tinha chegado a pensar que a mudança estava sendo a melhor coisa que lhes podia acontecer. No entanto, agora que estava mais velha, sentia falta de vários valores e tradições do meio-oeste norte-americano, os quais não valorizara tanto ao longo da infância e adolescência. Seu irmão, que tinha apenas oito anos na época, não tinha metade das lembranças que Cris guardava de seus primos, dos biscoitos que a avó preparava e da retumbante voz do seu avô ao ler o relato do primeiro Natal na Bíblia, no capítulo dois de Lucas.

Dos cultos natalinos de sua pequena igreja no Wisconsin, Cris tinha duas lembranças marcantes. A primeira era sentar-se ereta nos bancos de madeira com uma vela nas mãos, enquanto esperava a avó acender o pavio em meio à escuridão da capela. A segunda era a leitura do capítulo dois de Lucas, feita pelo avô. Resolveu, então, que pediria ao pai para ler aquele capítulo todas as vésperas de Natal, a partir do próximo ano. Também sempre gostara da ideia de presentear os seus queridos, como forma de dividir com eles aqueles momentos dourados, passados à luz de velas na véspera do Natal, e de celebrar, na manhã seguinte, o presente que Deus havia dado ao mundo, ao enviar o seu Filho.

Enquanto os outros separavam os últimos presentes que ainda não tinham sido abertos, Cris achegou-se a Ted e sussurrou:

– Quando tivermos filhos, quero poder morar perto dos meus pais para que eles sempre tenham memórias natalinas com seus avós.

Ted a beijou na lateral da cabeça e disse:

– Você é uma mulher abençoada, Kilikina. Eu nunca pude passar um Natal com meus avós.

Cris olhou para ele. Havia muitas coisas em sua vida às quais nunca dera o devido valor, e jamais parara para pensar no quanto essas mesmas coisas deveriam ter sido diferentes para Ted durante sua infância. Ele e seu pai tinham sido tudo um para o outro – mãe, pai, irmão, irmã e todos os outros parentes.

Naquele terno momento, ao lado da árvore de Natal, Cris entendeu com mais clareza por que Ted precisava fazer a reforma na casa do pai sem cobrar nada dele. O casamento de Bryan era a maior prioridade de Ted no ano que estava por vir. Em todos os aniversários e festividades, os dois tinham sido, um para o outro, a única expressão de família. Aquela era a forma que Ted encontrara de dar um presente profundamente atencioso a ele. Era também a única maneira de preservar e dar continuidade às tradições e memórias familiares dos dois. Ted precisava salvar a casa em que crescera, como uma forma de mostrar ao pai o quanto o amava e respeitava. Cris prometeu a si mesma nunca mais reclamar do empenho de Ted nos reparos ou da falta do salário dele naquele período. A reforma era algo que ele precisava fazer. Por conta disso, ela precisava arrumar um emprego. Assim, Ted ficaria livre para ter o luxo de dar aquele maravilhoso presente ao pai.

Assim que a troca de presentes chegou ao fim, e os embrulhos foram recolhidos, Cris entrou na *internet* para procurar um emprego. A primeira opção que encontrou foi para a padaria de uma mercearia. Não era o emprego dos seus sonhos, mas o local ficava a menos de dois quilômetros da casa de Bob e Marta. Pensou, então, que se acabassem vendendo um dos carros, ainda assim poderia ir para o trabalho a pé.

Assentada ao balcão da cozinha, Cris preencheu o formulário sem dizer nada a ninguém. Seu pai estava tirando um cochilo no sofá com a televisão ligada. Ted e David haviam saído para andar de *skate* na rua, e sua mãe estava pondo os pratos na lava-louças. Tio Bob tinha acabado de voltar lá de fora, onde colocara um saco de lixo cheio de papéis de presente amassados.

Tão logo Cris apertou o botão "enviar", Marta desceu para o andar de baixo, sem maquiagem – o que para Cris era algo inédito. Estava usando uma roupa confortável e um blusão de zíper.

– Feliz Natal, disse Marta com uma leve oscilação da voz.

– Como você está se sentindo?

– Melhor. Obrigada, Cristina. Como estão todos aqui embaixo?

– É bom vê-la de volta à terra dos vivos, disse tio Bob. Posso preparar alguma coisa para você? Uma dose dupla do seu remédio para curar enxaquecas?

– Sim, por favor. Ficaria muito agradecida.

Tio Bob começou a trabalhar, preparando uma batida de espinafres e mirtilos congelados, à qual adicionou várias colheradas de proteína e pó energético, cujas embalagens remetiam a alimentos saudáveis. Salpicou umas sementinhas lá dentro, acrescentou bastante gelo picado e pôs a mistura para bater no liquidificador de alta potência. O resultado foi uma bebida grossa, de coloração roxa-acinzentada.

– Seria muito pedir que você me preparasse uma xícara de chá de jasmim também? perguntou Marta, sentando-se ao lado de Cris no balcão da cozinha.

Cris fechou o formulário do emprego e retornou à imagem do fundo de tela. Era melhor evitar qualquer situação capaz de provocar uma conversa com Marta sobre qualquer assunto que a instigasse a dar sua opinião.

– Preparo num instante. Alguém mais quer uma xícara de chá? Um café?

– Chá de jasmim parece uma boa, disse Cris.

– Acho que vou me juntar a vocês, falou a mãe de Cris.

– Mas você gosta de café, declarou Marta.

– Mas vou experimentar o chá.

– Você não vai gostar.

– Talvez eu goste.

A mãe de Cris fechou a lava-louças e se assentou num dos bancos do balcão da cozinha, do outro lado de Cris. Enquanto as três bebericavam o chá, Cris se sentiu como a geleia daquele sanduíche de irmãs. Marta usou todos os seus argumentos para convencer a mãe de Cris por que ela não iria gostar da bebida. Já a mãe de Cris calmamente garantiu à irmã que tinha gostado, e assim a discussão chegou ao fim.

– Que bom, então, finalizou Marta. Agora sei o que lhe dar de presente no próximo Natal.

Cris usou o chá mais para aquecer a mão do que para beber. Enquanto inalava o perfumado vapor, sentiu-se feliz por ninguém estar lhe pedindo para opinar sobre a bebida ou sobre qualquer outro assunto no momento. Em anos passados, Cris nunca havia sido muito compreensiva ou atenciosa durante as "sessões de reentrada" de Marta, quando ela parecia receber um espaço mais amplo do que o normal para conduzir o seu navio ao porto onde todos já se achavam calmamente ancorados.

Desta vez, Cris se compadeceu da tia, apesar de achar que ela não precisava ser tão ríspida. Numa tentativa de realinhar o triângulo no qual se encontrava, Cris disse:

– Você ainda não abriu seus presentes, tia Marta. Quer abri-los agora?

– Não. Prefiro esperar até de noite.

Naquele momento, Ted e David entraram pela porta de trás, que dava para a garagem. Estavam com os rostos vermelhos, e Cris imaginou que ambos deviam ter ganhado alguns hematomas novos pelo corpo. Fazia semanas, talvez meses, que Ted não andava de *skate*. Dava para ver que o passeio tinha sido bom para ambos.

Os rapazes foram direto para a geladeira pegar algo para beber. Diante das três mulheres no balcão, os dois engoliram a água gelada das garrafinhas. Ted pegou uma toalha de papel e enxugou a testa.

– Que tal uma caminhada na praia? perguntou Ted olhando para Cris.

Fazia muito tempo que ela não o via tão feliz e animado.

Antes que Cris pudesse responder com um sincero, "Claro", tia Marta disse:

– Ainda não estou disposta. Porém, não quero atrapalhá-los.

Ted se dirigiu ao lado do balcão onde Cris estava sentada entre a mãe e a tia e, aproximando-se dela, falou:

– O convite era só para você, Sra. Spencer.

Capítulo 19

$\mathcal{T}$ed e Cris puseram os pés descalços na areia fria e andaram de mãos dadas pela orla. As nuvens tinham ido embora, e o nevoeiro matinal havia se dissipado. O clima estava ótimo para uma longa caminhada na praia.

Os dois andaram sem pressa, balançando as mãos e trocando três apertos – o código secreto deles para dizer "eu te amo". Nenhum dos dois falava. Para Cris, seria um erro estragar com palavras aqueles momentos tão agradáveis de comunhão. *Para que entulhar de dizeres um momento tão lindo, quando se tem a bênção de poder passar o dia de Natal passeando pela sua praia favorita com a pessoa de quem mais gosta no mundo?*

Ted, no entanto, não parecia pensar da mesma forma. Era evidente que ele estava planejando algo, porque parou de andar na metade do caminho até o píer e disse:

– Vamos assentar aqui.

A areia ainda não havia esquentado, e Cris sentiu o frio em sua calça jeans tão logo se assentou. Ted se posicionou bem perto dela e a envolveu com os dois braços, esquentan-do-a rapidamente. Com o nariz nos cabelos de Cris, sussur-rou:

– Eu amo você. Amo esta praia. Amo estar aqui com você.

Cris sorriu. Girando a cabeça, beijou o pescoço do mari-do, sentindo os lábios frios formigarem com o calor e o gosto de sal da pele dele.

– Tenho algo especial para lhe dar.

Ted afastou-se e mostrou-lhe as mãos fechadas, diver-tidamente indicando que o presente se encontrava em uma delas.

Cris o fitou, como que dizendo com os olhos "Não pre-cisava".

– Vamos. Escolha uma.

Cris cobriu o punho esquerdo de Ted com a palma de sua mão. Ele virou a mão para cima e abriu os dedos. Estava vazia.

Então ela apontou para a mão direita.

Ted a abriu, revelando dois delicados brincos de pérola. O brilho das pérolas cor de creme parecia cintilar sob a suave luz daquele dia de inverno.

– São lindos.

– São para você.

Ted virou a palma da mão direita de Cris e entregou-lhe os brincos.

– Esses brincos me lembram a gente, falou. São um par perfeito. E como as pérolas são formadas em um lugar aper-tado e escuro, basicamente em consequência de um proces-so irritativo, eu me identifico com elas. Você não acha que é isso o que está acontecendo conosco? Todas as dificuldades e sofrimentos dos últimos meses estão criando algo de grande valor em nós e em nosso casamento.

Cris levantou o queixo e sussurrou:

– Muito obrigada, Ted.

Mal acabou de falar, os lábios de Ted se encontraram com os dela. Os dois deram um demorado beijo, carregado de afeição e ternura.

Cris recuou e lançou um olhar inquiridor para Ted. Ele sorriu.

– Você está querendo saber onde consegui esses brincos, não está?

– Bem, eles parecem ter custado caro e...

Ted pressionou o dedo nos lábios dela, silenciando-a carinhosamente.

– É uma ótima história. Você vai amar. Quando levei meu bandolim para a loja de penhores, o dono estava colocando umas joias na vitrine. Vi os brincos e fiquei pensando no processo de formação das pérolas dentro da ostra, e bem... eu gosto de analogias.

Cris sorriu.

– Sim, eu sei.

Ted plantou um beijo na lateral de sua cabeça.

– O gerente me reconheceu. Em meados deste ano ele passou na igreja para deixar o enteado para o jogo de vôlei. Você se lembra de um rapaz chamado Zak?

Cris balançou a cabeça negativamente.

– Você estava comigo no dia do jogo e ficou sabendo que era aniversário desse rapaz. Aí você o convenceu a ir na reunião de domingo e fez aqueles biscoitinhos de creme de amendoim para ele. Aqueles com chocolate no meio.

– Ah, sim. Agora estou me lembrando. Ele ficou extremamente surpreso quando lhe entreguei os biscoitos.

– Pelo visto, eram os preferidos dele.

– Eu nem sabia.

– Aquilo fez o dia dele. Ele não parou de falar nos biscoitos. Quando eu estava na loja, o pai dele se lembrou do seu gesto. Ao perceber que eu estava olhando os brincos para presenteá-los a você, ele se deu conta de que eu não teria dinheiro para comprá-los, já que estava penhorando o bandolim. Então me disse que os levasse. De graça. Era a sua forma de agradecer por termos sido tão legais com o filho dele.

Cris fitou as pérolas em sua mão. Não sabia o que dizer.

– Vamos, disse Ted. Ponha-os na orelha.

Cris mordeu o lábio inferior.

– O que foi?

– Esses brincos são de tarraxa. Eu não tenho orelhas furadas.

Ted pôs os cabelos de Cris para trás e olhou para os lóbulos das orelhas dela, como se nunca os tivesse visto antes.

– Mas eu já lhe vi de brinco.

– Eu sempre uso os de pressão.

– E não dá para transformar esses aí em brincos de pressão? Ou melhor, por que você não fura as orelhas? Não é só furar com uma agulha e então colocar o brinco?

Cris olhou para Ted, perplexa.

– É, mais ou menos isso.

Em certos momentos, ela realmente gostaria que ele tivesse tido uma irmã, para que não fosse ela a ensiná-lo sobre coisas daquela natureza. Ted sempre parecia admirado e ligeiramente pasmo quando ela lhe explicava sobre o funcionamento de seu corpo feminino ou sobre alguma de suas rotinas de beleza.

Cris guardou cuidadosamente os brincos no bolso da frente de sua calça.

– Vou dar um jeito. Obrigada. Eu amei os brincos.

– Obrigada por ser tão atenciosa com jovens como o Zak. Eu era como ele na minha adolescência. Um pouco de amor e gentileza fazem milagres. Você é muito generosa e afetuosa, Cris. Você não imagina o impacto que esse seu jeito atencioso provoca na vida das pessoas.

Cris sentiu o rosto começar a ruborizar ao ouvir o comentário de Ted. Ele se afastou e olhou para ela.

– Você está vermelha?

Cris olhou para baixo.

– É que esses gestos me parecem muito simples e pequenos diante da vida como um todo.

– Ei, falou Ted, levantando o queixo dela com seus dedos ásperos. Nada no reino de Deus é trivial ou pequeno quando feito com amor. É isso que torna os seus gestos um presente para as pessoas, Kilikina. Você ama criar presentes, mas também ama as pessoas que presenteia.

Ela concordou. Era verdade.

– Mesmo que mal as conheça, você ama fazer coisas para elas, e essas pequenas gentilezas as ajudam a sentir o amor de Deus.

Cris nunca havia pensado daquela maneira, mas lá no fundo, seu espírito testificava tudo o que Ted estava dizendo.

– Não sei por que nunca falamos disso de forma explícita, mas acho que sei qual é o seu dom espiritual.

Cris ergueu as sobrancelhas, ansiosa por ouvir o que Ted iria dizer. Por muitos anos, sempre que ouvia as pessoas falarem que tinham o dom do ensino, da fé ou do serviço, ela se retraía. Embora nunca tivesse falado sobre o assunto, havia chegado à conclusão de que não tinha nenhum dom espiritual específico. E o fato sempre a fizera sentir-se envergonhada.

Ted olhou fixamente para ela.

– É a hospitalidade. Esse é o seu dom, Cris. Você gosta de expressar o amor de Deus às pessoas fazendo com que se sintam sempre à vontade quando estão perto de você. Isso lhe enche de energia.

Os olhos de Cris encheram-se de lágrimas. Ela tinha chegado à mesma conclusão muitos meses antes. Ouvir aquela confirmação da boca de Ted a encheu de confiança.

– É. Você com certeza tem o dom da hospitalidade, repetiu ele, mirando o oceano. Isso é interessante.

– Por quê?

– Porque eu vi um pouco desse seu dom quando estávamos em Amsterdã. Lembra que você queria se casar naquela época mesmo e ficar trabalhando naquela casa de hospitalidade?

Cris tinha se esquecido.

– Talvez tenha sido por isso que não consegui captar a ideia do trabalho de assistente de pesquisa, disse Ted. Não parecia ser algo que você sempre sonhou fazer.

– É como eu lhe disse. Eu queria ter um horário mais flexível, para poder passar mais tempo com você.

– E cá estamos, disse Ted com um sorriso. Passando horas e mais horas juntos ao longo dos últimos meses, como faremos nas semanas que se seguirão.

– Eu sei, falou Cris, enlaçando o seu braço no de Ted e apoiando a cabeça no ombro dele. Eu ganhei o que queria. Menos o emprego.

Ted descansou a cabeça sobre a de Cris. Ela podia sentir o ressoar da voz dele ao orar pelo futuro dos dois, por oportunidades de emprego, por novas chances de ministério, por um lugar para morar que não envolvesse a aprovação ou desaprovação de Marta e finalmente, para que Deus lhes desse filhos.

Cris saiu do curto aconchego de suas cabeças recostadas uma na outra e olhou para Ted quando ele disse "amém".

– Você está pedindo a Deus para nos dar um bebê agora?

– Não.

– Mas você acabou de dizer...

– Eu mal posso esperar para ter filhos, disse Ted. Você sabe disso. Porém, posso esperar pelo tempo de Deus. Por conta das atuais circunstâncias, creio que esse não é o melhor momento para aumentarmos a família.

– Ah, você está se referindo a nós dois estarmos desempregados, sem teto e quase sem dinheiro?

– É, sorriu Ted. Isso aí.

Cris apontou na direção do vasto oceano.

– O mais louco é que... veja só. É Natal, e estamos assentados na nossa praia favorita, com a barriga cheia. Tenho duas pérolas no meu bolso, e o jantar está esperando por nós na casa do Bob e da Marta. Deus está cuidando da gente.

– Sim, Ele está, falou Ted, pondo-se de pé. E é isso que me dá fé para começar a orar por nossos filhos e já deixá-los cobertos de oração desde agora. Por que esperar até o nascimento deles?

Cris sorriu e tomou a mão de Ted quando ele lhe ofereceu ajuda para se levantar.

Por mais meia hora, os dois caminharam descalços pela areia fria e úmida à beira do mar, com os braços enlaçados na cintura um do outro. Discutiram nomes de bebês, possibilidades de trabalho, opções de casas e falaram do quanto era difícil, e ao mesmo tempo estimulante, seguir a Cristo com completa confiança e entrega.

– Você sabe que tenho lido bastante sobre Moisés nos últimos meses, não é? comentou Ted. Há uma parte na história que realmente mexeu comigo. Está no capítulo vinte de Êxodo. Moisés estava prestes a subir o Monte Sinai, e a montanha estava coberta por nuvens densas e escuras. Diz o texto que todo o povo retrocedeu, mas que Moisés caminhou em direção à escura nuvem porque Deus estava lá.

Cris não estava certa de onde Ted queria chegar com aquele comentário.

– Gosto muito dessa frase; de que Moisés caminhou em direção às densas trevas porque Deus estava lá. É o aspecto misterioso de seguir ao Senhor. Sinto que é isso que estamos fazendo agora. Em vez de recuarmos com medo, estamos caminhando rumo à escuridão profunda de um futuro desconhecido; mais ou menos como se estivéssemos entrando na ostra. E a razão por que estamos fazendo isso é que sabemos que Deus já está lá e, acima de tudo, queremos estar com

Ele.

Cris amava a empolgação de Ted ao falar de alguma pepita de ouro garimpada em sua leitura bíblica. Nos anos anteriores, ele costumara refletir por um tempo sobre o versículo ou frase com que se deparara e escrever uma música sobre o íntimo vislumbre da bondade de Deus que tivera. Cris ficou torcendo para que ele escrevesse uma canção sobre aquela nova e misteriosa verdade.

Tão logo entraram de volta na casa de Bob e Marta, sentiram o calor da casa ir de encontro aos seus rostos refrescados pelo vento da caminhada. Cris e Ted juntaram-se ao resto da família na sala de tevê, onde estavam assistindo a um dos filmes de Natal preferidos de tia Marta. Ela parecia estar se sentindo bem melhor, e todos estavam de bom humor.

Cris só foi se lembrar novamente dos comentários de Ted sobre Moisés na manhã seguinte. Ela estava sozinha na sala de estar, esperando-o descer para que pudessem ir encontrar com Douglas e Trícia para tomarem um café. Foi quando as palavras de Ted lhe voltaram à mente.

Moisés caminhou em direção à densa nuvem porque Deus estava lá.

Cris demorou-se na sala, observando o nevoeiro que se movia rumo ao oceano naquela manhã nublada de dezembro. Agarrando-se ao seu suéter, ficou imaginando onde ela e Ted passariam o próximo Natal. Será que estariam morando perto o bastante da família dela para poderem estar com eles? E se já tivessem um bebê? Não seria a melhor época, como eles próprios haviam constatado durante a conversa na praia no dia anterior. Mas não era algo impossível.

Não foi isto que o anjo Gabriel disse quando anunciou a Maria, que apesar de ser virgem, ela teria um filho e lhe chamaria Jesus? "Nada é impossível para Deus". Nada.

Cris deixou que aqueles pensamentos repousassem sobre sua mente até que se sentisse à vontade o bastante para carregá-los consigo. Não queria se sentir temerosa em meio à densa escuridão. Queria que sua fé crescesse. Queria confiar em Deus de maneiras novas. Aquela tinha sido uma de suas falas nos últimos meses, e de diversas formas, podia ver que havia crescido e que estava mais segura do que nunca em sua confiança no Senhor. Era uma sensação boa; o tipo de sentimento que se tem num Natal com luzinhas pisca-pisca e cheiro de pinheiro.

Ted entrou na sala a passos largos, usando shorts e uma blusa de moletom azul-marinho com capuz.

– Pronta para ir?

– Sim. Estou pronta.

– Foi confirmado. Tem uma *swell*[3] vindo do norte em nossa direção.

Cris percebeu o olhar de empolgação no rosto recém-barbeado de Ted. Na noite anterior, antes de irem dormir, tinha visto o marido checar os boletins de surfe e sabia que ele tinha acordado com a ideia de ir surfar. A primeira coisa ele que havia dito naquela manhã foi que enceraria uma das antigas pranchas do pai. Ted sabia da existência de pelo menos duas pranchas que tinham sido guardadas numa prateleira secreta da casa, entre as vigas da garagem. Felizmente, os últimos inquilinos do imóvel não as tinham encontrado. Ted ficara muito contente alguns dias antes, quando vira que elas continuavam ali, intactas.

– As ondas estarão com mais ou menos um metro e meio amanhã à tarde. Daqui dois dias, poderão chegar a três metros e meio, se a *swell* continuar.

– Legal, disse Cris.

– Depois que encontrarmos com o Douglas e a Trícia, quero ir trabalhar na casa porque a esta hora, amanhã, as ondas vão estar boas.

– Parece uma boa ideia.

Já estavam prestes a sair quando tia Marta os chamou do

---

[3]Termo utilizado pelos surfistas para se referir a um conjunto de ondas mais altas e de melhor qualidade. (N. da T.)

topo da escada.

– Antes de saírem, posso dar uma palavrinha com vocês?

Cris e Ted ficaram esperando na porta, enquanto tia Marta descia majestosamente as escadas, trajando um longo e luxuoso robe rosa e pantufas da mesma cor. A julgar pela expressão inalterada no rosto da tia, Cris não sabia se deviam se preparar para uma bronca ou uma bênção.

Marta deu os últimos dois passos vagarosamente.

– Tive tempo para pensar bastante sobre o arranjo.

– Ah, eu me esqueci, disse Cris. Me desculpe. Vou dar uma olhada neles quando voltarmos e ver se há folhas mortas.

Marta parecia horrorizada.

– Do que você está falando, Cristina?

– Dos arranjos de flores. Na véspera do Natal, você me pediu para ficar de olho nos arranjos que a florista entregou e verificar se havia folhas murchas. Eu me esqueci de olhar ontem.

Marta esfregou a testa como se estivesse sendo atacada por outra crise de enxaqueca, dessa vez motivada unicamente pela sobrinha.

– Estou me referindo ao arranjo da estadia de vocês aqui.

– Ah.

Ted abafou uma risada com a mão.

Marta não pareceu abalada pelos comentários deles.

– Decidi que duas semanas devem ser suficientes.

– Suficientes?

– É. Tempo suficiente para aguentarmos esta inconveniência.

– Não queríamos incomodar, disse Ted firmemente.

Os lábios finos de Marta curvaram-se num sorriso abrupto que fez com que Cris se arrepiasse. Sem palavras, Marta parecia estar dizendo, "Ah, mas incomodaram, sim."

Todavia, o que ela disse em voz alta foi:

– Vocês bem sabem o quanto gostamos de receber vocês e o David aqui durantes as festas de fim de ano. No entanto, os pedreiros vão começar a reforma do banheiro de hóspedes do andar de cima no dia quatro de janeiro. Então, após o dia três, não será conveniente que vocês estejam ocupando o quarto, de modo que terão de pensar em outras alternativas.

– Mas nós... falou Cris, um pouco ofegante.

Ted completou sua frase com muito mais decoro do que ela teria sido capaz de demonstrar.

– Ficamos muito gratos por sua hospitalidade.

Com um aceno de mão, Marta disse:

– Não precisa nos agradecer, Ted. Somos família.

Somos família?

Todos os músculos do corpo de Cris sentiram o golpe das palavras irônicas da tia, ao finalizar o brusco despejo deles.

Rapidamente, Ted tomou a mão de Cris na sua e a segurou com firmeza, como se estivesse fazendo pressão sobre a ferida que acabara de ter sido feita em sua alma. Abrindo a porta da frente, ele a conduziu em direção à névoa gelada e escura da manhã.

Cris entrou no carro sem dizer palavra alguma. Ao longo de todo o trajeto até a cafeteria, ficou olhando pela janela em estado de estupor. As palavras que Ted lhe dissera na caminhada do dia anterior continuavam a pairar sobre ela.

Moisés caminhou até a densa nuvem porque Deus estava lá.

Capítulo 20

Já era a quarta vez que o pequeno e adorável Daniel arremessava seu caminhãozinho de brinquedo ao chão. Trícia abaixou-se para pegar o brinquedo.

Para lembrar os bons e velhos tempos, os dois casais haviam escolhido se encontrar na sorveteria Hanson para tomarem um café. O estabelecimento, de aparência antiquada, era onde Trícia trabalhara como garçonete durante o Ensino Médio. Cris e Ted tinham boas recordações dali; da época em que Ted sempre pedia um *milk shake* de manga com um pedaço de abacaxi na lateral do copo.

A sorveteria havia passado por uma enorme reforma. Além dos sorvetes, agora servia refeições e contava com uma extensa lista de cafés especiais e outras bebidas, incluindo novos tipos de vitaminas de manga, mais sofisticados. A nova decoração seguia um estilo praiano elegante e rústico, com paredes brancas pintadas com cal, mesas de pátina laranja e azul-piscina e muitas estrelas-do-mar e conchas de náutilos adornando as paredes em pequenos quadros de vidro. A única coisa que não mudara fora o nome do lugar.

Daniel atirou o brinquedo ao chão mais uma vez e então arqueou as costas e chorou estridentemente.

– Ele está muito cansado, disse Trícia, esticando os braços para pegar Daniel e liberar Cris da função de tia, momentos antes dos chutes se reiniciarem.

Lançando um olhar apreensivo para Douglas, Trícia entregou-lhe o filho.

Douglas parecia um enorme urso de pelúcia em forma de pai, com seu um metro e oitenta de altura. Ele pegou o pacotinho que estava se debatendo e disse:

– Vamos lá para fora, amigão. Nós dois. Vamos lá. Não precisa gritar. Diga tchau pro tio Ted e pra tia Cris.

Douglas tentou balançar o bracinho de Daniel, fazendo um pequeno aceno, mas o menino não aceitou. Chorou e berrou num decibel que Cris nunca havia escutado antes.

Assim que Douglas e Daniel saíram, Trícia suspirou aliviada.

– Me desculpem, gente. Acho que os dentes molares dele estão para nascer, porque, como vocês devem ter notado, ele está babando o tempo todo. Devíamos tê-lo deixado com a minha mãe.

Loira, miúda, de rosto arredondado e voz suave, Trícia tinha apenas um vestígio da aparência de menina em suas feições. Na adolescência, sempre achavam-na mais jovem do que realmente era. Agora ela sem dúvida parecia mais madura. Embora continuasse magra e pequena, seus ombros pareciam um pouco mais largos, o que não era uma surpresa, já que agora ela carregava sua pequena "bolinha de energia" para cima e para baixo.

– Não precisa se desculpar, disse Cris. Nós amamos o Daniel. E amamos vocês. Já fazia muito tempo que não nos encontrávamos!

– Pois é.

Trícia tomou um longo gole do *latte* de baunilha que pedira vinte minutos antes, e agora já estava frio.

– Estou boba com tudo que vocês contaram. E agora a Marta, dizendo que vocês precisam sair de lá até semana que vem. Será que vocês vão conseguir se mudar para a casa do pai de Ted tão cedo?

Cris virou-se para Ted, aguardando uma resposta.

– Acho que a casa não estará em condições de nos receber ainda.

– Vocês sabem que a nossa casa em Carlsbad está sempre aberta para vocês, falou Trícia, mantendo os olhos na janela da frente, como se estivesse pronta para assumir seu plantão com o bebê a qualquer momento. Nossa casa é pequenininha, como vocês já viram, mas nós os receberíamos de braços abertos.

– Obrigada, Trícia, disse Ted. Significa muito para a gente.

A expressão de Trícia se iluminou.

– Na verdade, acabei de ter uma ideia. Vocês se lembram do bangalô que meus pais têm na península de Balboa? Eles compraram quando eu ainda era pré-adolescente e todo verão colocam para alugar. Agora é baixa estação e, a não ser que haja algum inquilino lá, ele costuma ficar vazio de janeiro até a Páscoa.

Cris e Ted trocaram olhares esperançosos.

– Você sabe quanto seria o aluguel? perguntou Cris.

– Não, mas posso perguntar, se quiserem.

– Sim, com certeza, disse Ted. Procure saber para a gente.

– O bangalô é bem pequeno e acho que, no momento, há um rapaz morando lá; um moço que acabou de começar a trabalhar na empresa do meu pai.

– E o que ele faz na firma do seu pai? perguntou Ted.

– É corretor de seguros. Não sei se vocês sabem, mas meu pai está trabalhando nesse ramo agora. Ele gerencia uma corretora em Corona del Mar.

– Será que ele teria alguma outra vaga para um pastor de jovens desempregado?

A forma como Ted falou fez Trícia franzir a testa, demonstrando solidariedade.

– Posso perguntar a ele. Essa situação que você enfrentou, Ted, sendo quase forçado a se demitir, foi muito trágica.

– A escolha foi minha.

– Ainda assim, a maneira como as coisas se desenrolaram me parece meio duvidosa. Aquela igreja não tem noção do presente que tinham quando você estava lá. Quando o Douglas lhe deu aquela ajuda, logo no início, ele costumava dizer que você estava trabalhando por dois pastores; isso sem falar nas outras tarefas que você realizava como voluntário, como liderar o louvor e organizar as viagens missionárias.

– Quando você está fazendo o que ama, não parece trabalho, disse Ted com convicção.

– E você amava aqueles adolescentes, falou Trícia. Eu sei que amava.

– Nós dois amávamos.

Ted olhou para Cris com uma expressão de determinação e coragem, o que fez com que o coração dela se enchesse de admiração por ele. Ela sabia que aquela conversa toda com Douglas e Trícia poderia facilmente virar o barco de Ted e deixá-lo para baixo.

– Parece muito injusto, disse Trícia. Queria que eu e o Douglas tivéssemos estado ao lado de vocês, para ajudá-los a passar por toda essa confusão.

– Justo ou injusto, aconteceu, falou Ted. Eu e Cris sabemos que nosso tempo ali terminou. E o fato é que estou amando meu trabalho agora, na reforma da casa do meu pai. É claro que não recebo salário com isso, mas sei que é o que preciso fazer no momento.

– Semana passada, eu e o Douglas estávamos conversando sobre como está difícil conseguir um emprego atualmente, mesmo para quem tem curso superior. Que dirá um trabalho de que você goste.

Trícia pôs de lado seu copo de *latte* vazio e empurrou os farelos do *muffin* de cenoura e uva-passa para a beirada da mesa, pegando-os com um guardanapo de papel, que amassou e depositou dentro do copo.

– É... Nós temos um pouco de experiência nessa área, disse Cris, em voz baixa.

Ted torceu a embalagem de papel do canudo, dando-lhe um nó.

– Tudo o que sei é que precisamos confiar em Deus mais do que nunca.

Trícia esticou a mão e deu um aperto nos braços de Cris e Ted. Os três estavam assentados numa mesa redonda, num dos cantos da sorveteria.

– Acho horrível a forma como as coisas aconteceram.

Cris não queria que o tempo deles com a amiga se transformasse numa reunião de comiseração. A primeira parte do encontro na sorveteria tinha girado em torno de todas as coisas de Deus que vinham acontecendo na vida deles. Nem ela nem Ted tinham feito um discurso pessimista sobre a difícil situação em que se encontravam. Não seria agora que ela ficaria abatida.

– A melhor coisa, em meio a tudo isso, é que estamos mais próximos um do outro. Isso é fato, falou Ted dando um sorriso carinhoso para Cris, acompanhado de uma piscadela romântica.

– E sabemos que vai dar tudo certo, acrescentou Cris, na esperança de parecer confiante e convincente como Ted, sempre que ele falava tais palavras. Não sabemos como, mas sabemos que Deus está fazendo algo novo em nossas vidas.

– Lembram de quando estávamos no Ensino Médio, falou Trícia, e nos diziam o tempo todo para seguirmos nossos sonhos e correr atrás das nossas paixões?

Cris fez que sim com a cabeça.

– Tenho pensado muito sobre como fazer isso, de forma realista. Entendem o que estou dizendo? As coisas não são tão fáceis como pensamos que seriam quando éramos jovens idealistas de dezessete anos. Eu e o Douglas nos mudamos para Carlsbad porque queríamos seguir os nossos sonhos. Queríamos estar só nós dois, e começar nossa vidinha numa pequena casa perto do mar.

– É um sonho legal, disse Cris.

– Sim, foi. Mas a gente está descobrindo que para fazer um casamento e uma família darem certo, é necessário ser prático e enfrentar a realidade. Temos que tomar decisões com base no que é melhor para todos, não apenas naquilo que ajudará a concretizar nossos sonhos individuais.

Trícia olhou pela janela novamente e, em seguida, conferiu a tela do celular, como se estivesse instintivamente verificando se Douglas e Daniel estavam bem.

– Vou lhes contar uma coisa que eu sei que o Douglas teria contado, caso ainda estivesse aqui dentro. Estamos orando sobre a possibilidade de voltarmos para Newport.

– Sério?

Cris logo gostou da ideia de Douglas e Trícia voltarem para lá.

– Conversamos bastante sobre o assunto com nossos pais ontem. Não estamos muito satisfeitos com o fato de o Daniel estar distante dos avós. Temos ótimos pais, e não é todo mundo que pode dizer isso. Gostamos da companhia deles e queremos a influência e o envolvimento deles na vida do nosso filho. Fomos nós que escolhemos correr atrás do nosso sonho e inventar toda essa distância entre a gente. Agora temos de pegar a estrada toda semana, e gastamos tempo demais nisso. Não é assim que queremos viver.

Trícia virou-se para a janela mais uma vez.

– Quando vocês se lembrarem, orem por nós.

– Com certeza, disse Ted.

– Obrigada, Ted. Seja como for, só poderemos nos mudar em meados de abril, por causa do trabalho do Douglas. Mas realmente queremos deixar a possibilidade "de molho" em oração.

Cris reconheceu o olhar de gratidão no rosto de Trícia. Os amigos de longa data de Ted sabiam que, se ele dissesse que iria orar por algo, então podiam contar com isso.

– Vou perguntar aos meus pais sobre o bangalô de Balboa, disse Trícia. E você terminou o que estava falando sobre a casa do seu pai, Ted? Quanto tempo você acha que demora até ela estar em condições de ser alugada novamente?

Ted fez um breve relato do progresso dos reparos. Cris ficou surpresa ao ouvi-lo dizer que conseguira alguns homens para reparar a pia da cozinha e consertar o encanamento do banheiro da suíte naquela tarde. Aquela era uma novidade promissora. Em princípio, Ted havia dito que só conseguiria alguém para auxiliá-lo na primeira semana de janeiro.

Trícia olhou para o celular quando ele vibrou.

– É o Douglas.

– Ok. Já estou saindo, disse ela, ao atender a ligação.

Desculpando-se com os olhos, falou:

– Me desculpem, gente. O Douglas deu uma volta pelo quarteirão com o Daniel, e ele pegou no sono. Vamos tentar deixá-lo dormindo na casa da minha mãe.

Trícia pôs a grande bolsa no ombro e disse:

– Sei que o Douglas irá até a casa do Bryan para ajudá-los daqui a pouco. Acho que não poderei ir, mas queremos aproveitar a companhia de vocês o máximo que pudermos. Essa semana, vamos ficar na ponte entre Carlsbad e Newport, mas já que vocês estão na área, vamos tentar ficar aqui o máximo que der.

Cris e Ted acompanharam Trícia até o carro e lhe deram

um abraço. Acenaram para Douglas e viram Daniel dormindo como um anjo em sua cadeirinha. De mãos dadas, caminharam até o carro, que estava um quarteirão adiante. Cris não queria nunca se esquecer da proximidade que ela e Ted vinham desfrutando naqueles últimos tempos. Pelo breve vislumbre que tinham tido naquele dia, de como a vida de Trícia e Douglas mudara após o nascimento do filho, Cris sabia que o mesmo aconteceria com eles, se e quando Deus os abençoasse com um bebê. Ela e Ted estavam vivendo uma temporada de doce proximidade naquele momento.

Cris se lembrou, então, de uma fase semelhante que vivera; quando ela e Ted se tornaram oficialmente namorados. O nostálgico pensamento a fez esboçar um discreto sorriso no rosto. Na época, os mesmos sentimentos de intimidade a tinham visitado, enquanto os dois pintavam uma estante de livros comprada por ela, num bazar ali em Newport. A sensação de estarem ligados em seus corações daquele tempo era uma versão limitada do que ela sentia agora. Contudo, o sentimento era o mesmo.

É tempo de amar.

Quando chegaram na casa de Bob e Marta, a primeira providência de Cris foi perguntar ao tio se poderia pegar um de seus chapéus emprestados, já que uma das tarefas do dia era pintar. Ela se lembrava do quanto Ted tinha sido brincalhão ao pintarem a estante de livros, e não estava interessada em acabar com um monte de respingos de tinta no cabelo.

Tio Bob lhe deu um velho boné de beisebol, que usava quando jogava golfe.

– Pode ficar com ele, disse Bob. Sua tia está sempre enchendo o meu armário de bonés de marca. Ela ficará extremamente feliz de saber que minha coleção foi reduzida. Será uma ótima desculpa para ir às compras.

Cris ajustou o boné e passou o cabelo pela pequena abertura traseira, usando o acessório para segurar o seu rabo de cavalo. Em seguida, olhou para tio Bob como se ele fosse seu espelho.

– Nunca lhe vi tão encantadora. Você sabe disso, não sabe?

Ted entrou na cozinha vestindo suas roupas de trabalho e sorriu.

– Aí está a mulher dos meus sonhos.

Cris não estava entendendo por que Ted e Bob a estavam elogiando tanto naquele boné de beisebol. Fosse qual fosse a razão, ela aceitou os elogios e se sentiu grata. Seu pequeno coração estava faminto por qualquer incentivo que pudesse receber. É que, apesar de ter amado a companhia de Trícia e Douglas, a conversa com eles tinha feito os seus ânimos inflamarem ao lembrá-la da forma injusta como Ted havia deixado a igreja. Se ele ainda tivesse seu cargo, mesmo que fosse difícil ou por meio período, pelo menos teria um emprego. Cris forçou-se a abandonar aqueles pensamentos. Afinal de contas, tinham muito trabalho a fazer.

Tão logo ela, David e Ted chegaram à fétida casa, Ted assumiu a frente dos trabalhos, instruindo-a acerca das tarefas da cozinha. Todos os armários precisavam ser esvaziados, e os mantimentos, jogados fora. Os pratos precisavam ser lavados no ciclo sanitário da nova lava-louças, que havia sido instalada na semana anterior. Depois disso, Ted faria uma limpeza final com uma mistura de água sanitária e água quente.

Cris calçou um par de luvas de cozinha e abriu todas as janelas do cômodo, para aliviar o terrível odor que pairava por ali. Ao inspecionar o armário que ficava sob a ilha e retirar as caixas de cereais e de bolachas que estavam abertas, encontrou a fonte do fedor. Era um saco de batatas que tinham apodrecido. Nunca antes em sua vida havia cheirado algo tão terrível.

Imediatamente, Cris jogou o saco de batatas dentro da lata de lixo, junto com os outros alimentos, e amarrou a boca do saco.

– Que cheiro é esse? perguntou David vindo da sala de estar.

– Batatas podres. Você pode levar isto até a caçamba?

– Só se você me der uma máscara de gás.

– Prenda a respiração.

Cris entregou o saco ao irmão, tentando não engasgar com a ânsia de vômito.

David ganhou alguns pontos ao cumprir a desagradável missão de se livrar do lixo sem reclamar. Diante da janela aberta, Cris inspirou profundamente várias doses de ar fresco antes de voltar ao trabalho. Em seguida, esvaziou o restante do armário em tempo recorde e levou, ela mesma, o lixo para fora dessa vez. Quando todos os armários estavam vazios, Cris ligou a lava-louças e começou a limpar os balcões.

Bob chegou com mais produtos de limpeza e pediu para Cris sair da cozinha enquanto usava seu pulverizador para desinfetar os armários com a mistura de água sanitária e água quente. Ao final, deixaram a cozinha arejando e se empenharam no grande trabalho do dia: pintar toda a sala. Douglas chegou assim que terminaram de colocar a última lona no lugar.

Cris ficou triste ao ver que grande parte da mobília precisou ser descartada. Uma das poltronas destruídas tinha sido a favorita do pai de Ted por muito tempo. Era uma poltrona de estilo escandinavo, com encosto alto e braços arredondados de madeira. O estofamento do assento e do encosto eram em capitonê, e havia ainda um apoio acolchoado para os pés no mesmo estilo. Todas as vezes que Cris estivera ali, aquele fora o móvel que mais caracterizara a casa como pertencendo "ao pai de Ted".

Todo o espaço ao redor de Cris estava bastante diferente. Não parecia mais a casa do seu sogro. O lugar era como uma tela em branco. Quando a reforma terminasse, ele seria outra coisa. Algo melhor. Algo novo.

Cris apanhou um dos rolos de pintura. Sob vários aspectos, sentia que sua vida estava passando por uma reforma semelhante. Desejou, então, que todas aquelas mudanças aprimorassem o seu coração. Queria que a estação seguinte em sua vida fosse tão alegre como o tom quente e vibrante de amarelo, chamado "Domingo na Toscana", que estavam passando nas paredes.

Com o coração cheio de esperança, Cris se permitiu sonhar um pequeno sonho, que aos seus olhos parecia impossível. Imaginou-se vivendo com Ted no pequeno bangalô de Balboa e encontrando-se com Douglas e Trícia ao pôr do sol para comer *marshmallows* assados na brasa. Ela e Ted teriam empregos – empregos bons e decentes que amavam – e, na hora certa, descobririam que estavam esperando um bebê.

Era um sonho bom, assim como tinha sido o sonho de Douglas e Trícia de morar em Carlsbad, numa casa perto do mar. Mas o que foi mesmo que Trícia dissera? Que para o casamento e a família darem certo é preciso decidir em função do que é melhor para todos?

Cris sentiu a agulha da realidade furar seus pensamentos e fazer seu sonho murchar. Ela e Ted haviam assumido o compromisso de viver para servir aos outros. Sabiam disso antes mesmo de ficarem noivos. Como ela poderia exercer o seu dom de hospitalidade, de forma cortês e generosa, se eles morassem num espacinho de quarenta e cinco metros quadrados? Além disso, que grau de importância teria morar perto dos seus pais quando tivessem filhos? E por que cargas d'água havia achado que ela e Ted poderiam viver em Newport? Era muito caro viver ali. Seu sonho era presunçoso e irrealista. Enquanto passava tinta nas paredes, tratou de mandá-lo para longe de seus pensamentos.

De fato era tempo de viver uma nova estação e um novo sonho. Mas não um sonho tão grande e irrealista. A posição em que eles se achavam era baixa e humilde. Precisavam aceitar o que aparecesse e serem gratos. É claro que não estariam vivendo assim, caso a liderança da igreja não tivesse tomado todas aquelas decisões e forçado Ted a escolher pela demissão.

Quanto mais Cris pensava no assunto, mais óbvio lhe parecia que os líderes da igreja eram os responsáveis por estarem passando toda aquela dificuldade financeira. Depois de tantas semanas pensando, orando, assimilando os fatos e sendo otimista em relação àquele inesperado contexto de vida, pela primeira vez, Cris se sentiu brava. Muito brava.

A iniciativa de Trícia de ser solidária a eles naquela manhã acabou por trazer à tona o sentimento de que Ted havia sido injustiçado, bem como a percepção do quanto a situação os afetara negativamente. Cris ficou imaginando como seria ir até aqueles líderes e contar-lhes exatamente o que ela e Ted tiveram de fazer e o quanto foram prejudicados. Queria que eles soubessem o quanto ela estava zangada e ferida.

Entretanto, ela sabia que não podia fazer aquilo. Só pioraria as coisas. O circo estava armado. Ela precisava seguir em frente, igual a Ted.

Cris transformou sua ira numa bola, enfiou-a no canto de trás de sua mente e fechou a porta. Ela ainda não estava pronta para descartá-la. Porém, não queria que ninguém, especialmente Ted, soubesse que aqueles sentimentos estavam guardados dentro dela.

Capítulo 21

De pé no chuveiro, Cris alongou o pescoço e deixou a água quente relaxar os seus músculos doloridos. Nos últimos cinco dias, ela e Ted haviam feito um progresso heroico na casa. David também se esforçara muito para ajudá-los nos primeiros dias, e juntos os três trabalharam por várias e longas horas. O trabalho de pintura havia levado o pobre corpo de Cris ao limite.

Com as ajudas adicionais de Douglas, tio Bob e de uma série de trabalhadores qualificados, a reforma estava bem adiantada. Todos os cômodos, exceto o quarto de casal do andar de cima, haviam sido esvaziados, limpos e repintados. Cada torneira quebrada, azulejo rachado e armário danificado havia sido consertado.

Os resultados foram dignos de muitos sorrisos.

Já tarde, na noite anterior, Cris e Ted haviam tirado um tempo para respirar profundamente e admirar o trabalho feito no andar de baixo, agora todo reformado e limpo. Parecia que estavam numa competição de tevê, em que os participantes reformavam, em um curto período de tempo, residências necessitadas de uma nova vida. A sensação era de que ela e Ted estavam prestes a bater o recorde.

Na noite anterior, Ted havia dito:

– Meu pai vai ficar impressionado. Ele já queria ter feito vários desses consertos há muito tempo. Não me surpreenderia se ele e Carolyn decidissem mudar-se para cá depois de se casarem. Pelo menos por um tempo. Ele sempre amou esta casa.

– Você também, não é?

– Sempre amei.

Cris lembrou-se das palavras de Ted ao desligar o chuveiro e pegar uma das toalhas de banho caras e felpudas de Marta. Na primeira vez que tinham entrado na casa, parecia que o imóvel estava dependendo de aparelhos para sobreviver. Agora já estava em condições de respirar novamente. Os esforços de resgate tinham sido bem-sucedidos.

Ted planejara telefonar para o pai cedo naquela manhã, a fim de contar-lhe as novidades e mostrar-lhe todas as mudanças. Porém, acabou mudando os planos já que as prometidas ondas de inverno, cuja chegada atrasara, finalmente tinham aparecido no dia anterior, já bem tarde da noite. Ted e Douglas saíram antes ainda de o sol nascer, e Cris estava certa de que ficariam surfando até caírem de cansaço. Uma longa sessão de surfe era uma merecida recompensa após tantas e tantas horas de trabalho.

Já que os rapazes tinham ido surfar, Cris e Trícia fizeram planos de sair para tomar um café. Daniel ficaria com a mãe de Trícia. As ondas invernais haviam trazido consigo uma tempestade gelada, e na noite anterior, Cris fuçara algumas caixas na garagem até encontrar um de seus suéteres favoritos, que não usava há muitos anos. Tinha comprado o agasalho antes de ir para a Inglaterra com Douglas e Trícia, quando estavam na faculdade. Cris passara praticamente toda a viagem usando o suéter quentinho, pois fazia muito frio. Achou, então, que seria uma coincidência interessante poder usá-lo nessa manhã, já que iria encontrar-se com Trícia novamente.

Cris estava pronta e prestes a sair, quando tia Marta a chamou da sala de estar.

– Você tem um minuto, Cris, querida?

No últimos dias, Cris vira a tia apenas de passagem. Ficou torcendo para que Trícia já tivesse a resposta final sobre o aluguel do bangalô de seus pais. Se pudessem, e tivessem condições de pagar o que Douglas descrevera como um aluguel "quase que de graça", então conseguiriam cumprir o aviso de despejo de tia Marta, a vencer em quatro de janeiro, e poderiam se mudar da casa dos tios sem mais nenhuma discussão humilhante.

Cris entrou na sala e se preparou para o que fosse que a tia pudesse querer conversar naquela manhã.

– Você está indo para a casa do Bryan?

Marta era o retrato do aconchego. Estava sentada ao lado da árvore de Natal acesa, perto das amplas janelas da frente, com seu robe grosso e pantufas rosas. Parecia estar desfrutando do resplendor do ambiente belamente decorado, agora que tinha o espaço todo para si.

– Não, ainda não. Estou indo me encontrar com a Trícia para tomarmos um café.

– Foi uma comoção de idas e vindas por aqui esta semana! Quase não vi o David durante o tempo em que esteve aqui.

– Pois é. Ele ficou bastante ocupado lá na casa e nos ajudou muito. Tio Bob também. Sem a ajuda deles teria sido impossível. A casa já está quase pronta. Estamos bem adiantados.

– Eu soube.

Cris pegou o celular para verificar a hora.

– Preciso ir.

– Sim, você disse. Eu só queria dizer-lhe que meu agente de viagens está olhando os voos para nós. Preciso saber quais são os seus planos para que eu e Bob possamos coordenar nossos voos com os de vocês.

– Voos para onde?

– Para os casamentos, é claro. Do Bryan e da Katie. Vai ser uma longa viagem. Já fizeram as reservas?

– Não. Ainda não tivemos tempo de planejar a viagem.

– Mas os casamentos são daqui três meses já.

– Sim.

– Bem, quando você acha que terá uma posição?

– Não sei.

– Nesse caso, vou pedir para o meu agente de viagens fazer as reservas para nós quatro.

– Não precisa reservar as passagens para a gente. Nós mesmos vamos cuidar disso, tia Marta.

Ao ver que sua sugestão fora rejeitada, Marta olhou para Cris com um lampejo de irritação.

– Estou vendo que você está curtindo a oportunidade de exercer sua independência recém-descoberta, não é?

– Minha independência recém-descoberta?

– Agora que está vivendo do dinheiro alheio, notei que se tornou mais assertiva. Está tomando suas próprias decisões. Sempre achei que esta é uma característica admirável numa moça. E, como nós duas sabemos, tomar decisões nunca foi o seu forte.

Cris controlou sua reação emocional imediata e disse:

– O que você quer dizer com "vivendo do dinheiro alheio"?

– O Bryan não está bancando você e o Ted agora que herdou um imóvel lucrativo nas Ilhas Canárias?

– Não. Meu sogro não está nos bancando.

– Então ele deve estar pagando muito bem ao Ted pelo trabalho na casa.

– Não. Ted se ofereceu para fazer a reforma de graça. O Bryan comprou as tintas, o carpete e os demais materiais, mas não está pagando nada ao Ted pela mão de obra.

Marta parecia chocada.

– Pensei que vocês tinham recebido uma boa quantia do Bryan.

– Não.

– Então de onde estão tirando dinheiro? perguntou Marta, com os olhos arregalados. Você e Ted não estão recebendo seguro-desemprego, estão?

– Não.

Cris sentiu a tensão em seu rosto.

– Bem, então a indenização da igreja deve ter sido substancial o bastante para sustentá-los todos esses meses.

– Ted não recebeu indenização. Tínhamos uma pequena reserva na nossa poupança. É o que temos usado até conseguirmos novos empregos.

Cris não queria estar revelando tudo aquilo à tia, ainda mais naquela hora. Tentou se conter e não falar mais nada, mas as perguntas de Marta vieram em sua direção como um enxame de abelhas. A única alternativa de Cris seria golpeá-las e sair dali o mais rápido possível.

– Você está planejando arranjar um emprego? Como assim? Você só poderá trabalhar por três meses.

– Eu sei.

– Quem a contrataria por tão pouco tempo?

Cris manteve os lábios selados sobre os resultados da entrevista pelo telefone, que tivera no dia anterior com a padaria do supermercado. Assim que avisara ao gerente que precisaria tirar férias em abril, a entrevista chegara ao fim. Claramente, a resposta era "ninguém irá nos contratar", mas ela não quis dizer aquilo em voz alta.

Marta continuou o escrutínio. Sua voz saiu baixa e abrupta.

– Por que você não me contou essas coisas? A situação

financeira e empregatícia de vocês está um desastre! Eu não tinha a menor ideia de que estavam desprovidos de recursos. Pensei que você tivesse pedido demissão de seu emprego porque tinham recebido uma boa quantia de Bryan.

– Não. Eu não pedi demissão. Eu fui demitida.

Marta levou a mão ao pescoço.

– Cristina! Por que você escondeu de mim todas essas graves informações? A situação de vocês é terrível. Como planejam sobreviver?

Cris se esforçou ao máximo para manter suas emoções sob controle.

– Vamos continuar procurando empregos. E já temos um lugar em vista, para onde poderemos nos mudar no dia três de janeiro. Teremos a resposta hoje.

– Do que você está falando? Vocês não vão a lugar algum! Vocês precisam ficar aqui. Vou adiar a reforma do quarto de visitas. Você e Ted podem ficar conosco o tempo que precisarem. Cris, estou pasma!

Marta silenciou por uns instantes e fez uma cara de desgosto.

– Detesto essa palavra. Não acredito que escolhi usá-la.

Cris olhou novamente o seu celular.

– Obrigada pela oferta, mas acho que não será necessário. Realmente preciso ir agora.

– Você não pode sair agora, Cristina. Estamos no meio de uma conversa urgente. Estou impressionada que você não me falou nada.

– Estamos bem, tia Marta. De verdade. Podemos continuar essa conversa hoje à noite, se você quiser.

Marta balançou a cabeça.

– Não entendo como você pode pensar que está bem quando não tem um centavo no bolso, está desempregada e não tem onde morar. Agora estou preocupada que vocês dois estejam delirando também.

Cris apressou-se para sair. Ao abrir a porta, foi imediatamente recebida por uma rajada de vento e respingos de chuva. Abaixando a cabeça, cruzou os braços ao redor do torso e correu até o carro, contente por estar a salvo do enxame de perguntas dolorosas da tia. Teve vontade de ter dito a Marta que ela e Ted estavam confiando em Deus com relação aos detalhes do futuro. Ele era o refúgio deles. Não estavam delirando. Sabiam que seu Pai Celestial jamais os abandonaria.

No caminho para o café, Cris ficou repetindo aqueles pensamentos para si e se deu conta do quanto eles pareciam audaciosos. Seu coração estava vacilante. Tudo o que precisava era de uma boa notícia naquele momento, o que certamente aumentaria sua confiança nas provisões de Deus para ela e Ted. Voltar para casa com uma possibilidade de trabalho para qualquer um dos dois ou uma confirmação sobre o bangalô seria tudo o que Cris precisaria para assegurar à tia e a si mesma de que Deus estava cuidando deles.

O lugar sugerido por Trícia chamava-se "Café Julianne" e era o ponto perfeito para uma manhã como aquela. No verão, o gerente abria as portas de correr do fundo e utilizava o grande jardim para refeições ao ar livre. Nessa manhã, as portas de correr estavam fechadas, e as mesas redondas de jardim, empilhadas e cobertas com lonas.

Dentro do pequeno café, havia poucas mesas. Cris contou oito e avistou Trícia assentada em uma que ficava perto da lareira. Dois pedaços de lenha cruzados crepitavam por trás de uma tela de ferro trabalhada. O entorno do consolo da lareira estava decorado com folhas verdes e, sobre ele havia seis potes de vidro, com uma vela acesa em cada um. Entre os vidros haviam sido espalhadas uma série de pequenas frutinhas vermelhas decorativas.

– Trícia, este lugar é uma graça. Nunca tinha vindo aqui.

Cris assentou-se diante da amiga e tentou alisar os cabelos selvagens.

– Espero que você não esteja esperando há muito tempo.

– Não, acabei de chegar. Estou feliz que havia uma mesa disponível.

Trícia olhou para Cris mais atentamente e sorriu.

– Este é o suéter que estou pensando?

Cris pôs os ombros para trás.

– Você lembrou!

– É claro que me lembrei. Adoro este suéter. E todas as memórias ligadas a ele.

– Será que eu estava usando-o naquele dia em que pedimos uma carona para a D. Joanna? Você se lembra? Queríamos ir a algum lugar para conversar, então pegamos uma carona do Carnforth Hall até aquela casa de chá.

Cris olhou ao seu redor.

– Era parecido com este café, não era?

Trícia concordou.

– Você se lembra da nossa conversa naquele dia? perguntou.

– Nunca vou me esquecer, respondeu Cris.

O que Cris mais se lembrava daquele dia era a maneira delicada como Trícia lhe contara de seu amor por Douglas; um amor silencioso que já vinha de anos. O paciente amor da amiga pelo homem que se tornara seu marido fora fortalecido por anos de espera, até que ele finalmente passara a corresponder o sentimento que ela tinha por ele. A paciência de Trícia havia criado um sólido alicerce para o amor e a vida que eles dividiam hoje.

– Jamais me esquecerei da sua poesia, disse Cris. Aquela que você declamou para mim sobre o jardim do seu coração.

Trícia sorriu.

– Foi naquela tarde, na casa de chá, que prometemos que seríamos madrinha uma da outra.

– Foi mesmo. E fomos. Fico feliz que conseguimos cumprir nossas promessas.

– Eu também. Mas preciso lhe dizer, Cris, que eu queria ter mantido um contato mais próximo com vocês nesse último ano. Queria ter feito mais para manter nossa amizade sempre viçosa e crescente.

– No meu modo de ver, o tempo entre um encontro e outro não faz muita diferença. No minuto em que nos vemos novamente, recomeçamos de onde paramos. Amo esse lado da nossa amizade.

– Eu sei do que você está falando. E amo isso também. Mas, ainda assim, queria ter tido mais contato com vocês. Você e o Ted passaram por muitas coisas nos últimos meses e sequer sabíamos o que estava acontecendo. Me sinto mal que não estávamos nos comunicando mais.

– Não se sinta, Trícia. Na verdade, não tivemos contato com muitas pessoas nos últimos meses. Acho que foi a nossa maneira de enfrentar tudo que estava acontecendo. Como falamos naquele dia, isso nos aproximou um do outro.

O garçom apareceu e anunciou:

– Temos quiche de espinafre e panquecas com bananas e xarope de *maple*.

Cris olhou para Trícia, surpresa. Nunca tinha ido a um café sem cardápio e que só oferecia o que o *chef* decidia preparar na pequena cozinha naquela manhã.

– Lugar pequeno, menu pequeno, disse o garçom como se já tivesse visto o mesmo olhar de surpresa diversas vezes. Qual vocês querem? Ou querem as duas opções? Vocês também podem pedir uma de cada e dividir. Muita gente que costuma vir aqui faz isso.

Trícia pediu a quiche e um *latte* de baunilha. Cris pediu um chá preto e nada para comer. Já que não tinham recebido o cardápio, torceu para que o chá não custasse mais do que o que tinha na carteira no momento.

– Acho que vou preferir um chá em vez do *latte*, falou Trícia, sorrindo para Cris. Igual a quando estávamos na Inglaterra.

Os chás vieram em canecas do tamanho de tigelas de sopa, e as duas riram.

– Não é exatamente como nos serviram na Inglaterra, disse Trícia. Isso aqui é maior do que o pequeno chafariz que temos no quintal de casa, onde os passarinhos tomam banho.

Cris colocou um pouco de leite no seu chá, que estava numa jarra com formato de pássaro. O leite passou pelo bico da ave de louça, caindo na caneca "chafariz" de Cris, e as duas riram novamente. O primeiro gole foi quente e animador. Ao erguerem as canecas até os lábios, apenas seus olhos ficaram à mostra.

A quiche chegou fumegando e mal cabia no prato de salada, decorado com um guardanapo de papel rendado, em que foi servida.

– Pode nos trazer outro garfo? indagou Trícia ao garçom. Você tem que me ajudar a comer, Cris. É muito para uma pessoa só.

– Estou vendo que este lugar tem um lema, disse Cris. "Café pequeno, porções enormes".

– Não é? falou Trícia, rindo novamente. Estou me sentindo como um Hobbit!

As duas riram e atacaram a quiche.

– Você não imagina como eu estava precisando de um tempo assim, de meninas. E isto está uma delícia, por sinal, falou Trícia apontando para a quiche.

– Está mesmo.

Cris tentou diminuir o ritmo e não comer tão rapidamente.

– Você costuma sair e fazer programas assim com seus amigos da Rancho?

– Não. Quase nunca.

Cris ficou pensando no quanto se encontrara pouco com as amigas nos últimos seis meses, e sentiu uma enorme saudade de Katie e da forma espontânea como as duas se divertiam.

– Nem eu, disse Trícia franzindo a testa. Precisamos de momentos assim. Espero que eu e o Douglas possamos nos mudar para cá e que vocês continuem morando aqui. Fiquei muito chateada quando soube que o bangalô não estará disponível para vocês.

Cris congelou.

– O que foi que você acabou de dizer?

– Que precisamos de momentos assim.

– Não, sobre o bangalô.

Trícia arregalou os olhos castanhos e levou os dedos até a boca.

– Achei que o Douglas tivesse contado a vocês.

Cris balançou a cabeça negativamente. O ambiente ao seu redor pareceu encolher e ficar ainda menor. Assim como as suas esperanças e a sua confiança.

Para Sempre Com Você

Capítulo 22

— *E*ra para o Douglas ter comentado com o Ted hoje de manhã, disse Trícia. Porém, acabo de me dar conta que você não esteve com o Ted, já que eles foram surfar; então ele não teve como lhe dizer.

Cris ficou quieta. Seu apetite desapareceu.

– Ah, Cris. Sinto muito ter lhe avisado desta forma. Meus pais estavam aguardando a resposta do atual inquilino. Ontem à noite, soubemos que ele optou por ficar até maio. Meus pais disseram que teria sido um prazer alugar o bangalô para vocês cobrando apenas o suficiente para cobrir as despesas básicas. Mas eles já tinham assinado contrato com esse rapaz no ano passado.

A desagradável notícia embrulhou o estômago de Cris. Morar na Península de Balboa a preço de custo era algo que não acontecia. Aquele sonho nunca seria deles. Cris tentou controlar a expressão no seu rosto, para que ela não refletisse seu profundo desapontamento.

– Eu deveria ter me tocado de que o Ted não teria tido

como lhe contar. Sinto muito.

– Não tem problema, Trícia. Eu sabia que era um sonho. Além do mais, minha tia se abrandou e disse que podemos ficar na casa deles. Vai dar tudo certo. Só precisamos de um quarto até abril. Aí teremos os dois casamentos para ir e ficaremos fora por quase um mês.

Trícia parecia preocupada.

– Eu sei que fico me repetindo, mas não queria que estivessem passando por tudo isso.

– Nem eu.

Cris pegou o garfo e ficou remexendo os restos da quiche.

– Queria que os líderes da igreja tivessem visto o valor do ministério de Ted, como você disse naquele dia, Trícia. Ele se doou demais àqueles adolescentes. A forma como tudo aconteceu foi muito injusta.

Num arroubo de empatia, Trícia começou a concordar com tudo o que Cris estava dizendo. Pelos dez minutos que se seguiram, Cris abriu o seu armário secreto, onde havia enfiado sua ira diversos dias antes. Pôs todos os seus sentimentos para fora, espalhando-os sobre a mesa. Com os olhos semicerrados e balançando a cabeça em concordância, Trícia escutou tudo o que Cris tinha a dizer, demonstrando a mesma indignação que a amiga.

De uma hora para outra, Cris interrompeu seu exaltado discurso. Tudo dentro de si e no espaço entre ela e Trícia parecia ter azedado. Toda a podridão que estivera nutrindo havia sido exposta naquele charmoso e encantador café onde, vinte minutos antes, as duas estiveram rindo como se fossem duas esposas de Hobbits, em casa, no seu condado. Não era assim que ela queria passar o seu tempo com Trícia.

Em uma voz baixa, Cris falou:

– Me desculpe.

– Desculpar? Não, não precisa pedir desculpas. Isso foi muito difícil para vocês.

– Sim, mas toda essa situação me fez ficar com raiva e acabo de perceber que escondi a minha ira num lugar ruim. E ela apodreceu.

Cris imediatamente pensou nas batatas rançosas e em como a casa inteira de seu sogro ficara cheirando mal por causa daquelas batatas podres escondidas. Ela não queria que, por guardar sua ira dentro de si e levá-la para suas conversas, toda a sua vida e seus relacionamentos mais queridos viessem a ser contaminados.

– Trícia, eu não quero dar espaço para a ira e a amargura. Por causa dessa circunstância, temos visto muitas coisas de Deus acontecerem. Sei que estamos exatamente onde devemos estar, mesmo que pareça um lugar tão instável. Não quero que a ira se aloje dentro de mim e me envenene desse jeito. Mesmo que os outros sejam injustos, Deus é sempre fiel. Eu creio nisso.

– Eu também, falou Trícia numa voz calma. Ele faz tudo cooperar para o bem. Sei que Ele faz.

Fechando os olhos, Cris sussurrou uma oração de perdão na frente de Trícia. Em seguida, olhou para cima e respirou aliviada.

– Pronto. Do que estávamos falando antes de eu me tornar uma batata podre?

Trícia esticou o braço e deu um aperto na mão de Cris.

– Obrigada.

– Pelo quê?

– Por ser a sua melhor versão possível. Eu preciso de mais exemplos de como ser assim, disse Trícia. O Douglas já me falou mais de uma vez que eu incentivo as pessoas da forma errada. Nunca entendi o que ele queria dizer com isso, mas acho que agora entendo. Me dá um senso de indignação quando vejo alguma injustiça e, sem me dar conta, acho que incentivo as pessoas a ficarem ainda mais exaltadas porque foram injustiçadas. Quero aprender a me compadecer e a demonstrar empatia da forma certa. De verdade. Sem incentivar os outros a virarem "batatas podres" como você disse.

Cris ergueu sua caneca e mexeu o restinho do chá frio antes de dar o último gole. Ela concordava com a avalição de Trícia sobre sua empatia mal orientada. Foram os comentários da amiga sobre a injusta situação de Ted que tinham feito Cris pensar que ela tinha o direito de ficar brava.

– Talvez possamos nos ajudar a descobrir como ser a melhor versão de nós mesmas, sugeriu Cris.

Pelos trinta minutos seguintes, as duas amigas conversaram sobre formas de incentivarem uma à outra nos dias que estavam por vir. Acharam que enviar mensagens de texto com versículos bíblicos seria um bom começo. Também decidiram aproveitar ao máximo a companhia uma da outra, já que nenhuma das duas sabia ao certo onde estariam morando nessa época no ano seguinte.

– Nem precisa dizer "nessa época ano que vem", disse Cris em resposta ao comentário de Trícia. Pode ser "daqui um mês" ou "daqui uma semana"!

– Ah! Eu tenho um versículo para isso.

Trícia apanhou seu telefone e correu os dedos pela tela até encontrar o que estava buscando.

– Aqui está. Vou mandar para você. Está em Deuteronômio 33:27. "O Deus eterno é o seu refúgio, e para segurá-lo estão os braços eternos." Amo essa parte que fala dos "braços eternos" de Deus. Ele vai nos segurar, mesmo que tudo esteja desabando ao nosso redor.

– É o que Ele está fazendo. Tem um outro versículo, sobre Deus ser o nosso refúgio, de que o Ted gosta muito. Ele vai gostar desse aí também.

Trícia pressionou algumas teclas em seu celular e enviou o versículo para Cris.

– O que foi? No que você está pensando?

Trícia olhou desconfiada para Cris, ao ver um sorriso caloroso surgir nos lábios da amiga.

– Só estava me lembrando que, anos atrás, você fez a mesma coisa por mim. Lembra-se de quando me mandou um versículo sobre Deus ir adiante de nós e nunca nos abandonar, de forma que não devemos ter medo?

– Não. Quando lhe mandei esse versículo? No ano passado?

– Não, eu estava no segundo ano do Ensino Médio.

Trícia parecia impressionada.

– E como você se lembra disso?

– Porque quando li aquelas palavras, eu estava prestes a ser presa, e elas me deram muita coragem.

– Você disse "presa"?

– Sim. Por um furto em Palm Springs. Mas não fui eu que roubei. Foi uma amiga que pôs umas coisas na minha bolsa. Não acredito que nunca lhe contei essa história.

– Acho que me lembro de partes dela. Já faz muito tempo. Mas eu não sabia desse detalhe sobre o versículo.

– Você escreveu esse verso numa carta que estava comigo. Eu a li na hora certa.

Trícia sorriu.

– A gente se conhece de uma época em que sequer estávamos preocupadas em nos tornarmos a melhor versão de nós mesmas, hein?

– Mas a gente estava. Ou pelo menos você estava, naquela época. E estava me incentivando a fazer o mesmo. Amei essa ideia de mandarmos mensagens com versículos uma para a outra.

As duas se despediram com uma programação em mente. Fariam uma festa de réveillon na casa de Bryan. Como o carpete só seria instalado na semana seguinte, tiveram a ideia de espalhar cobertores sobre o chão de cimento e fazer um piquenique interno, enquanto a tempestade estivesse caindo lá fora. Depois, colocariam em ação a segunda parte do plano – abençoar a casa.

Ted amou a ideia de fazerem um piquenique dentro de casa. Quando perguntou o que Cris queria dizer com "abençoar a casa", ela apenas sorriu e disse:

– Você vai ver. Confie em mim. É uma ideia que eu e a Trícia tivemos.

Ted estava na cozinha de Bob e Marta, atacando uma caixa de bolachas e mergulhando-as em um pote quase vazio de manteiga de amendoim. Apesar do cansaço após horas de surfe naquela manhã, estava determinado a terminar a pintura do quarto do piso superior da casa do pai.

Cris falou que iria se trocar e ajudá-lo, mas antes mesmo que pudesse subir para o quarto de visitas, Marta entrou na cozinha.

– A Cris lhe contou sobre o que conversamos hoje de manhã? Disse que eu insisto que permaneçam aqui pelo tempo que precisarem?

Ted balançou a cabeça afirmativamente, a boca cheia de bolachas.

Marta olhou para Cris e acrescentou:

– Mesmo que o esquema alternativo de vocês já esteja encaminhado, Robert e eu exigimos que vocês o cancelem e fiquem aqui.

A fim de evitar o traumático assunto da indisponibilidade do bangalô, Cris agradeceu a tia da forma mais sincera que pôde.

– Será só por alguns meses. E você sabe que será uma alegria para nós ajudá-los sempre que pudermos.

Marta balançou o pulso no ar e falou:

– Não é necessário. Isso encerra a discussão. E o que vocês estão planejando para amanhã à noite? É réveillon, como sabem.

Marta entusiasmou-se ao saber do piquenique com Douglas e Trícia. Fez questão de que ela e Bob providenciassem toda a comida e ofereceu-se para dar "uma passada" por lá, a fim de verificar se estava tudo em ordem para os dois casais.

– Não faça isso, disse Ted.

Cris encolheu-se de medo. Por mais que estivesse pensando a mesma coisa, desejou que Ted não tivesse sido tão franco. Aquela não seria uma boa maneira de iniciarem o segundo *round* como hóspedes inconvenientes.

Ted tomou um gole do leite, a fim de fazer descer o último pedaço de bolacha que lhe grudara no céu da boca, e acrescentou:

– Não queremos que vocês deem uma passada lá apenas. Queremos que participem da nossa festa e da bênção da casa.

– Da o quê da casa?

Ted olhou para Cris, como se tivesse consciência de que provavelmente teria sido melhor conversar com ela antes de convidar Bob e Marta.

– Da bênção da casa. Amanhã você saberá do que se trata, disse Cris.

Ted parecia aliviado de que Cris estendera o convite à tia.

– Levem um cobertor ou uma cadeira de praia. Como você sabe, temos poucos móveis lá.

No dia seguinte, por voltas das cinco da tarde, Cris começou a arrumar a casa para o piquenique e a bênção. O quarto de casal do andar de cima estava pronto. Todas as lonas de pintura tinham sido retiradas, bem como o lixo e as ferramentas da reforma. A casa estava limpa, vazia e arejada. Lá fora, caía um forte temporal, e as rajadas de vento salpicavam gotículas de chuva pelas janelas.

Ted havia mantido o aquecimento central desligado, já que parte do processo de purificação implicava deixar que o ar fresco inundasse a casa diversas vezes, enquanto trabalhavam. Havia um leve cheiro de água sanitária no ar em função da limpeza profunda que ele tinha feito nos cômodos, após a retirada do carpete e do forro. Depois das rondas de limpeza de Ted, não sobrara nem um pontinho de bolor ou de mofo pela casa. Para Cris, era uma emoção perceber que o único cheiro na casa agora era o de ar fresco.

Cris ligou o sistema de calefação e escutou o zumbido do ar quente entrando na sala pela grelha de ar, agora limpa. Em seguida, decorou o peitoril das janelas, enfileirando uma série de velas a bateria, que tio Bob pegara em sua garagem mais cedo naquela tarde. A intenção de Cris era que elas conferissem um clima mais aconchegante ao cavernoso espaço.

Ted entrou pela porta da frente vestindo seu blusão de moletom azul da Rancho Corona e carregando algumas tolhas de praia, que largou perto da entrada.

– Será que podemos acender a lareira? perguntou Cris.

– Claro. O rapaz que veio inspecioná-la fez uma limpeza nela.

Ted caminhou até a parede onde ficava a pequena lareira à gás, projetada mais para decorar o ambiente do que para aquecê-lo. Ele e o pai só a tinham usado umas poucas vezes. Todavia, os locatários haviam mexido nela, tornando o seu conserto bastante dispendioso.

– Já que temos uma lareira, vamos aproveitar, disse Ted ao ligá-la. A fileira de chamas azuis de igual altura ganhou vida, lambendo a lenha falsa.

– Gostei, disse Cris. É acolhedora e meio *kitsch*.

Ted riu.

– Seja lá o que isso signifique.

– É como o nosso sofá, o Nara-Nada, disse Cris. Ele é parte de uma era que se foi. Não é exatamente confortável, mas é simpático e nos traz um sorriso ao rosto sempre que olhamos para ele, por causa de todas as lembranças.

A expressão de Ted se iluminou.

– Contei para você que o cara do carpete vem amanhã?

– Amanhã? No primeiro dia do ano?

– É. O cara é amigo do meu pai. Disse que queria fazer o serviço no seu dia de folga, porque está com a agenda lotada na semana que vem. Fez um preço ótimo para a gente.

– Que maravilha! Aí a casa vai ficar totalmente pronta.

– Eu sei. Contei para meu pai hoje, e ele ficou tão impressionado quanto a gente com a velocidade com que as coisas aconteceram.

– Você falou com seu pai hoje?

– Sim. Quando você voltou para a casa do Bob e da Marta para tomar banho, eu telefonei para ele e o acordei. Ele não se incomodou, porque conseguimos fazer uma chamada de vídeo. Aí mostrei-lhe a casa. Ele ficou bem emocionado e está muito agradecido.

Cris reparou o quanto Ted estava satisfeito com o trabalho que fizera e com o fato de seu pai estar tão grato. Ela teria amado participar da ligação para mostrar a casa. Por outro lado, provavelmente fora bom que Ted tivesse conseguido transformar aquele momento em algo entre pai e filho.

– Seu pai já sabe quando colocará a casa para alugar?

– Perguntei a ele, e ele me disse que tinha que resolver alguns papéis primeiro. Falou que me avisaria os próximos passos, tão logo pudesse. Por sinal, gostei das velas. Deu um toque legal.

– Obrigada.

– Já lhe falei que o Rick e a Nicole vão vir também?

– Não. Quando vocês combinaram isso?

– Eu liguei para ele ontem. O Rick conseguiu um emprego em Irvine e vai se mudar para cá na semana que vem.

Cris ficou surpresa com a novidade.

– E o negócio que ele tinha com o irmão? Ele parou com as reformas dos restaurantes?

– Parece que sim. Ele me disse ontem que quer voltar para a área de administração; que era mais feliz quando gerenciava a Ninho da Pomba. Ele vendeu a parte dele do negócio para o irmão e foi trabalhar num lugar que oferece algum tipo de treinamento para restaurantes.

– E o que a Nicole está fazendo? Onde ela está morando?

Ted passou por Cris e apertou seu cotovelo.

– Não faço a menor ideia. Mas tenho certeza que você poderá perguntar a ela quando eles chegarem.

Ted foi até a garagem e, como estava fazendo muito barulho, Cris foi verificar o que estava acontecendo.

– Você pode me dar uma mão?

Ted havia tirado as caixas que estavam empilhadas em cima do sofá Nara-Nada e estava prestes a pegar o trambolho.

– O que você está fazendo?

– Vou colocar o sofá perto da lareira.

Ted olhou para Cris com uma expressão de eterna devoção. Cris não tinha certeza se a devoção se dirigia a ela ou ao amado sofá.

– Vamos lá. Como podemos fazer uma festa... Como foi mesmo que você disse? Acolhedora e meio *kitsch*, sem o Nara-Nada? Pense em todos os anos que este cara aqui nos acompanhou; em fragmentos e no formato atual.

– Ele?

– Sim, ele. O Nara-Nada é um dos meus amigos eternos, como você fala. Estou oficialmente convidando-o para a festa.

Cris nem tentou protestar. Ela e Ted passaram o sofá pela porta da cozinha e puseram o velho companheiro deles diante da lareira decorativa. Então, se assentaram lado a lado no assento de prancha e fitaram o fogo.

Antes mesmo que pudessem se aconchegar de verdade, a campainha tocou.

– Pode entrar, berrou Ted. A porta está aberta.

Um homem que nunca tinham visto abriu a porta e adentrou o espaço desocupado.

– Uau!

Ele olhou em redor, notadamente não esperando o que viu. Ted se levantou e foi até ele.

– Oi, tudo bem?

– Achei que fosse haver uma festa aqui. Me desculpe. Errei de casa.

– Não, é aqui mesmo. Esse espaço foi resgatado.

O moço saiu rapidamente, na mesma hora em que Bob e Marta chegaram. Cris e Ted se juntaram a eles e carregaram até a cozinha muito mais comida do que precisavam para a pequena reunião.

– Esqueci de perguntar se vocês tinham travessas aqui, disse Marta a Cris.

– Há alguns pratos de jantar no armário à direita da pia. Eles devem servir.

Cris começou a organizar a comida no balcão da cozinha. Tio Bob regressou com uma caixa cheia de bebidas diversas e dois sacos de gelo. Cris achou uma saladeira grande, encheu-a com gelo e colocou as garrafas ali.

Marta foi pessoalmente inspecionar a casa. Quando voltou à cozinha, Cris estava acabando de colocar o enorme pedaço de queijo brie, empanado com sementes de macadâmia, ao lado de um prato de bolachas criativamente empilhadas.

– Incrível. É tudo o que posso dizer. Vocês fizeram uma transformação total aqui dentro. Estou impressionada.

– Ted e os rapazes fizeram um ótimo trabalho, não é?

O rosto de Marta se iluminou.

– Talvez eu devesse contratá-lo para fazer a reforma do banheiro de visitas.

– Tenho certeza que ele ficará feliz em poder ajudar no que puder.

– Por que não pensei nisto antes? Ted?

Marta apressou-se em direção à sala, enquanto Cris terminava de organizar a comida no balcão. Foi quando escutou a porta da frente se abrir e o som alegre do vozeirão de Douglas encher a casa.

– Ei! Vejam só quem está aqui! Bob e Marta!

Cris chegou na sala bem na hora em que Douglas deu um de seus conhecidos abraços na miúda Marta. Parecia que o abraço a deixara sem fala.

Poucos instantes depois, os outros convidados chegaram. Dessa vez, foi Ted quem os recepcionou de forma calorosa e amável.

– Rick! Que bom vê-lo, cara. Como você está, Nicole? Que bom que puderam vir.

Outra rodada de abraços se seguiu, e Douglas falou:

– Eu ouvi boatos de que tem comida nesta festa.

– Sim, nós temos. Graças aos meus tios.

Cris deu-lhes um aceno de gratidão e conduziu todos até a cozinha. Enquanto os outros enchiam os pratos, em torno do balcão, Cris foi conversar com Nicole.

O cabelo escuro de Nicole estava preso numa trança solta, e ela vestia um bonito suéter branco e uma calça jeans moderna. Era uma mulher deslumbrante num sentido bem clássico.

– Que bom que você e o Rick puderam vir, disse Cris.

– Obrigada por nos convidar. O Rick lhe contou do novo emprego em Irvine?

– O Ted me disse. Parece que está sendo uma grande mudança para ele, depois de todas as reformas de restaurantes.

Os olhos escuros de Nicole se abrandaram.

– É uma boa mudança. O projeto do Rick e do Josh era muito ambicioso. Mesmo não sendo exatamente o que Rick queria fazer, ele mergulhou de cabeça e estava determinado a fazer do negócio um sucesso. Eu achava que os horários e as expectativas iam acabar com ele. Era um trabalho pesado demais, e ele acabou mudando como pessoa. A pressão quase destruiu nosso relacionamento. Talvez ele já tenha contado isso a vocês.

– Sabíamos que você tinha rompido o noivado, disse Cris.

Estava surpresa com a abertura de Nicole e feliz por ter sido bem recebida pela moça. Embora Rick e Ted tivessem conversado bastante por telefone nas semanas anteriores, Cris ainda tinha a sensação de que acabara de conhecer Nicole.

– Imagino que ele também tenha contado que estamos namorando agora, mas procurando dar um passo de cada vez.

Cris fez que sim.

– Talvez seja a forma mais contrária de se fazer as coisas, mas sabemos que é o melhor para o relacionamento. Estamos nos conhecendo sem ter no meio toda a agitação da empresa dele e do irmão. Esse triângulo não foi bom para a gente. O casamento havia se transformado em mais um prazo a cumprir, e o nosso coração já nem estava mais na coisa.

– Fico feliz que a situação esteja caminhando bem para vocês agora, disse Cris. Deve ter sido um passo difícil e corajoso terminar o noivado.

Nicole concordou.

– É difícil explicar para as pessoas, mas, para nós, foi a coisa certa a se fazer. Estou muito feliz pelo Rick, com o novo emprego em Irvine. Ele vai fazer o que ama e vai ter um horário normal.

– E você? Onde está morando agora?

– Eu estou dividindo um apartamento em Costa Mesa com algumas amigas da Rancho Corona e trabalhando naquele shopping, o South Coast Plaza, há um mês. Estou torcendo para que a loja me efetive após as festas de fim de ano.

– Minha tia vai gostar de saber disso. Ela está sempre fazendo compras no South Coast Plaza. Em que loja você está?

– Na Gerard's. Já ouviu falar? É uma loja de *design* de

interiores.

– Tenho certeza que tia Marta conhece. Se ela ainda não for uma cliente fiel, com certeza passará a ser quando souber que você está trabalhando lá.

– Bom, fale para ela vir à loja e comprar algo comigo esta semana.

Nicole riu de sua sugestão, mas Cris levou a sério o pedido.

– Ela vai. Acredite em mim, ela amaria ser a razão de você conseguir manter-se no emprego. Quando lhe contarmos, tenho certeza de que ela passará por lá ainda esta semana.

– Espero que você venha com ela, disse Nicole. Quem sabe nós duas não tomamos um café algum dia desses?

– Seria ótimo.

Cris podia entender por que Katie e Nicole haviam feito uma amizade tão rápida ao trabalharem como assistentes de residência dos dormitórios da Rancho Corona no ano anterior. Nicole parecia ser o tipo que se encaixava facilmente em qualquer grupo de pessoas e se adaptava confortavelmente a qualquer situação. Era fácil entender que ela tivesse sido arrastada pelo exigente trabalho de Rick ao entrar na vida do rapaz alguns meses antes. Também dava para ver que ela tinha ido ao seu limite naquele acelerado relacionamento, e só então soado o apito, pedindo que diminuíssem a velocidade das coisas.

Dando um aperto cordial no braço de Nicole, Cris inclinou-se e, numa voz baixa, disse:

– Talvez você tenha sido a melhor coisa que já aconteceu ao Rick Doyle.

O rosto de Nicole brilhou.

– Espero que sim. Acho lindo como as coisas deram certo para a Katie e o Eli. Fico sonhando que, uma hora ou outra, o mesmo acontecerá comigo e o Rick.

– Por falar na Katie, falou Cris, repentinamente lembrando-se do que prometera à sua melhor amiga, que ainda não tinha um vestido de noiva. Você acha que poderia me ajudar a encontrar um vestido para Katie?

Os olhos de Nicole se iluminaram.

– Adoraria. Que divertido!

As duas planejaram sair para olhar os vestidos e ficaram matutando como poderiam fazer Katie participar da experiência de compra, através de chamadas de vídeo.

Trícia aproximou-se de Cris e, com um olhar de ansioso deleite, disse:

– E aí? Podemos começar a bênção da casa?

– Com certeza.

Para Sempre Com Você

Capítulo 23

—*O*k, pessoal!

Trícia fez um aceno com as mãos, a fim de chamar a atenção dos presentes e reunir o pequeno grupo na sala.

– Eu e a Cris tivemos uma ideia e precisamos da ajuda de vocês. Queremos escrever algumas frases abençoadoras no alicerce desta casa, já que ela foi reformada e os carpetes não foram instalados ainda.

Trícia exibiu um punhado de pincéis atômicos.

– Deixem-me explicar como faremos. Vai ser...

– Bárbaro, terminou Douglas por ela.

Todos riram. Menos Marta.

– O que vamos fazer, explicou Trícia, é escrever alguns versículos no chão, em todos os cômodos. Eu tenho uma Bíblia aqui, caso precisem de ajuda para procurar seu versículo favorito.

Rick tomou a iniciativa e pegou um dos pincéis.

– Tem importância onde a gente começa?

– Não. Qualquer lugar no cimento está bom. Você já escolheu um versículo?

Rick lançou um olhar carinhoso para Nicole e disse:

– 1 Coríntios 13. O amor é paciente.

– Com certeza, falou Douglas. Me dá um desses pincéis aqui.

– Ótimo, disse Trícia. Quem ainda não pegou caneta?

Todos se puseram a trabalhar, com exceção de Marta, que ficou de pé ao lado da porta, segurando seu pincel com os ombros postos para trás, como se tivesse sido chamada para ficar à distância e supervisionar o evento.

Cris observou Ted caminhar para o local onde Marta estava e, sem qualquer constrangimento, ajoelhar-se perto da porta. Ele fechou os olhos por um momento, como se estivesse orando.

Marta recuou, e Cris juntou-se ao marido, pondo-se de joelhos ao seu lado. Quando ele ergueu os olhos, inclinou-se e deu um beijo em Cris.

– Você sabe o que vou escrever, não sabe?

– Não, não sei. Foram tantos versículos nesses últimos meses, que você tem várias opções de escolha.

– Acho que você irá reconhecê-lo.

Ted não revelou que verso escreveria. Apenas esticou o braço e pôs-se a escrever no chão.

– Que tal se eu escrevesse e depois você contornasse as letras, para elas ficarem bem grossas? Este versículo precisa ser a base desta casa pelos próximos cinquenta anos.

Cris olhou ao seu redor. Seus amigos tinham se espalhado pela casa e estavam chamando uns aos outros em voz alta.

A voz de Nicole ecoou do quarto de casal, que ficava no segundo andar.

– Alguém sabe onde está o versículo que diz "os tenho no meu coração"?

– Fil 1:7, gritou Cris.

Ted olhou para ela e, quando seus olhos se encontraram,

partilharam um profundo sorriso.

– Fil? perguntou Nicole de volta.

– Filipenses, respondeu Cris.

– Ah, é. Filipenses. Entendi. Foi a Katie quem me falou deste verso. Estou escrevendo um versículo por ela e um por mim.

– Ted! Cara, você lembra a passagem que diz que "as nuvens são a poeira dos seus pés"?

Douglas tinha vindo do quarto dos fundos e agora estava sentado no chão da sala, ao lado da grande janela.

– Acho que é em Naum, falou Ted, pensando por uns instantes. Mas não sei o versículo.

– Naum? repetiu Marta. Isso é livro da Bíblia?

– É sim, disse Ted. Fica antes de Habacuque. Ei, Douglas, talvez esteja em Habacuque. Não me lembro.

– Vou procurar, falou Douglas. Trícia, me empresta a Bíblia um pouquinho.

Marta foi até o meio do cômodo onde Douglas estava e ficou olhando, enquanto ele folheava as páginas da Bíblia de Trícia. Aparentemente, ficou suficientemente satisfeita quando Douglas lhe apontou a passagem em Naum 1:3.

– Como é que vocês conhecem esses versículos poéticos e obscuros da Bíblia e esses livros ainda mais sombrios? perguntou Marta.

Douglas lhe deu outro de seus abraços laterais e disse:

– A gente não consegue parar de ler esta carta de amor, falou ele, mostrando a Bíblia de Trícia. Isto aqui é a Palavra de Deus. Ela é viva. Transformou o nosso coração e a nossa vida.

Douglas entregou a Bíblia para Marta, que rapidamente passou-a a Trícia, como se fosse uma batata quente.

Cris sorriu para si mesma. Olhou para baixo e viu as primeiras palavras que Ted havia escrito no umbral da porta da casa, agora ressuscitada. Seu sorriso alargou-se. Ele estava escrevendo o primeiro versículo do Salmo de Moisés que citara meses atrás, quando suas vidas tinham entrado naquela esburacada trilha.

Senhor, tu és o nosso refúgio, sempre, de geração em geração.

Cris levantou-se para pegar outro pincel com Trícia e encontrou a amiga escrevendo no canto da sala que levava à área aberta da cozinha. Suas letras eram retas e fáceis de ler, como a letra de uma professora da primeira série. O canto que ela escolhera era o local mais bem iluminado pela luz do sol que entrava pela janela. O pai de Ted costumava por uma planta ali.

O versículo que Trícia escreveu foi: "Os justos florescerão como a palmeira". Assim que terminou, disse:

– Este verso sempre me faz pensar em você e no Ted. Vocês são como duas palmeiras, curvando-se com os ritmos naturais da graça e florescendo onde quer que Deus os plante.

– Obrigada, Trícia.

Cris sorriu, mas, por dentro, seu coração doía. Por incrível que fosse, a celebração para abençoar a casa havia se transformado em algo muito difícil para ela. Quando ela e Trícia haviam pensado naquilo, ela amara a ideia. Mas agora que estavam escrevendo todas aquelas verdades e bênçãos no assoalho da casa, lembrara-se de que em breve o imóvel seria ocupado por estranhos. Será que os novos inquilinos teriam alguma ideia da carga de carinho e de oração que havia sido empenhada ali naquele refúgio?

Cris reparou que Marta não saíra do centro da sala. Foi então que a tia fez algo que Cris nunca vira, nem nunca teria esperado. Bob caminhou até ela, esticou uma toalha de praia no chão e segurou sua mão enquanto ela se agachava.

Inclinando-se modestamente, Marta equilibrou-se como se estivesse inventando uma nova pose de yoga, que precisava ser mantida por sessenta segundos. Destampou o pincel atômico e escreveu rapidamente. Bob esperou ao seu lado e, com firme cavalheirismo, ajudou Marta a se erguer, quando ela esticou a mão para ele, pedindo-lhe ajuda.

Cris foi até o meio da sala para ver o que a tia havia escrito.

– Alguém precisa achar a referência para mim, disse Marta, tirando o pó de sua roupa. Mas eu sei que essas palavras estão na Bíblia.

Cris leu as três palavras que a tia escrevera no centro exato da casa. Com toda a sua simplicidade, o versículo escolhido por Marta dizia tudo o que precisava ser dito.

Deus é amor.

Bob buscou a referência em 1 João 4:8 e ajoelhou-se para adicioná-la à contribuição de Marta. Assim que todos terminaram de escrever, Rick pediu a Bob que fosse até a cozinha e o ajudasse a abrir algumas garrafas do seu suco de pera gaseificado predileto. Os dois encheram oito copos de plástico com a bebida espumante e os distribuíram. O grupo se reuniu no centro do cômodo e, sem planejar, formou um círculo ao redor das palavras "Deus é amor".

– Quero fazer um brinde.

Rick ergueu seu copo de plástico vermelho, e Cris ficou imaginando o quanto aquela cena era diferente das muitas outras ocasiões em que jovens rapazes haviam se reunido ali no decorrer dos últimos seis meses e bebido em copos de plástico vermelhos. A sensação era que o local havia sido totalmente redimido.

– Quero repetir um brinde que o Ted fez, numa noite em que eu precisava muito dessas palavras.

Rick estava ao lado de Ted e pôs o braço sobre o ombro dele, dando-lhe um abraço fraternal.

Rick ergueu o queixo e disse:

– Ao Rei e ao seu reino. Aos seus caminhos misteriosos e

à sua perfeita coordenação do tempo.

Cris sentiu um nó na garganta.

Douglas imediatamente acrescentou algumas palavras amáveis, dizendo o quanto era bom estar novamente na companhia daquele grupo de amigos de Deus.

– Que tenhamos mais momentos assim no próximo ano.

Trícia também expressou com palavras carinhosas o presente que era a amizade eterna de cada um ali. Àquela altura, Cris já não conseguia conter as lágrimas com suas piscadelas. Muitas coisas tinham acontecido na vida de cada pessoa ali desde o dia em que Ted fizera aquele brinde, vários meses antes, e desde que todos tinham se conhecido quando ainda estavam no Ensino Médio. Os caminhos de Deus eram tão misteriosos agora como tinham sido naquela época. Sua coordenação do tempo continuava perfeita.

Cris levou o seu copo aos lábios junto com os demais. Apesar de ainda não ser meia-noite, e não se ouvir nenhuma música na casa, Cris podia escutar em seus pensamentos uma frase da canção *"Auld Lang Syne"*[4]. Era como se aqueles versos estivessem sendo cantados ao fundo, tamanha a sua clareza na mente de Cris.

Ainda tomaremos um copo de bondade.

Cris deixou que o doce e formigante sabor do suco de pera deslizasse por sua língua e engoliu a bebida com os olhos fechados, como se estivesse internalizando a esperança de que ela e Ted ainda viriam a beber, de fato, um copo de bondade. Essa bondade seria a bênção do Senhor sobre a vida e o casamento deles, agora renovados. Como essa bondade se expressaria na prática ela ainda não sabia. Porém, mais do que nunca, Cris acreditava que Deus cuidaria deles. Era como se sua fé fosse um músculo e estivesse se fortalecendo em função de todos os exercícios que ela vinha fazendo nos últimos meses. Como Katie dissera em um *e-mail* recente: "Você está ficando musculosa, Cris. Viver pela fé tonificou

---

[4]Trata-se de uma canção popular, de origem escocêsa, que se costuma cantar na virada do ano. (N. da R.)

bastante seu coração. Quase consigo ver os seus músculos crescendo."

Rick e Douglas voltaram à cozinha e não se envergonharam de preparar mais um pratinho de comida. Ted e Cris uniram-se a eles, e os três rapazes ficaram se lembrando da época em que dividiram um apartamento durante os anos de faculdade em San Diego. A essa altura, Trícia entrou na cozinha com os copos vermelhos vazios.

– Você sabe que seu marido era o mais competitivo nos jogos que fazíamos no apartamento, não sabe? falou Rick para ela.

Trícia sorriu para Douglas.

– É... Eu soube que ele sempre dava um jeito de ficar com todos os brinquedinhos que vinham nas refeições infantis que vocês compravam.

Rick e Ted se entreolharam e disseram, em uníssono:

– O boneco que grudava no vidro!

Fazia muito tempo que Cris não ouvia a grave voz dos três amigos ecoar numa risada conjunta por conta de uma piada "interna". Aquele era um presente raro; o maravilhoso som da alegria repleta de memórias.

Pela primeira vez em meses, Cris sentiu-se rica. Muito rica.

A alegre sensação de ser extremamente próspera nas áreas que realmente importavam permaneceu no coração dela pelo restante da noite e grande parte do primeiro dia do ano, que amanhecera lindo. A tempestade havia passado, deixando o céu e a praia completamente limpos e encharcados pela luz dourada do sol da Califórnia.

Ted e Douglas conseguiram fazer uma pequena sessão de surfe, tão logo o dia amanheceu. Às oito horas, o instalador do carpete e sua equipe já estavam prontos para começar a trabalhar. Cris colocou o *notebook* sobre o balcão da cozinha e ficou ali, digitando um longo *e-mail* para Katie. Tinha muitas novidades para contar, dentre elas, a notícia de que Katie não precisava se preocupar com o seu vestido de noiva, já que ela e Nicole haviam marcado um dia para irem às compras no final da semana seguinte. Caso Katie não conseguisse conversar com elas durante as compras por vídeo-chamada, elas filmariam os vestidos e lhe mandariam as melhores opções para aprovação.

Trícia telefonou assim que Cris terminou de enviar o longo *e-mail* para Katie.

– O Douglas ainda está aí? perguntou ela.

– Sim, você quer que eu o chame? Ele e o Ted estão ajudando a instalar o carpete.

– Não, eu deixei uma mensagem de voz no telefone dele. Apenas avise a ele que eu liguei.

– Está tudo bem?

– Sim. Os pais dele perguntaram se gostaríamos de assistir a um filme com eles hoje à tarde. Só começa as três e meia, então acredito que ele verá a mensagem a tempo. Você e o Ted podem vir também, se quiserem.

– Obrigada. Vou avisar ao Ted. No ritmo em que as coisas estão indo, não ficaria surpresa se eles terminassem dentro de uma hora mais ou menos.

A previsão de Cris estava certa. Ao meio-dia, eles já estavam aspirando o novo e maravilhoso carpete com o moderno aspirador de Bob e Marta. As janelas estavam abertas outra vez, para que o forte cheiro do revestimento têxtil saísse.

No meio do serviço, Ted fez uma pausa e desligou o aspirador. Seus olhos correram até a porção do piso próxima ao umbral da porta, onde ele e Cris haviam se ajoelhado na noite anterior. O versículo que ele escolhera, tirado do Salmo de Moisés, estava bem ali, escondido debaixo do revestimento felpudo.

– Ei, você escreveu algum versículo ontem à noite? perguntou Ted. Sei que a Trícia passou tirando fotos de todos eles, para que pudéssemos nos lembrar de cada um e também de onde estão, mas acho que não vi o seu.

Cris conduziu Ted até um dos cantos da sala, onde ela havia se assentado na primeira vez que estivera ali, num Natal de muitos anos atrás. Ela e Trícia haviam feito biscoitos na casa de Trícia, e com o coração cheio de esperança, Cris entregara pessoalmente os quitutes para Ted, ali na sala.

– Está bem aqui, disse Cris, parando em cima das palavras que escrevera à mão. Efésios 3:20-21. "Àquele que é capaz de fazer infinitamente mais do que tudo o que pedimos ou pensamos, de acordo com o seu poder que atua em nós, a ele seja a glória... para todo o sempre!"

– Gostei, disse Ted. Gosto muito desse versículo. "Infinitamente mais do que tudo o que pedimos ou pensamos". Uau! É uma afirmação bem extravagante.

Ted virou-se para que pudesse olhá-la nos olhos.

– Você acredita nisso?

Cris acenou timidamente com a cabeça.

– Acredito.

Limpou a garganta, e prosseguiu, com mais determinação:

– Acredito, sim. De verdade. Ontem à noite, me senti absurdamente rica. Rica pela família, pelos amigos e pelas tantas memórias incríveis que tenho. Foi por isso que escolhi esse versículo. Deus já fez infinitamente mais do que qualquer sonho que eu pudesse ter.

Ted sorriu para ela e sentiu o celular vibrar.

– É o meu pai.

– Oi, pai, falou Ted, atendendo rapidamente a ligação.

Cris foi até a cozinha, onde Ted havia deixado a mochila, perto do balcão. Queria ver se ele trouxera o carregador do celular, porque o telefonema a lembrara de que ela não havia colocado seu aparelho para carregar na noite anterior, e sua bateria estava praticamente no fim.

Abrindo o zíper da velha mochila, Cris se pôs a procurar um carregador por todos os bolsos. Não achou o que queria, mas viu ali um grande envelope vermelho, que parecia ser um cartão de Natal fechado. Retirou o cartão da mochila e se lembrou de onde o tinha visto. O Sr. Stanley o entregara a Ted quando os dois se encontraram no café da livraria, quando ela fora se despedir de seus colegas de trabalho. O Sr. Stanley tinha sido o principal pai a favor da permanência de Ted na igreja.

Cris parou por uns instantes e pensou em como a vida deles seria diferente, se tivessem continuado em Murrietta Hot Springs. Para começar, teriam ficado presos a uma rotina de ir e vir, que os teria impedido de desfrutar de todos os agradáveis momentos que tinham passado com os amigos na noite anterior, com David no Natal e até mesmo com Bob e Marta. Acima de tudo, teriam deixado de viver preciosos momentos a dois e perdido todas as ações de Deus no sentido de aproximá-los ainda mais um do outro e de Si mesmo.

Silenciosamente, Cris agradeceu a Deus por suas perdas; o emprego de Ted, o seu emprego, o apartamento, o dinheiro na conta bancária. Tudo isso tinha ido embora de suas vidas. No entanto, eles tinham tudo o de que precisavam. Não tudo o que queriam, mas tudo o de que precisavam.

Cris escutou Ted dizer:

– Vou contar para ela. Ok. Sim, pode deixar. Obrigado, pai. Eu... é... obrigado. Ligamos para você amanhã.

Ted correu até a cozinha e pegou Cris pela mão.

– O que foi?

– Venha comigo. Preciso colocar os meus pés na areia. Agora.

Ted puxou Cris pela porta da frente e acelerou o ritmo enquanto andavam a passos largos em direção à praia.

Apesar de estar morrendo de curiosidade para saber o

que estava acontecendo, Cris sabia que qualquer palavra que dissesse seria um desperdício. A mente de Ted parecia estar trabalhando intensamente para assimilar algo, e ele só falaria qualquer coisa quando seus pés tocassem a areia.

Os dois chegaram à beira da comprida calçada, que se estendia paralelamente à praia por vários e vários quilômetros. Muitas pessoas, desejosas de aproveitar o sol, tinham ido à praia naquela refrescante tarde do dia de ano novo. Algumas andavam de bicicleta pela calçada. Outras empurravam carrinhos de bebê enquanto caminhavam.

Cris e Ted tiraram os sapatos e aninharam os pés na areia fria. Agora que a tempestade dos últimos dias havia passado, levando embora suas graves e tenebrosas trovoadas, parecia que a praia, o céu e até o oceano estavam lhes dando boas-vindas. Ted caminhou vagarosamente até a água e molhou os pés. Ao lado dele, Cris também colocou os pés no mar, sentindo a onda de vigor trazida pelo contato com a água gelada.

Repentinamente, Ted agarrou-a e a girou pelo ar.

– Espere! O envelope caiu! Pegue-o antes que ele vá para o mar.

Ted soltou Cris e atravessou a onda espumante, que já estava retrocedendo. Apanhou o envelope vermelho, sacudiu a água salgada e riu.

– Por que você trouxe um cartão de Natal para a praia?

– Ele estava na minha mão quando você me puxou e saímos correndo pela porta. Encontrei-o na sua mochila, e ia lhe dizer que você se esquecera de abri-lo. É do Sr. Stanley, lembra?

Ted sacudiu o envelope ensopado mais uma vez e o entregou nas mãos de Cris ao chegarem à areia e encontrarem um lugar para assentar.

– Pode abri-lo, se quiser. Deve ser um daqueles cartões de Natal com fotos da família. Quando ele me deu o cartão, eu ainda não estava preparado para me lembrar de nenhuma das famílias da igreja.

– E agora você está?

– Claro. Vamos lá. Abra-o. Rápido.

– Rápido?

Cris olhou para Ted, que estava com seu sorriso de menino de oito anos de idade.

– É, rápido. Eu a trouxe aqui porque tenho uma coisa para lhe dizer.

– Ok, vou ser rápida. Pronto.

O envelope empapado quase se dissolveu na mão de Cris. Dentro dele havia um elegante cartão de Natal, com as palavras "Emanuel, Deus conosco" na frente. Cris abriu o cartão, e algo voou lá de dentro, caindo sobre o seu colo. Não era uma foto de família. Era um cheque.

Ted agarrou o cheque antes que a brisa o levasse para mergulhar no mar, à semelhança do envelope.

Cris leu a mensagem escrita à mão no interior do cartão.

Queridos Ted e Cris,

Várias famílias se juntaram para expressar-lhes a gratidão que sentimos pela influência que vocês tiveram na vida dos nossos adolescentes ao longo dos últimos anos. Vocês jamais poderão imaginar como a ação carinhosa, constante e piedosa de vocês impactou os nossos filhos e transformou a vidas deles. Obrigado do fundo de nossos corações. Sentiremos muitas saudades. Nossos filhos e vários outros participantes do grupo de adolescentes contribuíram para que pudéssemos fazer-lhes este pequeno gesto de agradecimento. Esperamos que ele ajude a tornar o período de transição um pouco mais tranquilo para vocês. Cremos que, aonde quer que vão e seja o que for que venham a fazer, o Senhor os abençoará abundantemente por tudo aquilo que vocês fizeram para abençoar as nossas vidas.

Feliz Natal de todos nós.

Cris virou-se para Ted, com os olhos arregalados. Não

queria perguntar, "Qual é o valor do cheque?", porque a pergunta lhe parecia inadequada diante de palavras tão sinceras de encorajamento. Entretanto, não precisou fazer a pergunta. Ted virou o cheque para que ela pudesse ver a quantia.

Cris levou a mão à boca e engasgou de emoção. O valor do cheque equivalia a seis meses do antigo salário de Ted. Seis meses! Naquele momento, era uma quantia de dinheiro espantosa para eles. Seus olhos encheram-se de lágrimas, e ela sentiu os ombros chacoalharem. Todo aquele tempo, o cheque estivera escondido na mochila de Ted. Porém, na perfeita e insana maneira de o Senhor coordenar o tempo, só agora haviam se deparado com ele. Teve vontade de rir quando pensou que o cartão quase fora levado com a maré para virar comida de tartarugas marinhas.

– Não comece a chorar ainda, disse Ted com voz trêmula.

Cris piscou e viu que ele estava chorando. Ela o cutucou com o cotovelo e riu.

– Por que você pode chorar e eu não?

– Porque eu sei de algo que você não sabe, falou Ted, enxugando os olhos com o dorso da mão.

– O quê?

Ted virou-se para Cris e em seguida dobrou o cheque, guardando-o de forma segura em seu bolso. Com as duas mãos, segurou o rosto dela e olhou profundamente em seus olhos. Cris tentou decifrar a expressão dele, mas não conseguiu. Nunca tinha visto aquele olhar no rosto do marido antes. Ela vira muitos olhares, mas não aquele. Ted parecia exultante e contrito ao mesmo tempo. Ele fechou parcialmente os olhos, cheios de lágrimas, tal qual um minerador que estivera dando o melhor de si num lugar escuro e agora estava saindo em direção à forte luz da manhã.

– O que foi? perguntou Cris numa voz que mal chegava a um sussurro.

Seu coração estava batendo forte.

– Meu pai quer que fiquemos na casa...

Nesse momento, sua voz embargou.

– ... de graça.

Ted tirou as mãos do rosto de Cris para secar os olhos novamente. Cris estava boquiaberta.

– Mas agora podemos pagá-lo, falou ela.

Ted fez que não.

– Ele disse que não vai aceitar dinheiro nenhum. Ele e Carolyn conversaram sobre o assunto e concluíram que não precisam dessa renda por agora. Ele prefere que cuidemos da casa até viajarmos para o casamento deles.

As lágrimas rolaram pelas bochechas de Cris, e ela sentiu o seu gosto salgado nos lábios.

Infinitamente mais...

Ted beijou os lábios salgados de Cris uma vez, e depois outra.

– É Deus quem está fazendo isto. As digitais dele estão por toda parte. O tempo dele é...

– Perfeito, sussurrou Cris.

Ted se colocou de pé e ajudou Cris a se levantar. Em seguida, rodopiou-a pela areia, e os dois se puseram a rir em voz alta. Eles tinham um lugar para morar pelos próximos três meses e mais dinheiro do que precisavam naquele momento. Aquelas bênçãos lhes pareceram sobremodo extravagantes.

Com um braço ao redor da cintura de Cris e o outro erguido aos céus em posição de adoração, Ted exclamou:

– Ao Rei e ao seu reino! Nós te louvamos, Pai, por teus caminhos misteriosos e tua perfeita coordenação do tempo.

Antes que Cris pudesse sussurrar a palavra "amém", os lábios de Ted encontraram os seus. Ted a beijou com a mesma exuberância de um surfista que pegara uma onda perfeita. Sem qualquer pressa, Cris aproveitou aquele momento dourado, deixando que o mar respondesse por ela com o conhecido som de uma onda que quebra na praia e recua perante o comando invisível daquele que tem tudo em Suas mãos. A próxima estação da vida deles em Newport estava prestes a começar.

E Cris estava pronta.

As Receitas Favoritas de Cris

Frango Salpete

4 peitos de frango desossados, sem pele, cortados em
pedaços pequenos
Uma lata de sopa de creme de frango ou de cogumelos
15 a 20 bolachas salpete, trituradas
1/2 copo de manteiga derretida (utilize mais se quiser uma
crosta mais dourada)

Coloque o frango numa assadeira e despeje a sopa por cima.
Cubra com as bolachas trituradas e derrame a manteiga
derretida sobre o topo. Cozinhe a 175 graus por 45 minutos.

Para obter a coleção completa das receitas favoritas da Cris,
visite a Loja *Online* da Robin em www.robingunn.com

• Para descobrir como Katie foi parar na África e como seu
relacionamento com Eli começou, leia os 4 livros da série
Katie Weldon (disponível na loja *online*, apenas em inglês).

• Para saber a quantas anda a vida e o coração de Selena
Jensen, leia *Love Finds You in a Sunset Beach, Hawaii* (disponível na loja *online*, apenas em inglês).

• Quer saber mais sobre como Bryan e Carolyn se reencontraram e como seu romance começou? Você pode ler a
história inteira em *Canary Island Song* (disponível na loja
online, apenas em inglês).

Livros da Robin em Português

SÉRIE CRIS
Promessa de Verão
Segredos e Surpresas
Seu para Sempre
Coisas do Coração
A Ilha dos Sonhos
Um Brilho de Esperança
Amigas Pra Valer
Noite Estrelada
O Amor Pode Esperar
Tempo de Amar
Coração Partido
Uma Promessa é Para Sempre

CRIS E TED NOS ANOS DA FACULDADE
Até Amanhã
Como quiseres, Senhor
Eu Prometo

SÉRIE SELENA
Um Novo Começo
Em Seus Sonhos
Quem me Dera
Feche os Olhos
Namoro ou Amizade?
Como Esta Aliança
Abra Seu Coração
O Tempo Dirá
Tão Longe, Tão Perto!
Vá em Frente, Selena!
Mais perto que Nunca
Segure Minha Mão

Visite a Loja *Online* da Robin em
shop.robingunn.com.br
ROBINGUNN.COM

cris estava feliz.

Cris estava feliz.

Mais feliz do que lembrava estar em algum tempo. Sentada de frente para Trícia, no novo café favorito das duas em Newport, ficou passando o dedo pela tela do celular, em busca de uma foto. Com um sorriso tímido, virou a tela do aparelho e disse à amiga:

– Então, pelo visto é uma menina.

– Sério?

Trícia aproximou-se e inclinou a cabeça para olhar bem a imagem. Ela não parecia muito convencida.

– O Ted continua firme na ideia do nome?

– Sim. Firme e inabalável.

A miúda Trícia enrugou o nariz.

– Gussie não é bem o melhor nome para uma criança, se quiser saber minha opinião. Mas, o bebê é de vocês, não meu.

– Eu sei. Acredite em mim. Não teria sido minha escolha também.

Antes de guardar o celular na bolsa, Cris olhou mais uma vez a imagem na tela. Em seguida, pegou a enorme caneca e deu um gole no seu chá.

– Mas sabe que até faz sentido? disse Trícia. Quero dizer, considerando a forma de pensar do Ted, eu até consigo entender como ele chegou a esse nome.

– Ele está super empolgado, e eu não quero jogar água fria no entusiamo dele.

Cris recostou-se. Seus longos cabelos castanhos estavam presos numa trança solta, que caía por cima de seu ombro esquerdo.

– Tem muitas coisas mudando na vida de vocês, disse Trícia.

Cris acenou positivamente com a cabeça e sorriu.

– Com certeza. Uma porção de boas mudanças. Mudanças maravilhosas. E muitas estão acontecendo numa velocidade incrível.

– É a mesma sensação que eu e o Douglas estamos tendo. Me diga de novo... quando é que vocês vão para a África?